Trübner & Co

Bibliotheca Hispano-Americana

A catalogue of Spanish books printed in Mexico, Guatemala, Honduras, the Antilles,

Venezuela, Columbia, Ecuador, Peru, Chili, Uruguay, and the Argentine Republic;

and of Portuguese books printed in Brazil

Trübner & Co

Bibliotheca Hispano-Americana
A catalogue of Spanish books printed in Mexico, Guatemala, Honduras, the Antilles,
Venezuela, Columbia, Ecuador, Peru, Chili, Uruguay, and the Argentine Republic; and of
Portuguese books printed in Brazil

ISBN/EAN: 9783337383015

Printed in Europe, USA, Canada, Australia, Japan

Cover: Foto ©Andreas Hilbeck / pixelio.de

More available books at **www.hansebooks.com**

BIBLIOTHECA HISPANO-AMERICANA.

A

CATALOGUE

OF

SPANISH BOOKS

PRINTED IN

MEXICO, GUATEMALA, HONDURAS, THE ANTILLES, VENEZUELA, COLUMBIA, ECUADOR, PERU, CHILI, URUGUAY, AND THE ARGENTINE REPUBLIC;

AND OF

PORTUGUESE BOOKS PRINTED IN BRAZIL.

FOLLOWED BY A COLLECTION OF

WORKS ON THE ABORIGINAL LANGUAGES OF AMERICA.

On Sale at the affixed Prices, by

TRÜBNER & CO.,

8 & 60, PATERNOSTER ROW, LONDON.

1870.

ONE SHILLING AND SIXPENCE.

CONTENTS.

WORKS RELATING TO NORTH AND CENTRAL AMERICA.

WORKS RELATING TO SOUTH AMERICA.

WORKS ON THE ABORIGINAL LANGUAGES OF AMERICA.

Abad.—Oracion funebre, que en el Sufragio solemne que ofrecieron por la alma de el Señor Don Josef Escandon y Helguera . . . sus hijos D. Manuel Escandon y Llera, etc. etc. dixo el Dr. Don Julian Abad y Aramburu. 4to. 4 prelim. leaves, 21 pp. and 5 leaves. *Mexico*, 1812. 5s.

Abarca.—El Sol en Leon. Solemnes aplausos conque, el Rey Nuestro Señor D. Fernando VI., Sol de los Españas, fué celebrado el dia 11, de febrero del año de 1747. En que se proclamó su Magestad exaltada al Solio de dos Mundos por la muy noble, y muy leal imperial Ciudad de Mexico, quien lo dedica a la Reyna N. Señora Da. Maria Barbara Xavier. Escribe su relacion El P. Joseph Mariano de Abarca de la Compañia de Jesus. . . . Todo á direccion, y conducta por Comission al Assumpto del Licdo. D. Joseph Francisco de Cuevas, Aguirre, y Espinosa, ... Con Licencia de los Superiores, *En Mexico, en la imprenta del Nuevo Rezado de Doña Maria de Ribera, en el Empedradillo. Año de* 1748. 4to. d. vel. Titro, rouge et noir. 18 fnc. 306 pp.

—— El Rey Pacifico gloriosamente coronado de Marciales tropheos. Sermon Panegyrico, en la accion de gracias, que la Santa Iglesia Metropolitana de Mexico solemnizó el dia 12. de Febrero de 1747. Por la feliz Coronacion de N. Rey, y Señor D. Fernando VI. . . . predicó el Dr. D. Alonso Francisco Moreno, y Castro, Colegial Mayor de Cuenca de la Universidad de Salamanca. . . . 4to. Titre. pp. 20. £2 10s.

About.—La cuestion romana, escrita en frances por M. E. About, y traducida al español por Francisco Zarco. 8vo. pp. viii. and 64. *Mexico*, 1861. 3s.

Acosta, Jos., Soc. Jesu, de natura Novi Orbis libri duo, et de promulgatione Evangelii apud Barbaros, sive de procuranda Indorum Salute, libri sex. 8vo. vellum, pp. xiv. and 581. *Coloniæ Agrippinæ*, 1596. 3s. 6d.

1

(Acta de Navegacion).—Iniciativas presentados
a la camara de diputados por el ministerio de hacienda
para la formacion de una acta de navegacion de la republica y su comercio exterior por las fronteras. 8vo. pp.
40. *Mexico*, 1849. 2s.

Acta in Consistorio secreto habito a sanctissimo
Domino nostro Pio Divina Providencia Papa Sexto Feria
VI. Decembris, 1778. Solemni Dominicae Nativitatis die
statum post missam pontificalem in Basilica Vaticana. 4to.
8 leaves. Ex Autographo Romae impresso 1778. *Mexici*
denuo, imprimitur. Año 1780. 12s.

Aduanas (Mexican Tariff).—Aduanas Maritimas.
A los Ives. Diputados y Senadores al Congreso General
y de las Legislaturas de los Estados. 8vo. pp. 28. *No
place, no date.* 1s. 6d.

———— Arancel general interino e instruccion
para gobierno de las aduanas maritimas en el comercio
libre del Imperio Mexicano, 8vo. sewed, pp. 44. *Mexico*,
1821. 2s. 6d.

———— Arancel general interino e instruccion
para gobierno de las aduanas maritimas en el comercio
libre de Mexico. 8vo. pp. 14 and xxviii. *Mexico*, 1825. 2s. 6d.

———— Arancel general de aduanas maritimas
y fronterizas y panta de comisos para el gobierno interior
de ia Republica Mexicana. pp. 80. *Mexico*, 1837. 2s. 6d.

———— Arancel general de aduanas maritimas
y fronterizas: y aclaraciones al Arancel. 8vo. pp. 80, 2,
3, 2, 2. *Mexico*, 1842. 3s. 6d.

———— Arancel general de aduanas maritimas
y fronterizas. 8vo. pp. 95. *Mexico*, 1843. 3s. 6d.

———— Arancel general de aduanas maritimas
y fronterizas de la Republica Mexicana. Nueva edicion
arreglada para el Corredor del Comercio, por J. M. Y. Y.
12mo. pp. 471, with tables. *Mexico*, 1851. 10s. Pages
253-280, 289-298, 309-318, 341-404, 421-430, blank.

———— Arancel general de aduanas maritimas
y fronterizas de la Republica Mexicana. 8vo. pp. 95.
Mexico, 1853. 3s. 6d.

Aduanas (Mexican Tariff).—Dictamen sobre re- formas del arancel general presentado al congreso por sus comisiones de hacienda y comercio unidas. 8vo. pp. 26. *Mexico*, 1824. 1*s*. 6*d*.

————— **Dictamen de la comision de hacienda,** sobre reforma del arancel provisional de aduanas maritimas. pp. 10. *Mexico*, 1826. 1*s*.

————— **Dictamen de la comision primera de** la camara de representantes del congreso general de la federacion Mexicana, sobre arreglo de aranceles para las aduanas maritimas. 8vo. pp. 54. *Mexico*, 1827. 2*s*. 6*d*.

————— **Dictamen de la segunda comision de** hacienda de la Camara de Diputados sobre arreglo de aduanas maritimas. Impreso de orden de la misma. 8vo. pp. 14. *Mexico*, 1828. 1*s*. 6*d*.

————— **Dictamen de la primera comision de** hacienda de la Camara de Diputados, sobre el acuerdo del senado acerca del arreglo de aduanas maritimas. 8vo. pp. 24. *Mexico*, 1832. 1*s*. 6*d*.

————— **Dictamen sobre establecimiento de** aduanas maritimas y fronterizas. 8vo. pp. 46. *Mexico*, 1849. 2*s*. 6*d*.

————— **Exposicion con que la comision nom-** brada para la reforma del arancel, de las aduanas mari- timas y fronterizas, dió cuenta al gobierno supremo del plan que signió en el cumplimento de su encargo. 8vo. pp. 96. *Mexico*, 1845. 3*s*. 6*d*.

————— **Lista de los generos, frutes y efectos** de procedencia extrangera cuya importacion se prohive en el territorio de la federacion Mexicana por decreto del Soberano Congreso de 20 de Mayo de 1824. pp. 6, with a table. *Mexico*, 1824. 1*s*. 6*d*.

————— **Memoria sobre reformas del arancel** mercantil que presenta el socretario de hacienda al soberano congreso constituyente. Leida en sesion de 13 de enero de 1824. 8vo. pp. 26, 23, 8. *Mexico*, 1824. 2*s*. 6*d*.

————— **Ordenanza general de aduanas mari-** timas y fronterizas de la Republica Mexicana. 8vo. pp. 89. *Mexieo*, 1856. 7*s*. 6*d*.

Aduanas (Mexican Tariff).—Proyecto de arancel
de aduanas maritimas, que a la Camara de Diputados presenta la comision encargada de su formacion. 8vo. pp. 55.
Mexico, 1826. 2s.

——————— **Reglement général des douanes mari-**
times et frontieres de la République Mexicaine. Traduction officielle. 8vo. pp. 88, with tables. *Mexico*, 1856.
4s. 6d.

——————— **Reglamento de aduanas maritimas**
frontarizas y de cabotage, con arreglo á lo dispuerto en la
ley de 24 de Noviembre de 1849. 8vo. pp. 82. *Mexico*,
1849. 3s. 6d.

Advenimiento de SS. MM. II. Maximiliano y
Carlota al trono de Mexico. Documentos relativos y narracion del viaje de nuestros Soberanos de Miramar à
Veracruz y del recibimiento. With Illustrations. 8vo.
sewed, pp. 368. *Mexico*, 1864. £1 1s.

Aforismos políticos; escritos en una de las
lenguas del norte de la Europa, por un filósofo; y traducidos al español por D. Juan Antonio Llorente. 16mo.
pp. 68. *Mexico*, 1822. 4s. 6d.

D'Aguesseau.—Libertad de la Abogacia. Discurso
que con el titulo de independencia de aquella profesion dixo
entre Otros que llama mercuriales, Enrique Francisco
D'Aguesseau, y se traduxo al castellano por un Abogado de
Mexico. Small 8vo. sewed, 3 leaves, pp. 20. *Mexico*,
1812. 2s. 6d.

——————— **Institutiones sobre el derecho pú-**
blico sacadas de las obras del chanciller Enrique Francisco
D'Aguesseau. Traducidas al castellano por uno de los individuos de la Academia de Jurisprudencia teórico-práctica
de Mexico. Small 8vo. sewed, 2 leaves, pp. 176. *Mexico*,
1813. 3s. 6d.

Ajuste de salarios anuales, mensales y diarios.
Nueva edicion corregida y aumentada. Small 8vo. sewed,
2 leaves, pp. 76. *Mexico*, 1830. 2s. 6d.

Alaman.—Historia de Méjico desde los primeros
movimientos que prepararon su independencia en el Año
de 1808 hasta la Epoca presente. Por Don Lúcas Alaman.
5 vols. 4to. pp. xii. and 598; 668; 692; viii. 832; xii. 1108.

With many Portraits and Maps. Sewed. *Méjico* (Imprenta de J. M. Lara), 1846-1852. (Brockhaus, R. 84=£12 12s.). £10 10s.

The most important work on the Modern History of Mexico, considered classical in research and diction. Although Alaman himself played a prominent part in the history he describes, his work is characterized by the utmost impartiality, in true accordance with the following statement of the preface : "I shall abstain, as far as the subject allows it, from any observation of my own ; leaving it to the reader's judgment to trace the merit of every action, after having been thoroughly informed of its details." (Out of print, and scarce.)

Alaman.—Defensa del Ex-Ministro de Relaciones

D. Lucas Alaman, en ha causa formada contra él y contra los Ex-ministros de Guerra y Justicia del Vice-presidente D. Anastasio Bustamante, con unas noticias preliminares que dan idea del origin de esta. Escrita por el mismo Ex-ministro, quien la dirige a la nacion. Small 4to. pp. xxii. and 126, and Index. *Méjico*, 1834. 18s.

The introductory letter is addressed, "Al Exmo. Sr. Presidente de la Republica, General D. Antonio Lopez de Santa Anna." To this volume is attached a Pamphlet : Patronata en la Nacion. pp. 28. *Méjico*, 1835 ; In defence of the independence of the Church.

Alatorre.—Contestacion dada al supremo go-

bierno, por el Lic. D. Augustin Flores Alatorre. En el espediente instruido en el Ministerio de Justicia y Negocios Eclesiasticos, sobre la prohibicion hecha por el Sr. Vicario Capitular de este Arzobispado de varias obras anticatólicas é inmorales ; y entre ellas la titulada : "Misterios de la Inquisicion." 8vo. pp. 59. *Mexico*, 1850. 4s. 6d.

Aldana.—Una prenda de venganza, drama en

tres actos por D. Ramon Aldana. Estrenado el dia 7 de junio de 1860 en el teatro de San Cárlos de esta capital. 8vo. pp. 30, sewed. *Merida*, 1860. 2s. 6d.

Alegato que hizo el C. Lic. Bernardo Maria del

Callejo, en favor del Presbitero C. Mariano Guzman, Teologo Consultor de Camara de esta sagrada Mitra . . . acusado criminalmente por algunos indigenas del mismo pueblo. 4to. pp. 51. *Puebla*, 1830. 4s. 6d.

Alvarado.—Proceso de Residencia contra Pedro

de Alvarado ilustrado con estampas sacadas de los antiguos Codices Mexicanos y Notas y Noticias Biograficas, Criticas y Arqueologicas, por Don José Fernando Ramirez. 8vo. pp. ix. and 1 to 184.—*Fragmentos del Proceso de Residencia instruido contra Nuño de Guzman*, en Averiguacion del Tormento y Muerte que mandó dar a Caltzontzin, Rey de Mechoacan; precedidos de una noticia histórica de la vida y hechos de aquel Conquistador. Por Jose F. Ramirez. pp. 186 to 302. With the portrait of Alvarado and 3 coloured lithographs. *Mexico* (Impreso por Valdés y Redondas), 1847. 18s.

This publication has, even after Prescott's vast researches, thrown new light on the life of Alvarado, the famous companion of Cortes, who covered the retreat from the city of Mexico. The three plates contained in the volume are exact facsimiles—the first two of the plates, 144 and 136 of the Codice Mexicano (No. 3738), preserved in the Library of the Vatican, and the last from a codex formerly belonging to Boturinis Museum. What gives it a particular interest to the latter, are its inscriptions in Nahuatl, printed on page 293 and 294, with a Spanish translation. The work is not mentioned in Ludewig's literature of the Aboriginal languages.

Alvarado.—Devocionario selecto y universal que

comprende cuantas oraciones forman el mas completo ordinario de la Misa, y ejercicio cotidiano, por D. S. de Alvarado. 12mo. half-bound, pp. 334. *Mejico*, 1851. 4s. 6d.

Alvarez.—Manifiesto que dirige a la Nacion el

General Juan Alvarez, con motivo de la representacion calumniosa que unos emigrados de la villa de Chilapa hicieron a la augusta cámara de diputados en Febrero último. 4to, boards, pp. 180. *Mexico*, 1845. 7s. 6d.

Alvires.—Elementos de derecho publico general

ò tratado elemental de la soberania, sus formas y sistemas de gobernio . . . opusculo original e improvisado del licenciado D. José Manuel Teodosio Alvires. 12mo. pp. 159. *Morelia*, 1862. 5s.

Amigo, el, de los hombres. A todos los que habitan

las islas y el vasto continente de las Americas. 12mo. sewed, pp. 14. *Reimpreso en Mexico*, 1823. 2s. 6d.

Ampudia.—Manifiesto del General Ampudia a la

Nacion. 4to. pp. 26.—At the end: *Nacajuca*, Octubre 26 de 1844. 6s.

With official documents.

Antonio de Bouglone. — Instruccion pastoral

sobre la impresion de malos libros y especialmente de las novas obras completas de Voltaire y de Rousseau. Escrita por el Illmo. Sr. D. Estevan Antonio de Bouglone, obispo de Troyes. 4to. boards, pp. 27. *Puebla*, 1839. 10s.

Antonio del Raso.—Rapto elegiaco de Antonio del Raso, par la temprana muerte de su fidelisima esposa Doña Maria Micaela Raso de Raso. Dedícalo a la memoria de sus altas virtudes. Querétaro, año de 1836. Small 8vo. pp. 16. *Mexico*, 1836. 2s.

Apello.—Vozes, del desengaño para la penitencia, por Juan Carlos de Apello Corbulacho, natural de esta imperial, augusta, y siempre leal Ciudad de Mexico. Dedicala a Maria Ssma. Sra. Nra. de Guadalupe. 4to. boards. Title, a woodcut, 6 leaves, Texto, 11 leaves. *Con licencia en Mexico, por Juan Joseph Guillena, Carrascolo.* Año de 1699. (In verse.) £1 1s.

Apuntes biograficos de la Señora Da. Maria Ana, Comez de la Cortina, Condesa de la Cortina, Formados por D. Bernardo Capca. Sm. 8vo. sewed, pp. 17. *Mexico*, 1853. 2s. 6d.

Arancel de los honorarios y derechos judiciales que se han de cobrar en el Departamento de Chiapas, de Durango. de Guanajuato, de Jalisco, de Mexico, de Michoacan, de Puebla, de San Luis Potosi, de Sonora, de Vera-Cruz, de Yucatan, de Zacatecas. Mandado observer por la suprema Corte de Justicia de la Republica Mexicana. Conforme a lo prevenido en el articulo, 55 de la ley de 23 de Mayo de 1837. 4to. boards, pp. 44, 44, 44, 44, 46, 44, 47, 44, 44, 44, 44, 44. *Mexico*, 1840. 25s.

Aranzel para todos los curas de este arzobispado, fuera de la ciudad de Mexico. 4to. boards, pp. 9. *Mexico*, 1676. 10s.

Arango y Escandon.—Fray Luis de Leon. Ensayo histórico por el Lic. D. Alejandro Arango y Escandon, Abogado del Colegio de Mexico. 4to. pp. xx. and 274, vellum paper, with a portrait of Fr. Luis de Leon, engraved on steel. *Mexico*, 1866. £1 11s. 6d.

———————— **Proceso del P. M. Fray Luis** de Leon, doctor teologo del Claustro y gremio de la Universidad de Salamanca. Ensayo histórico por el lic. Don Alejandro Arango y Escandor. 8vo. sewed, pp. 117, with portrait. *Mexico*, 1856. 7s. 6d.

Arias.—Sermon que en la solemne accion de gra-cias que hizo la M. N. y M. L. Ciudad de la purisima concepcion de Zelaya el dia 1 de Octubre de 1775 al feliz nacimiento de la Señora Infanta De España Doña Carlota, hija de los Serenisimos Sres. principes de Asturias, dixo El Rmo. P. Fr. Manuel Arias. 4to. boards, 7 leaves, pp. 16. *Mexico*, 1776. 6s.

Arlegui.—Felicidades, y gozos conseguidos quando menos se esperaban. Sermon panegyrico que en la solemnissima fiesta, que à la nueva fundacion de Convento, y dedicacion del Santissimo en el nuevo Templo de San Elias de la S. Religion del Carmen, en la Ciudad de San Luis Potosi el dia 15 de Octubre de 1747, celebrò N. M. R. P. Provincial F. Antonio Rizo. Predicólo el R. P. F. Joseph Arlegui. 4to. boards, 14 leaves, pp. 20. *Mexico*, 1748. 5s.

Arlincourt—El Amor y la Muerte, ó La Hechicera. Novela histórica por el Vizconde de Arlincourt, y haducida por A. G. 12mo. pp. 116. *Mexico*, 1836. 2s. 6d.

——— ——— **Los desposados de la Muerte por el** celebre Vizsconde D'Arlincourt. Traduccion de Don Victor Balaguer y D. Narciso Bassols. Sm. 8vo. pp. 198. *Mexico*, 1851. 2s.

Arróniz. —Manual de historia y cronología de Méjico, arreglado por Marcos Arróniz. 12mo. cloth, pp. 426. *Paris*, 1858. 7s. 6d.

Arte de trinchar y servir las viandas. 12mo. sewed, 1 leaf, pp. 20, 2 plates. *Mexico*, 1826. 3s. 6d.

Arteaga.—Discurso que pronuncio el ciudadano José Manuel Arteaga el dia 2 de enero de 1843 al tomar posesion de la presidencia del tribunal superior de Justicia del departamento de Oaxaca con que la bondad de los que lo componen se dignó favorecerle. Small 8vo. sewed, pp. 16. *Oaxaca*, 1843. 2s. 6d.

Articulo sobre los fundamentos en que debe apo- yarse el Arreglo definitivo y general de los Pesos y Medidas mas convenientes en la República Mexicana. Small 8vo. sewed, pp. 55. *Mexico*, 1852. 5s.

Azlor.—Relacion Historica de la fundacion de este Convento de Nuestra Señora del Pilar, Compania de Maria, llamada vulgarmente — La Enseñanza, en ésta Ciudad de México. Small 4to. pp. 10 and 155, with a steel engraving. *Mexico*, 1713. £1 1s.

Baños y Dominguez.—Elogio Funebre que en el aniversario de la M. R. M. Sor Maria Teodora de San Agustin, fundadora y Abadesa vitalicia del Convento de Santa Maria de los Ángeles de Pobres Descalzas Indias de la Ciudad de Antequara en el Valle de Oaxaca. Dixo el dia 10 de Mayo de 1799 Don Joseph Victoriano Baños y Dominguez. 4to. boards, 5 leaves, pp. 26. *Mexico*, 1799. 3*s.* 6*d.*

Barriéntos.—Sermon del Santo Niño Jesus, Lla- mado de San Juan. que se venera en la Iglesia de religiosas clarisas de San Juan de la Penitencia en esta corte. Predicado el dia del dulcisimo nonbre de Jesus en dicha iglesia por Fr. José Maria Barriéntos, Predicator General. 4to. boards, 4 leaves, pp. 22. With a woodcut. *Mexico*, 1812. 4*s.*

Barrio y Rengel.—Sermon predicado por el P. D. Jose M. del Barrio y Rengel, en la solemne funcion que el Comercio de México dedicó á Maria Santisima de Guadalupe, su augusta Patrona. el martes 6 de Enero de 1857. 8vo. pp. 6 and 52. *Mexico*, 1857. 3*s.* 6*d.*

Bases de la contrata de limpia de calles y barrios, celebrada entre el Es. Ayuntamiento de esta Capital, y los Contratistas Don Luis Bracho y Don José Maria Barrera en 21 de Octubre de 1843, y aprobada por la Superioridad con la puja del medio diezmo admitida en el presente año. 12mo. pp. 16. *Mexico*, 1844. 1*s.* 6*d.*

Baz.—Discurso Cívico pronunciado por el Cuida- dano Juan José Baz, en la capital del estado de Michoacan, el dia 16 de Setiembre de 1859. Sm. 8vo. pp. 22, *Morelia*, 1859. 2*s.* 6*d.*

Bazancourt.—Ensueños de felicidad. Novela por el Baron F. de Bazancourt. Traducida por E. G. 4to. pp. 176. *Mejico*, 1855. 5*s.*

Beristain de Sousa.—Discurso politico-moral y cristiano que en los solemnes cultos que rinde al Santisimo Sacramento en los dios del Carnaval la real congregacion de eclesiasticos oblatos de Mexico, pronuncio el Dr. D. Joseph Mariano Beristain de Sousa . . dedicado . . ala suprema junta contral gubernativa de España y desus Indias. 4to. 2 prelim. leaves and 33 pp. *Mexico*, 1809. 10*s.*

Beristain de Sousa has been one of the most eager supporters of the Spanish Government in Mexico, and was never tired of enumerating, as in this speech, the immense benefits which, according to his opinion, have derived from the Spanish domination. The last note, at the bottom of the last page of this pamphlet, is interesting, as it refers to his Bibliotheca Hispano-Americana, which appeared only in the years 1816-1819: La Bibl. Hisp.-Amer. . . . que el Autor de este Discurso tiene casi concluido, convencerá uno y otro: que los Americanos han dado à luz muchos y buenos libros, y que los Espanoles fueron sus Maestros."

Beristain de Sousa.—Cantos de las musas mexi

canas con motivo de la colocacioñ de la estatua de bronce de Nuestro Augusto Soberano Carlos IV. Los publica el Dr. D. Joseph Mariano Beristain de Sousa. 4to. pp. 136. (The last leaf wanting.) *Mexico*, 1804. £1 10s.

Another publication by the author of the celebrated Bibliotheca Hispano-Americana. It is a collection of several poems by different authors, written for the inauguration of the statue of Charles IV., which was erected at Mexico on the 9th December, 1803.

Bocanegra.—Disertacion apologética del Sistema

Federal. Su autor el C. Lic. Jose Maria Bocanegra. Sm. 8vo. pp. 33. *Mexico*, 1826. 1s. 6d.

Boletin de la Sociedad de Geografia. (*See*

PERIODICALS.)

Bombalier.—Alegato de buena prueba presentado

por el Dr. D. Santiago Bombalier, en los autos que sigue contra D. Manuel J. Madrid, sobre cumplimiento de un mandato. Sm. 8vo. sewed, pp. 48. *Mexico*, 1859. 2s.

Bougeau.—Socialismo y sentido comun por L. B.

Bougeau. 8vo. pp. 66. *Guadalajara*, 1852. 1s. 6d.

Bossuet.—La Usura en su verdadero punto de

vista, observaciones del Gran Bossuet y Adiciones del traductor. 12mo. sewed, pp. 88. *Mexico*, 1834. 1s. 6d.

Bosturini.—Tezcoco en los ultimos tiempos de

sus antiguos Reyes, ó sea Relacion tomada de los Manuscritos inéditos de Bosturini; redactados por el Lic. D. Mariano Veytia, publícalos con notas y adiciones para estudio de la juventud Mexicana, Carlos Maria Bustamante. 12mo. pp. 6 and 286, half-bound. *Mexico* (Imprenta de Mariano Galvan Rivera), 1826. £1 10s.

Boturini Benaduci.—Idea de una nueva Historia

general de la America Septentrional. Fundada sobre material copioso de figuras, symbolos, caractéres, y Geroglyficos, Cantares, y Manuscritos de Autores Indios, ultimamente descubiertos. Dedicala al Rey Ntro. Señor en su real, y Supremo Consejo de las Indias El Cavallero Lorenzo BoturiniBenaduci, Señor de la Torre, y de Hono. Con. Licencia. *En Madrid : En la Imprenta de Juan de Zuñiga.* *Año* M.D.CC.XLVI. 4to. Frontispice gravé.— Titre.—19 fnc.—Portrait de Boturini.—pp. 167.

Catalogo del Museo historico Indiano del Cavallero Lorenzo Boturini Benaduci . . . . 4to. Titre.—3 fnc. —pp. 96. En 1 vol. in 4to., bas. £3 3*s.*

Boves.— Discurso pronunciado en la camara de diputados por el Señor D. Crescencio Boves, para apoyar las proposiciones que se hallan insertas en el Siglo xix del dia 3 de Marzo. 12mo. pp. 58. *Mexico,* 1852. 1*s.* 6*d.*

Brasseur de Bourbourg.—S'il existe des sources de l'histoire primitive du Mexique dans les monuments égyptiens et de l'histoire primitive de l'ancien monde dans les monuments américains ? 8vo. sewed. *Paris,* 1864. 6*s.*

Braun.—Carta del P. Bartholome Braun, Visitador de la Provincia Tarahumara a los PP. Superiores de esta Provincia de Nueva-España sobre la apostolica vida, virtudes, y santa Muerte del P. Francisco Hermano Glandorff. 4to. pp. 33. *Mexico,* 1764. 7*s.* 6*d.*

Breve esplicacion del cómputo Eclesiastico, de los epactas, ciclos solar y lunar, aures número, etc. 8vo. pp. 44. *Méjico,* 1820. 2*s.* 6*d.*

Bringas y Encinas.—Sermon sobre la inmodestia de los vestidos predico en la Iglesia de S. S. Felipe Neri de la Villa de San Miguel, la tarde del 5 de Mayo de 1802 el R. P. Pr. Fr. Diego Bringas y Encinas, quien lo dedica reverente a la Reyna de los Angeles. 4to. boards, pp. 43. *Mexico,* 1802. 8*s.* 6*d.*

Bros.—Discurso pronunciado por Don Camilo Bros, catedratico de Filosofia en el colegio de San Juan de Letran y comendadores juristas de San Ramon, en la distribucion de premios que la mañana del 30 del actual hizo el Exmo. Sr. Presidente de la Republica, general D. Anastasio Bustamante, entre los alunnos de dicho Colegio; siendo su rector el Dr. D. José Maria de Iturralde. Sm. 8vo. sewed, pp. 32. *Mexico,* 1838. 2*s.* 6*d.*

Bulla Erectionis Sanctæ Metropolitanæ Ecclesiæ Mexiceæ.—Executoria en el Pleyto de los dotales con la Sagrada Compañia de Jesus. Fol. boards, pp. 4, 7. *Mexico,* 1635. 12*s.* Very scarce document.

Bustamante. — Campañas del general D. Felix Maria Calleja, comandante en gefe del ejercito real de operaciones, llamado del centro. Su Autor Carlos Maria de Bustamante. 4to. pp. 8, 200, 18, and 4, sewed. *Mexico*, 1828. £1 5s.

———————— **Los cuatro primeros libros de la** Eneida de Virgilio. Traducidos del Francés al Castellano por Carlos M. de Bustamante. Small 8vo. pp. iv. and 137. *Mexico*, 1830. 3s. 6d.

———————— **El nuevo Bernal Diaz del Castillo,** ó sea historia de la invasion de los Anglo-Americanos en México. Escrita por el licenciado Carlos Maria de Bustamante. 2 vols. in 8vo. sewed, pp. 164 and 240. *Mexico*, 1847. £1 10s.

———————— **El gabinete mexicano durante el** segundo periodo de la administracion del Exmo. Señor Presidente D. Anastasio Bustamante, hasta la entrega del mando al Exmo. Señor Presidente interino D. Antonio Lopez de Santa-Anna, y continuacion del cuadro historico de la Revolucion Mexicana, escrito por el licenciado Don Carlos Maria Bustamante. 2 vols. 4to. sewed, pp. 6, 216 and viii ; 250, x. and 46. *Mexico*, 1842. £1 10.

Butler.—Catecismo de la doctrina cristiana dis- puesto por el venerable doctor Santiago Butler, revisado, aumentado, mejorado y recomendado por cuatro RR. arzobispos catolicos de Irlanda, como catecismo general. Traducido del inglés. (Inglés y castellano). 12mo. pp. 145, indices pp. 4. *Puebla*, 1847. 4s. 6d.

Cabrera, y Quintero.—Escudo de armas de Mexico : Celestial proteccion de esta nobilissima Ciudad, de la Nueva-España, y de casi todo el Nuevo Mundo, Maria Santissima, en su portentosa imagen del Mexicano Guadalupe, milagrosamente apparecida en el palacio arzobispal el año de 1531, y jurada su principal patrona el passado de 1737. En la angustia que ocasionò la Pestilencia, que cebada con mayor rigor en los Indios, mitigò sus ardores al abrigo de tanta sombra : describiala de orden, y especial nombramiento del Ilustrissimo y Excelentissimo Señor Dr. D. Juan Antonio de Vizarron, y Eguiarreta, del consejo de S. Mag. Arzobispo de esta Metropolitana, Virrey, Gobernador, y Capitan General de esta Nueva-España, D. Cayetano de Cabrera, y Quintero, presbytero de este

Arzobispado : A expensas y solicitud de esta nobilissima
Ciudad, quien lo dedica à la augusta Magestad de Nuestro
Rey, y Señor, El Señor Don Fernando Sexto, Rey de las
Españas, y Emperador de las Indias.   Con licencia de los
superiores. *Impresso en Mexico por la Viuda de D. Joseph
Bernardo de Hogal, Impressora del Real, y Apostolico
Tribunal de la Santa Cruzada, en todo este Reyno.*   Año de
1746.   In fol. vél.   Frontispice gravé par B. Troncoso à
Mexico, 1743.—Titre rouge et noir. 16 fnc. pp. 522.   Index,
12 fnc.   £2 10s.

Vendu chez Maisonneuve. *Bibl. Americana.* frs. 55. chez List et
Francke. *Vente Andrade* thalers 16.5.

Calderon.—Memoria a cerca de la utilidad que
resulta de la union de medicina y cirujia ; leida a la Academia Medico chirurgica de Puebla, por su Socio Ciudadano Pedro Calderon, professor de medicina chirurgica.
Julio 15 de 1826.   12 mo. sewed, pp. 55.   *Puebla*, 1826.
2s. 6d.

Calderon.—Preceptos utiles para las primeras
clases, o breve explication de las partes de la oracion, y de
sus principales accidentes.   [Por] D. Manuel Calderon de
la Barca y Abrego. 16mo. sewed, pp. 52. *Mexico*, 1782. 2s.

Grammatical rules for the Latin in verse.

Calendario de Ignacio Trigueros para el año eco-
nomico de su ministerio, corregido por D. Antonio Haro.
Sm. 8vo. sewed, pp. 11.   *Imprenta del gobierno de Jalisco,*
1844.   1s. 6d.

California—Nachrichten von der Amerikanischen
Halbinsel Californien.   Mit einem zwayfachen Anhang
falscher Nachrichten.   Geschrieben von einem Priester der
Gesellschaft Jesu, welcher lang darinn Diese le Ctztere Jahr
gelebet hat.   8vo. sewed, pp. xvi. and 358, with a map.
Mannheim, 1773.   3s. 6d.

—————— Reglamento para la compañia cos-
mopolitana protectora de la industria en la Alta-California.
Small 8vo. sewed, pp. 39.   *Mexico*, 1834.   10s.

(Camacho)—Breve Manifestacion del que suscribe
(Sebastian Camacho).   4to. pp. 92.   Impreso en Jalapa por
Aburto y Blanco 1832.   10s. 6d.

Unmentioned by Rich.
Sebastian Camacho was for some time at the head of the State of
Veracruz, and in connection with all the political men of Mexico.

The present volume, written shortly after the fiery struggle between Bustamente and Santa Anna, which it describes, is a most valuable contribution to the history of the time. Pages 50 to 92 contain historical documents, such as letters by Santa Anna, Bustamente, etc.

Campillo y Cosio.—Nuevo Sistema de Gobierno Económico par la América. Con los males y danos que le causa el que hoy tiene, de los que participa copiosamente Espana ; y remedios universales para que la primera tenga considerables ventajes, y la segunda mayores intereses. Por el Señor Don Joseph del Campillo y Cosio. 12mo. bound, pp. 32 and 297. *Madrid*, 1789. 15*s*.

Cañas.—Discurso que el Ciudadano Tiburcio Cañas pronunció en el instituto de ciencias y artes del estado independiente, libre y soberano de Oajaca, el dia 16 de Septiembre de 1827. Con motivo de haber sustentato un acto de derecho publico, Dedicado a la Honorable Legislatura. 12mo. pp. 15. *Oajaca*, 1827. 1*s*. 6*d*.

Canticos.—Algunos canticos Sagrados traducidos del Hebreo por El Dr. D. Pablo de la Llave, tesorero dignidad de la Santa Iglesia de Michuacan. Sm. 8vo. sewed, pp. x. and 38. *Mexico*, 1831. 3*s*. 6*d*.

Carbajal.—Discurso que en la solemne funcion de la bendicion de la bandera del battallon Ligero Guerrero guardia nacional de esta ciudad pronunció en el templo de la Purisima Concepcion, el dia 28 de Diciembre de 1847, el presbitero C. Bernardino Carbajal. Sm. 4to. boards, pp. 34. *Oaxaca*, 1848. 3*s*. 6*d*.

Cardenas.—De los problemas y secretos marauil- losos de las Indias. Compuesta por el Doctor Juan de Cardenas Medico. Dirigida al Illustrissimo Señor D. Luiz de Velasco, Virrey dsta nueua España. (Un blason gravé). Con Licencia. *En Mexico*, En Casa de Pedro Ocharte. Año d. 1591. Pet. in 8vo. vél. 7 ff. prélimin. (le premier, dans notre exemplaire, commencant.) ¶ 2. *Summa de lo que en el Discurso deste Libro se trata*, 246 ff. (manque le ff. 217). £1 1*s*.
    Raccommodage au titre, et mouillure à la fin.

(Carlos III.)—Reales Exequias celebrades en la Santa Iglesia Catedral de México por el alma del Señor Don Carlos III. Rey de España y de las Indias en los dias 26 y 27 de Mayo de 1789. 4to. pp. 13, xxxiv. and 29. *Mexico*, 1789. 3*s*. 6*d*.

Carrasco y Enciso.—Oracion Eucaristica por la libertad gloriosa y feliz restitucion del Rey Nuestro Señor al trono augusto de Sus Mayores, que en la solemne funcion celebrada por el batallon tercero de patriotas distinguidos de Fernando Septimo, amado soberano de España, e Indias. Dixo en la Iglesia del Convento de N. P. S. Francisio en 26 de Diciembre de 1814, el R. P. Doctor Fr. Luis Carrasco y Enciso. 4to. boards, 3 leaves, pp. 59. *Mexico*, 1815. 7s. 6d.

Carriedo.—Rasgo biografico del presbitero licen- ciado D. Manuel Sabino Crespo, heroe de la nacion Mejicana, escrito por el ciudadano J. B. Carriedo. Sm. 8vo, sewed, pp. 19. *Oajaca*, 1833. 2s. 6d.

Carrillo y Perez.—Lo Maximo en lo Mínimo la Portentosa Imágen de Nuestra Señora de los Remedios, conquistadora y patrona de la imperial ciudad de México, en donde escribia esta historia Don Ignacio Carrillo y Perez. 4to. pp. 18 and 153. *Mexico*, 1808. 10s.

Carta familiar de un Sacerdote, Resquesta a un Colegial amigo suyo, en que le dà cuenta de la admirable Conquista espiritual del vasto Imperio del Gran Thibèt, y la Mission que los Padres Capuchinos tienen alli con sus singulares progressos hasta el presente. 4to. pp. 48. *Mexico*, 1765. £1 1s.

Carta Pastoral que el Illmo. Sr. Obispo de Guadal- ajara dirige a sus Diocesanos, con motivo de la Ley penal publicada in Zacatecas en 16 de Junio del presente año de 1859. 4to. pp. 15. *Guadalajara*, 1859. 8s.

This pastoral letter is a valuable contribution towards the history of the civil war in Mexico. It is directed against the laws decreed by Gonzales Ortega (of Juarez party), and inflicting capital punishment on all priests, "que, ante uno ó mas testigos, exijan retractacion del juramento de la constitucion de 1857," etc.

Carta pastoral del Illmo. y Excmo. Sr. Arzobispo de Mexico. 12mo. pp. 36. *Mexico*, 1855. 2s.

Carta (Tercera) pastoral del Obispo de Linares al Venerable Clero y Fieles de su Diocesis. Con motivo do la solemne publicacion de la Bula dogmatica sobre la Concepcion Inmaculada de Maria Santisima. 4to. pp. 30. *Santa-Anna de Tamaulipas*, 1855. 3s. 6d.

Carta del Conde de Cominges a su Madre, escrita en francès por Dorat. 46mo. pp. 48. *Mexico*, 1828. 2s.

Cartas sobre la educacion del bello sexo por una Señora Americana, A.M. 4to. pp. ix and 124. *Morelia*, 1855. 6s.

Cartilla social ó breve instruccion sobre los de-rechos y obligaciones de la Sociedad civil. Publícala para el uso de la juventud Mejicana J. G. de la C. Sm. 8vo. sewed, pp. 60. *Méjico*, 1833. 2s.

Cartilla para los ausiliares y ayudantes de cuar-tel. Sm. 8vo. sewed, pp. 7. *Mexico*, 1827. 1s. 6d.

Cartilla del Federalista. Small 8vo. sewed, pp. 20. *Mexico*, 1833. 3s. 6d.

Cartilla moral militar. Por el coronel D. José Gomez de la Cortina. 16mo. pp. 58. *Mexico*, 1839. 3s.6d.

Cartilla de policia para el mas puntual servicio publico de los coches de Providencia. Sm. 8vo. sewed, pp. 20. *Mexico*, 1840. 2s.

Cartilla de policia para el mas puntual servicio publico de los Coches de Providencia. Sm. 8vo. sewed, pp. 20. *Mexico*, 1846. 2s.

Castellanos.—Defensa hecha por el Licenciado Don Manuel Castellanos ante el Señor Juez del Ramo Criminal Lic. Don Dionisio del Castillo, en el Juicio Verbal sobre Denuncia de un Impreso intitulado: Contestacion de un Español al E. S. Ministro Siliceo. Large 8vo. pp. 65. *Mexico*, 1865. 7s. 6d.

With a portrait of Don Man. Castellanos. He was accused with abusing the liberty of the press.

Castro y Barcelo.—Discurso que sobre los princi-pales puntos de la Frenologia pronuncio en el salon de actos de mineria el dia 1 de Junio de 1851. El SR. D. Francisco Castro y Barcelo. Edicion de la sinceridad. Sm. 8vo. sewed, pp. 36. *Mexico*, 1851. 2s.

Catecismo de la doctrina social. Breve espli-cacion de los principales derechos, y obligaciones del hombre en sociedad. Escrito en forma de dialogo, entre un Cura y un Alcade, Por un miembro de la sociedad, hijo del distrito federal. Sm. 8vo. sewed, 3 leaves, pp. 56. *Mexico*, 1833. 3s. 6d.

Catecismo político arreglado a la constitucion de

la monarquia española para ilustracion del pueblo, instruccion de la juventud y uso de las escuelas de primeras letras, por D. J. C. 16mo. pp. 94. *Méjico*, 1820. 2*s.*

Catecismo politico de la federacion Mexicana.

Sm. 8vo. sewed, pp. 104. *Mexico*, 1831. 7*s.* 6*d.*

Causas y Efectos de la última revolucion de

Mégico. Small 8vo. pp. 32. Segunda parte, pp. 23. *Mégico* (Imprenta de la Lima), 1841. 5*s.*

Unmentioned by Rich.

Cavo.—Los tres siglos de Mexico durante el

gobierno español, hasta la entrada del ejército trigarante, obra escrita en Roma por el Padre Andres Cavo de la Compañia de Jesus. Publicala con notas y suplemento, el Lic. Carlos Maria de Bustamante, y la dedica á los Señores subscritores de ella, y protectores de la literatura Mexicana. *Mexico, Imprenta de Luis Abadiano y Valdés, Calle de Tacuba* núm. 4. 1836. 2 vols. pet. in 4to. Vol. I. Title, 4 ff. pp. 281. Vol. II. Title, 185 pp. (paged 158 by mistake).

—— Suplemento á la historia de los tres siglos. . . . . preséntalo el Lic. Carlos Maria de Bustamante, como continuador de aquella obra. Tom. III. *Mexico*, 1836. *Imprenta de la Testamentaria de D. Alejandro Valdes.* 4to. Title, pp. vii. 419. Tom. IV. *Mexico*, 1838. *Imprenta de Luis Abadiano en las Escalerillas*, No. 13. 4to. Title, pp. viii. 281. Together 4 vols. 4to., bound. £5 5*s.*

Cayetano Portugal. — Conducta del reverendo

obispo de Michoacan Don J. Cayetano Portugal, con motivo del destierro que impuso el gobierno de aquel estado a varios eclesiasticos desafectos al sistema federal. 4to. boards, pp. 43. *Mexico*, 1833. 5*s.*

Cejudo.—En la inauguracion del conservatorio

national de déclamacion de Mexico, el director general, Don José Cejudo, a los alumnos de ambos secsos matriculados en la primera época. Sm. 8vo. sewed, pp. 8. *Mexico*, 1853. 1*s.* 6*d.*

Chavraz.—Dialogo entre un Catolico y un Protes-

tante por el Señor Chavraz, obispo de Piñerola en el Piamonte, traducido para La Voz de la Religion. Roy. 8vo. pp. 208. *Mexico*, 1848.——Observaciones sobre el protes-

2

tantismo. Traducido del frances por Don Vicente de la Fuente. Roy. 8vo. half-bound, pp. 154. *Mexico*, 1848. 15s.

Chess and other Games.—Arte de Jugar al Ajedrez
en un metodo simple, facil y puesto para los alcances de todo el que tenga gusto de divertirse Traducido del frances por un aficionado. 12mo. pp. 32, with 2 large tables. *Mexico*, 1832. £1 10s.

——————— Explicacion de las leyes y reglas para
el juego del aljedres, sacadas del Filidor, y traducidas por un aficionado a este juego. 12mo. pp. 28. *Mexico*, 1836. £1 5s.

——————— Tratado elemental del Juego de Ajedrez
que contiene la marcha y alcance de sus piezas, sus reglas, los principios jenerales y particulares, el analisis de las principales jugadas y los diversos medios de ataque y defensa; publicado en frances por Ulises D., y traducido al castellano por J. L. Y. L. 12mo. pp. 68. *Mejico*, 1844. £1 1s.

——————— Licito recreo casero, ó juegos de
prendas. Por un aficionado. 12mo. pp. 96. *Mexico*, 1835. 10s.

——— ——— Reglas y Leyes que se han de observar
en el juego del mediator, y tresillo, con algunas instrucciones faciles para que qualquiera puedo aprenderlo pos sí mismo, y tambien los del juego Español llamado *hombre*, etc., por un aficionado. 12mo. pp. 154. *Reimpreso en Mexico*, 1806. £1 1s.

(Cholera).—Metodo curativo del cholera morbo,
por el lic. Pedro Vasquez. Sm. 8vo. sewed, pp. 15 *Mexico*, 1850. 1s. 6d.

——————— Precauciones contra el colera Asiatico
redactadas por Miguel Muñoz. Sm. 8vo. sewed, pp. 4. *Mexico*, 1850. 1s.

——————— Metodo preservativo que debe observarse
durante la epidemia de cholera-morbus, y primeros socorros que administrar à los atacados por ella; formado por la Escuela de Medicina de Mexico, y mandado imprimir por el Exmo. Ayuntamiento. 12mo. pp. 16. *Mexico*, 1850. 5s.

——————— Del cholera epidemico, lecciones pronunciadas en la facultad de medicina de Paris, por el Doctor Ambrosio Tardieu; traduccion al Castellano por Jose Mariano Davila. 12mo. sewed, pp. 210. *Mexico*, 1849. 2s.

(Cholera).—Apuntes sobre el cholera morbus y
su curacion con la mikania-huaco o guaco por Don Juan
Luis Chabert. Sm. 8vo., sewed, pp. 20. *Mexico*, 1850.
1*s.* 6*d.*

——————— **Nueva receta para el uso del palo de**
huaco.—Vala Flaco, Receta y metodo para la curacion
del colera-morbo dado y practicado con muy felices
resultados por el Dr. D. Pedro Gonzalez Perez. 12mo.
4 and 2 leaves. *Mexico*, 1833. 1*s.*

——————— **De la colerina, y modo de curarla.**
12mo. 8 leaves. *Mexico*, 1833. 2*s.* 6*d.*

——————— **Primeros socorros que deben prestarse**
a los colericos antes de la llegada del medico, por
el Dr. Foy. Traduccion al Castellano de la edicion de
Paris de 1848, por J. M. D. 12mo. sewed, pp. 36. *Mexico*,
1849. 2*s.* 6*d.*

——————— **Metodo precautorio y curativo contra el**
Colera Morbo Asiatico, escrito por Francisco E. Sámano,
medico-cirurjano. Sm. 8vo. sewed, pp. 16. *Mexico*, 1850.
2*s.* 6*d.*

——————— **Metodo preservativo que debe observarse**
durante la epidemia de Chólera Morbus, y primeros
socorros que administrar a los atacados por ella. Sm.
8vo. sewed, pp. 16. *Mexico*, 1849. 1*s.* 6*d.*

Cincuenta y Tres Razones y Motivos que obligan
á preferir la Religion Católica á todas las sectas y errores
que dividen el mundo: por el Principe Antonio de Bruns-
wick. Con importantes adiciones y aclaraciones por el
Presb.·D. Juan Gonzalez. 12mo. pp. 74, cloth gilt. *Mexico*,
1853. 4*s.* 6*d.*

——————— Primera edicion de la Unidad Católica. 12mo. pp.
109. *Mexico*, 1861. 2*s.* 6*d.*

Clava, la, del Indio, Leyenda Cubana por P. S.
8vo, pp. 107. *Mexico*, 1862. 3*s.* 6*d.*

Club, el, Jacobino de Francia resucitado en la
capital del distrito del Sub-Oeste del departamento de
Michoacan o scan, vengansas escandalosas ejercitandas
contra los Ciudadanos. 8vo. boards, pp. 16. *Guadalajara*,
1848. 6*s.*

Coca y Bermudez.—Silabario metodico ortológico
y ortográfico dispuesto por D. Pedro de Coca y Bermudez,
Subdelegado por S. M. de la Ciudad de la Antigua Veracruz. Y publicado a expensas de Don Juan Bautista Alvi-
zuri. 16mo, sewed, pp. 38. *Puebla*, 1799. 2s. 6d.

Código penal del imperio francés, traducido en
lengua española por el jurisconsulto Don Benito Redondo.
12mo. 2 prelim. leaves, pp. 180, 2 leaves. *Mexico*,
1825. 1s. 6d.

Codorniu y Ferreras.—Angina exantematica de
Mexico, y demas enfermedades endemicas y epidemicas
del pais, por el ciudad. Manuel Codorniu y Ferreras.
12mo. 1 prel. leaf, pp. xi. and 182, and 2 leaves. *Mexico*,
1825. 15s.

A sanitary work of extreme rarity. Not contained in the catalogues
Andrade and Puttick and Simpson.

Coleccion de Documentos para la historia de
Mexico. Publicado por Joaquin Garcia Icazbalceta. 2
vols. 4to. bound, pp. cliv. and 544, lxv. and 600. *Mexico*,
1858, 1866. (Vol. I. R. 12.—Brockhaus.) £3 3s.

Undoubtedly the most valuable modern work which has been published on the history of Mexico. Nearly all the documents this work
contains have never been printed before. For the contents we refer
to Nos. 11 and 19 of Trübner's *Record*.

Coleccion de documentos ineditos relativos al
descubrimiento, conquista y colonizacion de las posesiones
españolas en América y Oceanía, socados, en su mayor
parte del real archivio de Indias, bajo la direccion de los
Sres. D. Joaquin F. Pacheco y D. Francisco de Cárdenas.
4 vols. in numbers, 8vo. sewed. Vol. I., Nos. 1-6, pp. 592.
—Vol. II., Nos. 7-12, pp. 572.—Vol, III., Nos. 13-18,
pp. 576.—Vol. IV., Nos. 1-6, pp. 576. *Madrid*, 1864-65.
£3 3s.

Coleccion de los decretos espedidos por el Supremo
Gobierno, relativos a los tribunales mercantiles y reglamento para el regimen interior del de esta capital, publicada por acuerdo del mismo. 12mo. pp. 56. *Mexico*, 1844.
5s. 6d.

Coleccion de los documentos mas interesantes re-
lativos al prestamo de Medio Millon de Pesos, ofrecido por
el venerable clero secular y regular de este Arzobispado.
4to. pp. 16.—Continuation de los mismos documentos. 4to.
boards, pp. 7. *Mexico*, 1839. 7s. 6d.

Colleccion de poesias amatorias dedicada a las amables jóvenes de la republica Mexicana.   Sm. 8vo. sewed, pp. 104.   *Mexico*, 1828.   3*s.* 6*d.*

Coleccion de Providencias dadas a fin de estab-lecer la Santa Vida Comun, a que se dió principio en el dia tres de Diciembre Domingo primero de Adviento del Año proximo pasado de Mil setecientos sesenta y nueve, en los cinco numerosos Conventos de Santa Catarina de Sena, Purisima Concepcion, Santissima Trinidad, Santa Inés de Monte Policiano, y Máximo Dr. S. Geronymo, religiosas calzadas de esta Ciudad de la Puebla de los Angeles, sugetas a la Jurisdicion Episcopal, etc.   4*to.* pp. 195. (*Puebla*), 1769.   10*s.* 6*d.*

Coleccion Eclesiastica Mejicana.   4 vols. 16mo. half-bound, pp. xiv. 242, 328, 401, 308.   *Mexico*, 1834. £2 2*s.*

CONTENTS.—Vol. I. Actas de la Junta de Diocesanos de 1832.   Con-testaciones sobre el Juramento del Articulo 7o, de la Constitucion del Estado de Jalisco.—Vol. II. Sobre Instrucciones del Enviado a Roma, y Patronato.—Vol. III. Sobre Patronato y Provision de Curatos. Sobre Provision de Canongias.   Sobre Aranceles, Obvenciones y Derechos Parroquiales.—Vol. IV. Sobre Ocupacion de Bienes ecle-siasticos y de obras pias.   Sobre Diagonos.   Sobre diversos puntos.

Columbus.—Patria e biografia del grande ammi-raglio D. Cristoforo Colombo de 'Conti e Signori di Cuc-caro castello della Liguria nel Monferrato, Scopritor dell' America. Rischiarita e comprovata dai celebri scrittori Gio. Francesco Conte Napione di Coconato e Vincenzo del Monferrato,   4to. pp. x and 456, *portrait*, half-vellum. *Roma*, 1853.   15*s.*

Columbus.—Della origine e della patria di Cristo-foro Colombo libri tre, di Don Giambattista Spotorno Barnabita. 8vo. sewed, pp. 247.   *Genova*, 1819.   8*s.* 6*d.*

Columbus.—Lettre de Christophe Colomb sur la dícouverte du Nouveau-Monde, publiée d'après la raris-sime version latine conservée á la Bibliothéque impériale, traduite en francais, commentée et enrichie de notes puisées aux sources originales, par Lucien de Rosny.   8vo. large paper, half-morocco, top gilt, pp. 44.   *Paris*, 1865. 15*s.*   Only 125 copies printed.

Comandante, el, en gefe de la division Robles a sus Conciudadanos. 4to. boards, pp. 50. *Mexico*, 1853. 10*s.*

Comandante, el, Gral del Estado de Jalisco a sus
Conciudadanos. Sm. 4to. boards, pp. 23. *Guadalajara,*
1856. 5*s.*

Comercio de Mexico.—Balanzas generalos del
comercio maritimo por los puertos de la República Mexicana, en los años 1810, 1823, 1824, 1825, 1826, 1827, 1828,
1849. 2 vols. 4to. half-bound, pp. 24, 20, 26, 140, 190, 42,
196, 156, 14. *Mexico,* 1811-1850. £5 5*s.*

Very important for the commercial statistic of Mexico.

————— **Comercio esterio de México desde la**
Conquista hasta hoy, por Miguel Lerda de Tejada. Folio,
pp. 62 and 120, with two tables, boards. *Mexico,* 1853.
£1 11*s.* 6*d.* (*Rare.*)

————— **Ordenes y circulares espedidas por el**
Supremo Gobierno desde el año de 1829 hasta la fecha,
para el arreglo y legitimidad del comercio maritimo
nacional. 8vo. pp. 18. *Mexico,* 1830. 1*s.*

Compañia Lancasteriana de Mexico. (Añode
1849.) 12mo. sewed, pp. 12. *Mexico,* 1849. 2*s.* 6*d.*

Compendio de las Constituciones, y Reglas de la
M. Iltre. V. Apostolico Congregacion de N. G. P. Sr. S.
Pedro, canonicamente fundada por el Exemplar Clero
Secular de esta Ciudad de Mexico . . . . et año de 1577.
4to. 5 prelim. leaves, 17 pp. *Mexico,* 1747. 7*s.* 6*d.*

Compendio de la gramatica Castellana para el uso
de la casa de educacion de Doña Guadalupe Almonte de
Quesada. 12mo. sewed, pp. 84. *Nueva York,* 1835. 2*s.* 6*d.*

Comunicaciones oficiales sobre el injusto reclamo
de los comisionados del gobierno de Belice al del estado de
Yucatan, por el apresamiento de la goleta inglesa mercante
True-Blue, etc. etc. 8vo. pp. 108, sewed. *Merida,* 1841. 5*s.*

Congreso Mexicano.—Reglamento interior del
Soberano Congreso Mexicano. 16mo. pp. 52. *Mexico,*
1823. 2*s.* 6*d.*

————— **Proyecto de reglamento para el Go-**
bierno interior del Congreso General. 12mo. pp. 42.
Mexico, 1824. 2*s.* 6*d.*

Congreso Mexicano.—Reglamento para el Go-
bierno Interior del Congreso General.   12mo. pp. 47.
Mexico, 1824.   2*s*. 6*d*.

——————— **Reglamento para el Gobierno Interior**
de la Secretaria de la Camara de diputados del Congreso
General. 12mo. pp. 20. *Mexico*, 1829. 1*s*. 6*d*.   •

——————— **Reglamento para el Gobierno Interior**
del Congreso General. 12mo. pp. 48. *Mexico*, 1833. 2*s*.6*d*.

——————— **Proyecto de reglamento para el Go-**
bierno Interior del Congreso General presentado al mismo.
Sm. 8vo. pp. 40. *Mexico*, 1837. 2*s*. 6*d*.

——————— **Reglamento provisional para el Go-**
bierno Interior del Congreso General. Sm. 8vo. pp. 43.
Mexico, 1837. 2*s*. 6*d*.

——————— **Semblanzas de los individuos de la**
camara disputados de los años de 1825 y 26. Sm. 8vo.
pp. 20. *Mexico*, 1827. 1*s*.

——————— **Semblanzas de los miembros que han**
compuesto, la camara de disputados del Congreso de la
Union de la Republica Mexicana en el Bienio de 1827 y
1828. Sm. 8vo. pp. 23. *Nueva York*, 1828. 1*s*.

——————— **Semblanzas de los miembros que com-**
ponen el honorable congreso del estado de Megico en el
Bienio de 1829 y 1830. Sm. 8vo. pp. 10. *Nueva Orleans*,
1829. 1*s*.

——————— **Semblanzas de los representantes que**
compusieron el Congreso Constituyente de 1836. Sm. 8vo.
pp. 46. *Mexico*, 1837. 2*s*.

Congreso de Tamaulipas.—Apologia del Cuarto
Congreso constitucional de Tamaulipas: instalado el 14 de
Agosto del Año corriente. 4to. pp. 17.—At the end:
Mexico, Noviembre 4 de 1831. 4*s*. 6*d*.

Constitucion Mexicana.— Decreto constitucional
para la libertad de la America Mexicana, sancionado en
Apatzingan a 22 de Octubre de 1814. 12mo. pp. 68.
Mexico, 1821. 3*s*. 6*d*.

——————— **Plan de la constitucion politica de la**
nacion Mexicana. 12mo. pp. 83. *Mexico*, 1823. 3*s*. 6*d*.

Constitucion Mexicana.—Constitucion federal de los Estados Unidos Mexicanos, sancionado por el Congreso General Constituyente, el 4 de Octubre de 1824. Sm. 8vo. pp. xviii and 62, 3 leaves. *Mexico*, 1824. 5s.

———— **Acta constitutiva de la federacion** Mexicana. 12mo. pp. 25. *Mexico*, 1824. 2s. 6d.

———— **Bases y leyes constitucionales de la** Republica Mexicana, decretadas por el Congreso General de la Nacion en el año de 1836. Sm. 8vo. pp. 127. *Mexico*, 1837. 3s. 6d.

———— **Dictamen de la comision de puntos** constitucionales de la cámara de diputados sobre la reforma del titulo 3. de la constitucion federal. Sm. 8vo. sewed, pp. 19. *Méjico*, 1831. 2s.

Constitucion politica de la monarquia española, promulgada en Cádiz, a 19 de Marzo de 1811.—Reglamento de hacienda publica en lo Contencioso. 12mo. pp. 123 and 8. *Mexico*, 1820. 7s. 6d.

Constitucion del colegio del Espiritu Santo, pub-licada para satisfaccion de los padres de familia que han honrado al establecimiento. Año de 1848. Sm. 8vo. sewed, pp. 39. *Mexico*, 1848. 2s.

Constituciones de la Congregacion de Nuestra Señora con el titulo De Covadonga, defensora, y restauradora de la libertad española, fundada baxo la real proteccion por los naturales y originarios del Principado de Asturias, y Obispado de Oviedo, con una breve noticia de la Antiguedad, y Situacion del Santuario de Santa Maria de Covadonga, en que se comprehenda la licencia concedida por el Católico, y Religiosisimo zelo del Rey Nrô. Señor, de pedie limosna en estos Dominios, para el reedificio de dicho Santuario. 4to. pp. 83, with an engraving. *Mexico*, 1785. 15s.

Constituciones del seminario de la Madre San-tísima de la Luz, establecido en la Ciudad de Leon. 12mo. sewed, pp. 16. *Mexico*, 1847. 2s.

Constituciones formadas par la junta tridentina y sancionadas por el Illmo. Señor Obispo diocesano para el Seminario conciliar de esta capital. 12mo. pp. 64, 1 leaf, *Oaxaca*, 1843. 2s.

Constituciones de la Real y Pontificia Universidad
de Mexico. Secunda edicion. Fueron extendidaz por el
Sr. D. Juan de Palafox y Mendoza, Obispo de la Puebla
de los Angelos. Royal 4to. bound, pp. xxx. 238, and Index.
Mexico, 1775. 21s.

Contestacion a un articulo sobre la republica de
Chile publicado en el Mercurio de Nueva-York fecha 12 de
Julio de este año ; copiado en el Espiritu publico del Jueves
16 de Octubre del mismo. 8vo. pp. 24. *Mexico*, 1828. 3s. 6d.

Contestacion al Sr. Alvires, autor del cuaderno
titulado : Reflexiones sobre los Decretos Episcopales, etc.
4to. boards, pp. 43, and other pieces, pp. 20, 11. *Guadalajara*, 1857. 3s. 6d.

Contreras.—El castigo de dios, drama en tres
actos y en verso. por D. José Peon y Contreras. Repre-
sentado por la primera vez en el teatro de San Cárlos de
esta ciudad. 8vo. pp. 42, sewed. *Merida*, 1862. 1s.

Copia de voces latinas con sus correspondientes
castellanns en verso. Primera parte. Sm. 8vo. sewed,
pp. x. and 22. *Mexico*, 1822. 2s. 6d.

Corail.—Sermon que en el dia de la coronacion
de la imágen de Ntra. Sra. de las Victoriâs el 9 do Julio
de 1853, predicó en su Iglesia de Paris El R. P. Alfonso
Corail, de la Compañia de Jesus. Traducido por un Sacerdote del Obispado de Michoacan. 8vo. pp. 59. *Mexico*,
1863. 2s. 6d.

Corona poética. Las Musas Españolas à la Em-
peratriz de los Franceses, 1853. 8vo. pp. 76. *Mexico*, 1863. 5s.

Cortes.—Historia de Nueva España, escrita por
su esclarecido conquistador Hernan Cortes, aumentada con
otros documentos, y notas, por el ilustrissimo Señor Don
Francisco Antonio Lorenzana, arzobispo de Mexico. Con
las licencias necesarias. *En México en la Imprenta del
Superior Gobierno, del Br. D. Joseph Antonio de Hogal
en la Calle de Tiburcio. Año de* 1770. In fol. basane.
Titre rouge et noir. Frontispice gravé, par Navarro.
Viage de Hernan Cortes, pp. xvi. Dédicace, 6 fnc. Prologo,
2 fnc. Texte, 400 pp. Indice, 9 fnc. £3 3s.
1 planche représentant l'ancien calendrier mexicain. Grande planche
donnant la vue du Grand Temple de Mexico. 31 pl. (num. 32) repré-

sentant le fac simile d'un livre Mexicain en caractéres hiéroglyphiques, avec la traduction en Mexicain et en Espagnol. Carte de la Californie et carte de la Nouvelle Espagne.

Cortina.—Prontuario diplomatico y consular, y

resumen de los derechos y deberes de los estrangeros en los paises donde residen, por El Conde de la Cortina. 12mo. pp. viii. and 172. *Mexico*, 1856. *3s. 6d.*

—— El tiempo. Por el Conde de la Cortina.

8vo. pp. 28. *Mexico*, 1859. *2s.*

Cosas de Mexico. Small 8vo. sewed, pp. 91. *Vera Cruz*,

1858. *7s. 6d.*

Very curious pamphlet.

Covos.—Manifiesto al publico de José Maria

Covos. Sm. 8vo. sewed, pp. 16. *Zacatecas*, 1857. *2s. 6d.*

Crimenes de la Demagogia. El Colegio apostolico

de Guadalupe, en Zacatecas. 4to. pp. 80. *Guadalajara*, 1859. *5s.*

A vigorous invective against the anti-clerical party of Juarez and Ortego.

Currutaco, el, por Alambique, publicalo el Dr. D.

Manuel Gomez. Sm. 8vo. pp. 14. *Mexico*, 1799. *2s.*

Cuevas.—Porvenir de México, ó Juicio sobre su

Estada Político en 1821 y 1851. Por Don Luis Gonzaga Cuevas, Miembro del Senado. 3 vols. large 8vo. pp. xiv. and 560. *Mexico*, 1851 and 1857. *£2 12s. 6d.*

In consequence of the death of the author, the publication of this work was stopped with the third part, and the rest remains in MS. Cuevas was a distinguished statesman and historian.

Davila Padilla.—Historia de la fundacion y

discurso de la provincia, de Santiago de Mexico, de la Orden de Predicadores por las vidas de sus varones insignes y cascs Notables de Nueua España. Por el Maestro Fray Augustin Davila Padilla. Al Principe de España Don Felipe nuestro Señor. Edicion Segunda. (Une gravure: Insignia sacri Ordinis Praedicatorum). *En Brussselas. En casa de Iuan de Meerbeque* MDCXXV. Folio, parch. Titre, rouge et noir. 3 fuc. (raccommodage au bas du 3e ff.) pp. 654. Tabla. 3 fnc. *£4 4s.*

Dean, el, de la Santa Iglesia Cathedral de Guate-
mala, expresa los fundamentos, que tuvo, para ordenar,
que en la Collecta del Santo Sacrificio de la Missa, se
pidieffe por toda la Real Audiencia, diciendo, *Regium Sena-*
tum, haviendo fallecido el Señor Presidente de dicha Real
Audiencia; y que no se nombrase separadamente en la
referida Collecta à el Señor Oidor mas antïguo. Fol.
boards, 4 leaves. *Guatemala, circa* 1640. 15*s.*

Dechado de la Castidad, oracion, panegyrica, que
en la solemne fiesta de la milicia angelica del celestial Cin-
gulo del Doctor Angelico Santo Thomas, dixo en la Iglesia
del Imperial Convento de N. P. Sto. Domingo, de Mexico,
dia 28 de enero del año de 1771. El R. P. Fr. Joseph
Gallegos. 4to. boards, pp. 17. *Mexico*, 1771. 7*s.* 6*d.*

Decreto sobre extincion de Alcabalas en el Estado
de Mexico. 8vo. pp. 46. *Toluca,* 1847. 2*s.* 6*d.*

Decreto sobre uniformidad de las cuotas de
Alcabala en todos los departamentos, y reglas para su
cobro, acordado en 11 de Julio del Corriente Año. 8vo.
pp. 24. *Mexico.* 1843. 2*s.*

Decreto del Supremo Gobierno concediendo el
Pase el Breve en que nuestro Santisimo Padre el Señor
Pio IX. nombra su delegado apostolico en la Republica
Mexicana a Monseñor Luis Clementi, Arzobispo de Da-
masco, y dictamen de una comision especial, nombrado
por el Gobierno, para consultar sobre la admision del
mismo breve. 4to. pp. 36. *Mexico,* 1853. 4*s.*

Defehsa (sic) que en favor de los Sres. D.
Jose de la Cuesta y D. Ramon Dufoo, Administrador el
primero, y vista el segundo, de la Aduana marítima del
Puerto de Veracruz, presento su defensor, el Dr. D. Ramon
F. Valdes, en la causa formada, sobre el estrario de un
libro, que resultó ser el de Aforas, perteneciente al mismo
Sr. Dufoo, ante el Sr. Juez de Distrito del mismo Punto.
8vo. pp. 39 and 2. *Veracruz,* 1852. 4*s.*

Delmotte.—Romance en celebridad de la distri-
bucion de premios a los alumnos del importante seminario
de Mineria, Verificado el dia 29 de Octubre de 1830.
Sm. 8vo. sewed, pp. 8. *Mexico,* 1830. 1*s.* 6*d.*

Deprecacion a nuestra Reyna Maria Santisima de
los remedios, Hecha por una Religiosa del Convento de
San Lorenzo. Sm. 8vo. sewed, pp. 40. (*No place, no date.*)
2*s*. 6*d*.

Despachos dirigidos al gobierno Ruso sobre los
asuntos de Polonia, por los gabinetes de Londres, Paris y
Viena. 8vo. pp. 35. *Mexico*, 1863. 2*s*. 6*d*.

Dialogo primero y segundo entre un Payo y un
Carbonero. Sm. 8vo. sewed, pp. 16. *Mexico*, 1810. 2*s*. 6*d*.

Dialogo entre una señorita y un Indio. Small 8vo.
boards, pp. 8. (*No place, no date.*) 6*s*.
Curious pamphlet.

Dias de Arce.—Libro de la Vida del proximo
evangelico, el vener. Padre Bernardino Alvarez, patri-
archa, y fundador de la Sagrada Religion de la Charidad,
y S. Hypolito Martyr en esta Nueva España. . . . Compuesto por D. Juan Dias de Arce, Doctor Theologo
Mexicano. . . . Con las licencias necessar. *Reimpressa en
Mexico en la Imprenta nueva Antuerpiana de D. Christoval,
y D. Phelipe de Zuñiga, y Ontiveros, Calle de la Palma.*
Año de 1762. 4to. d.r. Frontispice. Titre. Image de
N.D. de Guadalupe. 5 fnc. 464 pp. 4 fnc. £1 1*s*.

Diaz Calvillo.—Sermon que en el Aniversario
solemne de gracias a Maria Santisima de los Remedios,
celebrado en esta Santa Iglesia catedral el dia 30 de
Octubre de 1811 por la Victoria del Monte de las Cruces,
predicó el P. Dr. Don Juan Bausista Diaz Calvillo. Small
4to. pp. 1 to 59. *Mexico* (Arizpe), 1811. Pp. 60 to 269
contain: Noticias para la Historia de Nuestra Senora de
los Remedios desde el Año de 1800, hasta el Corriente de
1812. Ordenabalas el Autor dei Sermon antecedente.
Mexico, 1012. 18*s*.

Diaz del Castillo.—Denkwürdigkeiten des Haupt-
manns Bernal Diaz del Castillo, oder wahrhafte Geschichte
der Entdeckung und Eroberung von Neu-Spanien, von
einem der Entdecker und Eroberer selbst geschrieben,
aus dem Spanischen ins Deutsche übersetzt von Ph. J. von
Rehfues. 4 parts in 2 vols. 8vo. boards, pp. lxviii. 274;
300; 314; 352. *Bonn*, 1838. 9*s*.

Diaz de Hortega. — Sermon que el dia 13 de
Setiembre, ultimo del Solemne Novenario, celebrado en el

Convento de PP. Dieguinos de Nuestra Señora de Guada-
lupe, por los Comunidades, clero .... de la Ciudad de
Valladolid de Michoacan, para implorar el auxílio divino
en las necesidades presentes de la Monarquia, predicó El
Sr. D. Jose Diaz de Hortega. 4to. boards, 2 leaves, pp. 16.
Mexico, 1808. 5s.

Diccionario, ó sea indice alfabetico de la ley

organica de la administracion de Justicia, espedida en 16
de Diciembre de 1853. Formado para facilitar su estudio
y aplicacion. 12mo. pp. 128. *Mexico*, 1854. 7s. 6d.

Diccionario del lenguaje de las flores conteniendo

ademas, los significados de los colores, las frutas, las aves
y las piedras preciosas, corregido y adicionado por Ovidio
Zorrilla quien lo dedica al bello sexo Yucateco. 12mo.
pp. 162, with a frontispiece, sewed. *Merida*, 1865. 5s.

Diccionario universal de Historia y de Geografia.

Contiene : Historia, propriamente dicha. Biografia universal. Mitologia. Geografia antigua y moderna. Obra dada
a luz en España por una Sociedad de Literatos distinguidos,
y refundida y aumentada considerablemente para su publication en Mexico con Noticias historicas, geograficas, es-
tadisticas, y biograficas sobre las Americas en general y
especialmente sobre la Republica Mexicana, por los SRES.
D. LUCAS ALAMAN, D. JOSE MARIA ANDRADE, D. JOSE
MARIA BASOCO, D. JOAQUIN CASTILLO LANZAS, LIC. D.
MAN. DIEZ DE BONILLA, D. JOAQUIN GARCIA ICAZBALCETA,
PRESBITERO D. Fr. JAVIER MIRANDA, LIC. D. MANUEL
OROZCO, etc., etc. 7 vols., 4to., pp. iv. 828 ; iv. 726 ; 792 ;
866 ; 1024 ; 862 ; 646. *Mexico*, 1853-55. With a Supplement. *Apéndice al Diccionario universal. Coleccion de
Articulos relativos á la Republica Mexicana . . . . reco-
gidos y coordinados por D. Manuel Orozco y Berra*. 3 vols.
4to., pp. 778 ; 936 ; 1142. *Mexico*, 1855-56 : together 10
vols. £20.——Another copy, half morocco, £21.

The most distinguished scholars of Mexico have united here to pro-
duce a work of the greatest usefulness. Apart from its general contents, which it has in common with our Encyclopedias, this
Diccionario is invaluable for its excellent notices on Mexican history,
languages, geography, and literature, nowhere else to be found in
such a well digested and conveniently arranged form. All available
resources have been used for the treatment of Mexican topics :
Beristain's Bibliotheca Hispano-Americana, the value of which is
universally acknowledged, but which is almost inaccessible by its
extreme rarity, as well as Alcedo's Diccionario Geografico Americano,
are entirely incorporated in the Dictionary. The articles on Mexican

history and antiquity contain the latest results which the study of the aboriginal languages, and of the ancient documents in these idioms, have recently established. (Out of print and scarce.)

Dictamen de la Comision de Credito publico de la
Camara de diputados, sobre el arreglo de la deuda inglesa. 8vo. cloth, pp. lxxv. and 130. *Mexico*, 1850. 10s.

In Spanish and English, with appendices.

Disertacion que manifiesta la propiedad que los
eclesiasticos tienen en sus bienes. 4to. boards, pp. 39. *Mexico*, 1834. 6s.

Dissertacion canonica sobre los justos motivos que
representa el Reyno de Guatemala, para que el consejo se sirva de erigir en Metropoli Eclesiastica la Sta. Iglesia Catedral de la Ciudad de Santiago su Cabeza. Fol., boards, pp. 36. £1 1s.

Documentos justificativos e imparciales que
acreditan la conducta que ha observado el Lic. Antonio Maria Vizcaino como Juez de letras del partido de Texcoco de Santa-Anna, desde que lo sirvio interinamente, hasta la fecha que lo desempeño en propiedad, y con cuyo caracter sigue funcionando. Sm. 8vo. boards, pp. 52. *Mexico*, 1854. 6s.

Documentos relativos a la Intervencion de los
Bienes eclesiásticos en el Obispado de Puebla. Suplemento al Num. 8 de la "Cuze," Mayo 10 de 1856. 4to. pp. 52. *Mexico*, 1856. 4s. 6d.

Documentos importantes tomados del espediente
instruido sobre la ocupacion por el gobierno general a las Temporalidades del Estado libre de Mexico: impresos de orden de su legislatura. 4to. pp. 53. *Tlalpam*, 1829. 10s. 6d.

Unmentioned by Rich.

Documentos oficiales de la Revolucion de Jalisco.
4to. pp. 8. *Guadalagara*, 1862. 2s. 6d.

Documentos oficiales relativos al estranamiento
del R. Obispo de Durango D. José Antonio Lopez de Zubiria, a consecuencia de haberse resistido á cumplir la parte preceptiva de la ley general de 22 de abril del presente año sobre provision de curatos. 4to. boards, pp. 27. *Victoria de Durango*, 1834. 6s.

Don, el, de la palabra, en órden à las lenguas,
.... ó Teorica de los principios y efectos de todos los idiomas posibles; por D. Ramon Campos. 16mo. pp. vi. and 118. *Madrid,* 1804. 2s.

Dos Años en Mexico.   O Memorias criticas sobre
los principales sucesos de la Républica de los Estados-Unidos Mexicanos, desde la invasion de Barradas, hasta la declaracion del Puerto de Tempico contra el gobieno de gral. Bustamante. Escritas por un Español. 4to. pp. 69. *Mexico* (Reimpresa por Jose Uribe), 1840. 12s. 6d.

CONTENTS.—Introduccion—Invasion de Barradas—Plan de Jalapa en 4 de Diciembre de 1829—Administracion del Vice-presidente D. Anastasio Bustamante—Administracion de Bustamente en 1831—Pronunciamiento de la guarnicion de Veracruz en 2 de Enero de 1832—Pronunciamiento de Tampico—Conclusion.

Dos Exposiciones sobre la Autoridad Eclesiástica,
hechas a las Cortes de Madrid por el Señor Obispo de Lérida el Año de 1821. 4to. pp. 59. *Méjico,* 1831. 4s. 6d.

Duarte.—Cartilla ó compendio teórico práctico
de los primeros conocimientos necesarios para la buena lectura, por el Lic. Luis G. Duarte. Sm. 8vo. pp. 16.——Juguetillo ó silabario compendiado para que los niños aprendan a leer adelantando en la escritura, por L. G. Duarte. Sm. 8vo. sewed, pp. 8, 2 tables, 2 plates. *Mexico,* 1865. 4s. 6d.

————— **Silabario dispuesto con un nuevo**
metodo para la mejor y mas pronta enseñanza de la lectura, por El Lic. Luis G. Duarte. Sm. 8vo. sewed, pp. 20. *Mexico,* 1865. 1s. 6d.

Ecsamen imparcial de las letras pontificas origi-
nales de 12 de Julio de 1831 para la reforma de los regulares de ambos secsos. Sm. 8vo. sewed, pp. 20. *Mexico,* 1837. 3s. 6d.

Egerton, Florencio.—Causa célebre contra los
asesinos de Don Florencio Egerton y Doña Ines Edwards. ... Danla a luz los Editores del Observador judicial 16mo. pp. 40. *Mexico,* 1844. 3s. 6d.

————— **Causa célebre contra los asesinos de**
Don Florencio Egerton y Doña Ines Edwards. Extracto de la original. Sm. 8vo. sewed, pp. 40. *Mexico,* 1844. 3s.

Eguiara y Eguren.—Bibliotheca Mexicana sive

eruditorum Historia virorum, qui in America Boreali nati,
vel alibi geniti, in ipsam Domicilio aut Studijs asciti,
quavis linguā scripto aliquid tradiderunt: Eorum prae-
sertim qui pro Fide Catholicā and Pietate ampliandā
forendāque, egregiè factis and quibusvis Scriptis floruere
editis aut ineditis. Ferdinando VI. Hispaniarum Regi
Catholico Nuncupata. Authore D. Joanne Josepho de
Eguiara et Eguren. Mexicano, electo Episcopo Juca-
tanénsi, etc. etc. *Tomus primus* exhibens Litteras A B C.
Fol. 78 preliminary leaves, 543 pp. *Mexici*; Ex novā
Typographiā in Aedibus Authoris editioni ejusdem Bib-
liothecae destinatā. Anno Domini 1755. Half bound.
£8 8*s*.

The only volume which has been published of this valuable work.
It contains the most authentic notes on the literature and literary
men of Mexico, and has thus become the basis of Beristain's celebrated Bibl. Hisp. Amer., which appeared sixty years later. Eguiara
was one of the most talented members of the Academy of Mexico.

———— Regiae ac Pontificiae Mexicanae

Academiae, Septentrionalis Americae decori eximio, cum
primus Celeberrimis totius Orbis insigni. Doctor Joannes
Josephus de Eguiara et Eguren, Mexicanus, ejusdem
Universitatis Primarius Sacrae Theologiæ Antecessor
Emeritus, apud S. Inquisitionis Tribunal propositionem
Censor, Archiepiscopatus Examinator Synodalis.—Begins:
Selectas Dissertationes Mexicanas meas ad Scholasticam
spectantes Theologiam, publicam daturus in lucem, etc.
Fol. 16 leaves (incomplete). £1 1*s*.

A fragment of the work of Eguiaras, "Selectae Dissertationes
Mexicanae, ad Scholasticam spectantes Theologiam." According to
Beristian, only the first volume was printed (Mexici apud Hogal,
1746), the other two remaining in MS. We have never been able to
trace a copy of this work; it did not appear in the Andrade Sale at
Leipzig, nor is it contained in Messrs. Puttick and Simpson's Catalogue
(Sale of June 1st, 1869).

Eguiara y Eguren, the celebrated author of the "Bibliotheca
Mexicana," and one of the greatest Mexican scholars of the last
century, is mentioned by Beristian as "digno de ocupar uno de los
primeros logares de esta Biblioteca."

———— Relectio exponens vigessimam sextam

distinctionem libri tertii sententiarum magistri; in Alma
Metropolitana Mexicca Ecclesia, pro Magistralis Cononi-
catus examine die 23 Augusti Anno Domini 1725, habita,
a Doct. D. Joanne Josepho de Eguiara y Eguren. 4to.
pp. 30. (*Mexico*. 1725.) (Beristain, Bibl. Hisp. Amer.
vol. i. p. 452.) 10*s*.

Eguiara y Eguren.—Maria Santissima Pintan-
dose Milagrosamente en su bellissima imagen de Guadalupe de Mexico, saluda a la Nueva España, y se constituye
su Patrona. Panegyrico, que en su Santa Iglesia Metropolitana, el dia diez de Noviembre de 1756, predicó el Doctor
D. Juan Joseph de Eguiara y Eguren. Sacalo a luz la
muy noble y muy leal imperial Ciudad de Mexico. 4to.
6 prelim. leaves, pp. 32. Con licencia en la Imprenta de
la Bibliotheca Mexicana. Año de 1757. £1 5s.

The author of this sermon is well known by his "Bibliotheca
Mexicana," the first and only volume of which was published in
1755.

———— La nada contrapuesta en les balanzas
de Dios à el aparente cargado peso de los hombres.
Assumpto moral que en la Metropolitana de Mexico, en
oposicion à la Canongia Magistral, discurriò, y dixo El
doctor Don Juan Joseph de Eguíara y Eguren. 4to. boards,
6 leaves, pp. 23. *Mexico*, 1727. 7s. 6d.

Ejercito imperial Mexicano.—Division Marquez.
Cuartel General en Morelia. Diciembre 20 de 1863. Report of the general Leonardo Marquez to the French
general Bazaine. 4to. boards, pp. 27, with a plan, and 20
tables. *Morelia*, 1863. 8s. 6d.

Ejercicio devoto al Niño Jesus, por el presbítero
Mucio Valdovinos. 8vo. pp. 32. *Morelia*, 1857. 1s. 6d.

El Error confundidado y la Verdad demonstrada.
4to. pp. 40.—At the end: *Méjico*, 1820. En la oficina de
Alejandro Valdes. 3s. 6d.

A pamphlet in defence of the Spanish rule over Mexico.

Elegia a la muerte del Excmo. Sr. D. Jose Maria
Morelos. Dedicada al Sr. D. Vicente Guerrero. Sm.
8vo. boards, pp. 7. *Puebla*, 1821. 3s. 6d.

Elizaga.—Ensayos políticos. Coleccion de arti-
culos escritos y publicados en diversos periódicos, durante
la usurpacion de Maximiliano, por Lorenzo Elizaga. 4to.
sewed, pp. V. 464, portrait. *Mexico*, 1867. £1 10s.

———— Principios de la armonia y de la me-
lodia ó sea fundamentos de la composicion musical. Dispuestos por el ciudadano. P. Mariano Elizaga. Sm. 8vo.
sewed, pp. 75. *Mexico*, 1835. 7s. 6d.

Empresarios, los, de fabricas nacionales de Hilados y Tegidos de algodon, solicitan del Supremo Gobierno se serva presentar el Congreso General una Iniciativa, paro que se permita, por tiempo limitado, la importacion de algodones en vama, en los terminos y por los fundamentos que esponen. 8vo. sewed, pp. 11. *Mexico*, 1840. 2*s.*

English Constitution.—Sumario historico de la constitucion leyes y estatutos de Inglaterra por el ciudano M.Ll. Sm. Svo. sewed, pp. xvi. and 351. *Oficina de Don Mariano Ontiveros*, 1825 (pp, 7-10 are wanting). 2*s.* 6*d.*

Ensayo para la materia medica Mexicana, ar- reglado por una comision nombrada por la Academia Medico-quirurgica de esta capital, quien ha dispuesto se imprima por considerarlo util. 4to. sewed, pp. xi. and 101. *Puebla*, 1832. 10*s.*

Escobar.—Verdad reflexa, platica doctrinal sobre los varios sucessos que intervinieron en la Ciudad de San Luis Potosi desde el dia 10 de Mayo de 1767, hasta el dia 6 de Octubre del mismo año, en que se ejecutaron los ultimos suplicios de los Tumultuarios. Dijola en su plaza mayor el R. P. fr. Manuel de Escobar. 4to. 27 preliminary leaves and 57 pp. *Mexico*, 1768. £1 1*s.*

The first leaf after the title (dedication) incomplete.

Escritura de asociacion de la compañia de Minas Zacatecano-Mexicana en la cual esta inclusa la contrata celebrada con el Gobierno. Sm. 8vo. sewed, pp. 21. *Mexico*, 1835. 5*s.* 6*d.*

Espinosa. — Calendario para el año de 1867, tercero despues del bisiestro, arreglado al meridiano de Merida de Yucatan, por José Dolores Espinosa. 12mo. sewed, pp. 64. *Merida*, 1866. 1*s.*

————— **Ditto for 1868.** 12mo. pp. 64. *Merida*, 1867. 1*s.*

————— **Observaciones contra la impugnacion** del libro titulado: El Retrato de la Virgen y su contestacion. Por el Dr. D. Pedro Espinosa. 8vo. pp. 48. *Mexico*, 1850. 2*s.*

————— **Cartilla social ó breve instruccion** sobre los derechos y obligaciones del Hombre en la sociedad civil, por Rafael Espinosa. Segunda edicion. Sm. 8vo. sewed, pp. 21. *Mexico*, 1847. 2*s.*

Esposicion que por las exenciones de la provincia Cármen hace el N. R. Padre Provincial de la misma, ante los delegados apostolicos a quienes compete su defensa. 8vo. pp. 90. *Mexico*, 1851. 2s.

Esposicion hecha al Exmo. St. General D. Epitacio Huerta, por el C. Juan Aldaiturreaga al separarse de la Secretaria del Supremo Gobierno de Michoacan. 4to. pp. 50. *Morelia*, 1860. 2s. 6d.

Establecimiento cientifico, agricola, fabril y comercial, que aprobó el supremo gobierno en 25 de Junio de 1844, y se propone fundar y dirigir Eduardo Turreau de Linieres. 12mo. pp. 26. *Mexico*, 1844. 1s. 6d.

Estatutos de la sociedad economica de Mexico. 12mo. sewed, pp. 14. *Mexico*, 1831. 1s. 6d.

Estracto de la obra Francesa intitulada: Inconvenientes del celibato eclesiastico. Sm. 8vo. sewed, pp. xiv. and 72. *Mexico*, 1833. 3s. 6d.

Estrada.—Sermon de la Santa Casa de Loreto, que en la solemnidad annual, con que la celébra el Noble Cuerpo de Abogados de esta Corte Guadalaxara, nuevo Reyno de Galicia dixo el P. M. Jph. Manuel de Estrada. 4to. 6 leaves. *Mexico*. 1766. 5s.

Exhortacion del Ilmo. Señor Opispo de Mallorca. 4to. 2 leaves. At the end: Dada en Palma en nuestro palacio episcopal á 13 de Abril de 1820. Pedre, Obispo de Mallorca. Reimpresa en Mexico, año de 1820. 3s. 6d.

Explicacion de la syntaxis segun las reglas del arte de Antonio de Nebrija, por el Padre Mateo Galindo de la compañia de Jesus. Sm. 8vo. sewed, 40 leaves *Puebla de los Angeles*, 1793. 2s. 6d.

Exposicion que Octaviano Muñoz Ledo dirige a sus conciudadanos sobre la conducta politica que observó en el gobierno del estado de Guanajuato durante la ultima Revolucion. 4to. boards, pp. 84, 34. *Mexico*, 1853. 3s. 6d.

Exposicion que los Conservadores de los Provincias dirigen al Sr. General Almonte a sus correligionarios y proprietarios de la capital sobre los bases de la futura organisacion politico del Pais. 8vo. pp. 20. *Mexico*, 1863. 4s. 6d.

Exposicion de la Conducta Politica de los Estados
Unidos, pava con los Nuevas Republicos de Americo. 4to.
pp. 16. *Mexico*, 1827. 5s.

This pamphlet is written by J. R. Poinsett, of the United States
Legation at Mexico, to vindicate the friendly feelings of the United
States towards Mexico against some contrary accusations of the
Mexican press. Unmentioned by Rich.

Fabry.—Compendiosa demostracion de los creci-
dos adelantamientos, que pudiera lograr la Real Hacienda
de Su Magestad mediante la rebaja en el precio del
Azogue. , . . . Por Don Joseph Antonio Fabry, Guarda
de Vista en las Fundiciones de S. M . . . . Quien la
consagra à la R. M. de nuestro Catholico Monarcha el
Señor Don Philippo V. (que Dios guarde) Rey de España,
y de las Indias. *Impressa en Mexico con licencia del
Superior Gobierno. Por la Viuda de D. Joseph Bernardo de
Hogal.* Año de 1743. 4to. parch. Titre.—38 fnc.—pp.
178. £1 10s.

Fabula politica. Los animales en cortes. Sm.
8vo. 3 leaves. *Puebla*, 1820. 1s. 6d.

Fabulas politicas de Juan Nepomuceno Troncoso.
Sm. 8vo. pp. 124. (*No place, no date.*) 2s. 6d.

Fabulas politicas y militares de Ludovico Lato-
Monte. Sm. 8vo. pp. 48. *Puebla*, 1821. 3s.

Febles.—Noticia de las Leyes y Ordenes de
Policia que rigen a los profesores del arte de curar. Dispuesta por Manual de Jesus Febles, Doctor en Medicina,
etc. 4to. pp. vi. 108, 18, 20, 27, 10. and 4 leaves; with a
portrait of Dr. Febles. *Mexico*, 1830-31. 8s. 6d.

CONTENTS.—Del Protomedicato, etc.—Ordenanza del Jardin Bo-
tanico.—Petitorio farmaceutico que observa el Proto —Medicato
entretanto se generaliza la Nomenclatura moderno.—Tarifa o Arancel
de Medicinas simples y compuestas.—Extincion del Proto medicato.—
Lista de Profesores.

Ferreras.—Historia de la Salvacion del egercito
espedicionario de Ultramar de la fiebre llamada Amarilla,
y medios de evitar los funestos resultados de ella en lo
succivo, por D. Manuel Codorniu y Ferreras. 12mo. pp.
xv, and 103. *Puerto de Santa Maria*, 1820. 5s.

Filisola.—Memorias para la Historia de la Guerra
de Tejas, por el Sr. General de division y actual Presidente
del supremo Tribunal de guerra y marina de la Republica.

Don Vicente Filisola. 2 vols. 8vo. bound, pp. x. and 587 ; xi. and 625. *Mexico*, 1848-49. £1 5s.

An account of the first campaign against the United States.

Fin, el, del mundo, para el año de 1860, o sea carta de un canónigo a un amigo suyo. 12mo. pp. 29. *Mexico*, 1852. 2s. 6d.

Finances.—Mexican debt reports. Reports on the Mexican Bondholders, etc. 1849-1862. 34 pieces bound in 3 vols. 8vo. £3 3s.

Florencia.—La Estrella del Norte de Mexico, aparecida al rayar el dia de la luz evangelica en este Nuevo Mundo . . . En la historia de la Milagrosa imagen de Nuestra Señora de Guadalupe de Mexico, que se apareció en la Manta de Juan Diego. Compusola el Padre Francisco de Florencia, de la extinguida Compañia de Jesus. 4to. half-bound, pp. 830, 5 leaves. *Madrid*, 1785. £3 3s.

——————— **La milagrosa invencion de un thesoro** escondido en un campo, que halló un venturoso cazique, y escondió en su casa, para gozarlo á sus solas ; patente ya en el Santuario de los Remedios en su admirable imagen de Ntra Señora, señalada en Milagros, invocada por patrona de las lluvias y temporales ; . . . . Noticias de su origen, y venidas a Mexico ; Marabillas, que ha obrado, con los que la invocan ; Descripcion de su casa, y Meditaciones para sus Novenas. Por el P. Francisco de Florencia, de la Compañia de Jesus. Dalas a la estampa el Bachiller Don Lorenzo de Mendoza Capellan. . . . Dedicalas a el Señor Don Gonzalo Suarez de San Martin. . . . Con licencia. *En Sevilla, en la Imprenta de las Siete Revueltas. A costa de D. Juan Leonardo Malo Manrique.* Año de 1745. 4to. parch. Frontispice gravé. Titre. 6 fnc. 160 pp. Indice. 2 fnc. £1 15s.

——————— **Zodiaco Mariano, en que el sol de** justicia Christo Con la salud en las alas visita como Signos, y Casas proprios para beneficio de los hombres los templos, y lugares dedicados á los cultos de su SS. Madre por medio de las mas celebres y mylagrosas imagines de la misma Señora, que se veneran en esta America Septentrional, y Reynos de la Nueva España. Obra posthuma de el Padre Francisco de Florencia, de la Compañia de Jesus, reducida á compendio, y en gran parte añadida por el P. Juan Antonio de Oviedo de la misma Compañia, Calificador del Sto. Oficio, y Prefecto de la ilustre congregacion de la

Purissima en el Colegio Maximo de S. Pedro, y San Pablo de Mexico. Quien la dedica al sacrosanto y dulcissimo nombre de Maria. Con Licencia. *En Mexico en la nueva imprenta del Real y mas Antiguo Colegio de San Ildefonso año de* 1755. In 4, vél. Titre. 11 fnc. 328 pp. £1 1s.

Flourens.—Examen de la Frenologia, escrito en frances por P. Flourens, traducido al castellana por M. Andrade. 12mo. pp. 126. *Mexico,* 1844. 2s. 6d.

Free Masonry.—Reglamentos generales del rito de los y y : .˙. F. F. .˙. Sm. 8vo. sewed, pp. 24. *Nueva York,* 1834. 8s. 6d.

———— Reglamento interior de la R .˙. □ .˙. Tolerancia No. I bajo los auspicios de la M .˙. R .˙. C .˙. □ .˙. Nacional Mexicana, de antiguos y aseptados Mazones del Rito de York. 12mo. pp. 30. *Mexico,* 1826. 7s. 6d.

Rules of a Mexican Lodge of Freemasons. Extremely scarce.

———— Discurso Masonico en que se da una idea sucinta del origen, progresos y estado actual de la Masoneria en Europa. 4to. pp. 12. Reimpreso en México en la oficina de Betancourt año de 1822. 4s.

A discourse in favour of Freemasonry.

Funcion estraordinaria de títeres mágicos en el callejon del Vinagre. Sm. 8vo. sewed, pp. 126. *Mexico,* 1828. 10s.

Funeral, el, de Arabert. Traducido al Castellano por J. N. T. 12mo. sewed, pp. 20. *Puebla,* 1821. 1s. 6d.

Gallardo.—Metodo facil para aprender la pin- tura oriental escrito por José de la Luz Pacheco Gallardo. Dedicado al bello sexo. Sm. 8vo. sewed, pp. 16, with 3 coloured plates. *Mexico,* 1863. 3s. 6d.

Gallegos. — La Monarquia dichosa. Oracion panegyrica que en la Santa Iglesia Cathedral de Mexico dixo el dia XII. de Octubre de este año de MDCCCLXX. El R. P. Fr. Joseph Gallegos. 4to. 9 prelim. leaves and pp. 11. Impressa en Mexico, en la Imprenta de la Biblioteca Mexicana. (1770.) 7s. 6d.

In this sermon Gallegos praises Spain as the happiest kingdom in the world, for its having embraced the Catholic religion, and excluded the other creeds.

Garza y Ballesteros.—Bienes de la Iglesia
Opúsculo escrito por el J. St. Dr. Don Lázaro de la Garza
y Ballesteros dignisimo obispo de Sonora. 8vo. pp. 36.
Mexico, 1856. *3s. 6d.*

(Gozlan Léon).—Viage de Mister Fitz-Gerald en
busca de los Misterios de Paris. Sm. 8vo. sewed, pp. 40.
Méjico, 1844. 1s. 6d.

Granados y Galvez.—Tardes americanas: gobierno
gentil y catolico: breve y particular noticia de toda la
historia indiana : Sucesos, casos notables. y cosas ignoradas,
desde la entrada de la Gran Nation Tulteca a esta tiérra de
Anahuac, hasto los presentes tiempos. Trabajadas por un
Indio, y un Español. Sacalas a luz el M. R. P. Fr. Joseph
Joaquin Granados y Galvez, Predicador general . . . . y
las dedica al Excmō. Sr. D. Joseph de Galvez, caballero
de la Real distinguida Orden de Carlos III., del Consejo de
Estado, Gobernador del Supremo de las Indias, y Secretario
del Despacho universal de ellas. *Mexico. En la nueva
Imprenta Matritense de D. Felipe de* Zuñiga y Ontiveros,
calle de la Palma, año de 1778. 4to. d. rel. Titre. 35
fnc. 540 pp. 3 planch. £4 4s.
Vendu chez Puttick and Simpson. *Bibl. Mejicana.* £4 15s.

Guadalupe Victoria.—Derrotero de las islas An-
tillas, de las Costas de Tierra Firme, y de las del Seno
Mexicano, corregido y aumentado, y con un apendice sobre
las corrientes del OcéanoAtlantico á Mandado Reimprimir.
Por el Exmo. Sr. D. Guadalupe Victoria, Primer Presidente de la República Mexicana. 8vo. half-bound, pp.
599. *Mexico*, 1825. £1 10s.

Guerrero —Historia intima de seis mujeres.
Cuadros sociales. Por Teodoro Guerrero. 8vo. pp. 578.
Mexico, 1862. 12s.

Guridi.—Apología de la aparicion de Nuestra
Señora de Guadalupe de Méjico, en respuesto a la disertacion que la impugna. Su autor el Dr. D. José Miguel
Guridi. 4to. leather, 4 leaves, pp. 201, 4 leaves. *Méjico*,
1820. £1 10s.

Guridi Alcozer.—Arte de la lingua latina por el
doctor Don Joseph Miguel Guridi Alcozer. Sm. 8vo. sewed,
pp. vi. and 96. *Mexico*, 1805. 4s. 6d.

Gutierrez de Estrada.—Mexico en 1840 and y en 1847. Por D. J. M. Gutierrez de Estrada. Sm. 8vo. pp. 40. *Mexico*, 1848. 2s. 6d.

Hardy.—Travels in the interior of Mexico in 1825, 1826, 1827, and 1828, by Lieut. R. W. H. Hardy. 8vo. boards, pp. xiv and 540, with a map and engravings. *London*, 1829. 10s.

Henderson.—Representacion à los Americanos del Sud y Mexicanos, para dissuadirles de que concedan ventajas commerciales a otras nacionas, en perjuicio de Inglaterra, por causa de su retardo en reconocer su independencia . . . con un examen rapido de varios acontecimientos importantes, y rasgos patrioticos que han distinguido sus respectivas revoluciones, por James Henderson. 8vo. pp. 44. *London*, 1822. 1s.

Herdoñana.—Relacion de la Vida, y Virtudes del P. Antonio Herdoñana de la Compania de Jesus, Zeloso Missionero por espocio de veinte y quatra anos en el Apostolico Colegio de S. Gregorio de Mexico. Small 4to. vellum, pp. 78. *Mexico*, 1758. 18s.

Heredia.—Poesia inedita del Licenciado Don José Maria Heredia dedicada al Santisimo Sacramento. 8vo. pp. 4. *Mexico*, 1848. 6d.

———— **Discurso pronunciado en la festividad** civica de Toluca, el 16 de Setiembre de 1836, por el Ciudadano J. M. Heredia, magistrado de la Exma. Audiencia. Sm. 8vo. pp. 14. *Toluca*, 1836. 2s.

Hernandez.—Discurso pronunciado por el Ciuda- dano lic. José Maria Perez y Hernandez, la tarde del 27 de Setiembre de 1850. 8vo. pp. 24. *Mexico*, 1850. 1s.

Herranz y Quiros.—Elementos de gramatica castellana para uso de los niños que concurren a las escuelas, dispuestos en forma de dialogo para la mejor instruccion de la juventud, por D. Diego Narciso Herranz y Quiros. 12mo. sewed, pp. 111. *Mexico*, 1827. 2s. 6d.

Herrera.—Novus orbis, sive descriptio Indiae Occidentalis, auctore Antonio de Herrera. Metaphraste C. Barlaeo. Accesserunt et aliorum Indiae Occidentalis descriptiones, etc. Folio, old calf, 4, 83, 9 leaves. With numerous maps and plates. *Amstelodomi*, 1622. 12s. 6d.

Herrera.—Descripcion de las Indias Ocidentales
de Antonio de Herrera Coronista Mayor de su Magestad
de las Indias, y su coronista de Castilla. Al Rey Nro.
Señor. 4to. 18 leaves, pp. 78. *Madrid*, 1730. 6s.

———— Historia general de los hechos de los Castellanos en
las islas i tierra firme del Mar Oceano. Escrita por
Antonio de Herrera. En 8 decadas: 4to, 3 leaves, pp.
292; 2 leaves, pp. 288; 1 leaf, pp. 296; 2 leaves, pp. 232;
4 leaves, pp. 252; 2 leaves, pp. 236; 2 leaves, pp. 245; 2
leaves, pp. 251. Tablas generales. The whole in 4 vols.
4to. half-bound. *Madrid*, 1726-32. £4 4s.

———— **Discurso pronunciado por el Presi-**
dente de la Republico Mexicana, general de division Jose
Joaquin, de Herrera, el die 1. de Enero de 1851, en la
apertura de las sesiones del Congreso. Large 8vo. pp. 24
Mexico, 1851. 3s.

Historia de la Milagrosa Renovacion de la so-
berana imagen de Cristo Señor Nuestro crucificado, que se
venera en la iglesia del convento de Santa Teresa la Antigua, escrita por el Dr. D. Alfonso Alberto de Velasco.
8vo. leather, pp. x. and 188. With engravings. *Mexico*,
1845. 6s.

Honras funebres de Illmo. Sr. D. Juan Cayetano
Portugal, dignisimo obispo de Michoacan, verificadas en
esta Santa Iglesia Catedral, en los dias 11 y 12 de noviembre del año de 1850. Fol. boards, pp. 121. *Mexico*,
1851. 7s. 6d.

Humboldt.—Versuch über den politischen Zu-
stand des Königreichs Neu-Spanien, von Friedrich Alexander von Humboldt. Mit Kupfern und Karten. 5 vols.
in 4, 8vo. boards. *Tübingen*, 1809-1814. 5s.

———— **Reise in die Aequinoctial-Gegenden**
des Neuen Continents, in den Jahren 1799, 1800, 1801,
1802, 1803 und 1804. Verfasst von Alexander von Humboldt und A. Bonplandt. Mit Kupfern. 6 vols. 8vo.
boards. *Stuttgart und Tübingen*, 1815-1829. 8s.

———— **Selections from the Works of the**
Baron de Humboldt relating to the climate, inhabitants,
productions. and mines of Mexico. With notes, by John
Taylor. With a map. 8vo. boards, pp. xl. and 310.
London, 1824, 7s. 6d.

Icazbalzeta.—Apuntes. Seo Linguistic Literature.

—————————— **Coleccion de documentos.** See p. 20.

Idea Mercurial y descripcion breve de la plau-sible Jura que de nuestro Catholico Monarch, Rey, y Señor Natural el Sr. D. Carlos III. . . . celebro el ilustre, y leal Vecindario del Pueblo de Xalapa de la feria, el dia 30 de Mayo de 1761. Con la assistencia de los Comercios de Europa, y America . . . . el Dr. D. Joseph Zuarez. y el Lic. D. Ign. Fern. Alvarez. 4to. 9 prelim. leaves, pp. 26. *Mexico.* 1761. 4s. 6d.

Ideas de un Comerciante sobre el modo de destruir el Contrabando por reformas del arancel vijente. 8vo. pp. 20. *Vera Cruz*, 1850. 1s. 6d.

Iglesias.—Relacion sencilla del funeral y Exe-quias del Illmo. y Rmo. Señor Marstro D. F. Antonio de San Miguel Iglesias. Obispo que fué de la santa iglesia catedral de Valladolid de Michoacan, etc. etc. Dispuesta por un Presbítero de la misma Ciudad. 4to. pp. 13, 13, xxxix., 30. *Mexico*, 1805. 5s.

Ignacio del Castillo. Elementos de retorica obra posthuma del R. P. F. Ignacio del Castillo. Dalos á luz el Dr. D. José Eustaquio Fernandez, presbitero. Sm. 8vo. sewed, 3 leaves, pp. 96. *Mexico*, 1812. 2s. 6d.

Importacion. Lista de los generos, frutos y efectos de procedencia extrangera, cuya importacion se prohive en el territorio de la federacion mexicana, por decreto del soberano congreso de 20 de Mayo de 1824. 8vo. pp. 6, 4. *Mexico*, 1824. 2s. 6d.

Incompatibilidad (la) del sistema de la pluralidad de mundos con el dogma de la unidad de la fé y de la Iglesia, demostrada por la razon y por la autoridad. 12mo. pp. 83. *Puebla*, 1839. 5s.

Independencia de Mexico. 12mo. pp. 31. *Mexico*, 1842. 2s. 6d.

Independencia de Mexico.—Acedo.—Discurso pronunciado por el Ciudadano Fausto Acedo en la Ciudad de Tlalpan, la noche del 15 de Setiembre de 1855. 4to. pp. 7. *Mexico*, 1855. 3s. 6d.

An oration at the anniversary and in honour of the rising of Hidalgo on the night of 15th September, 1810.

Independencia de Mexico.—Aniversario del primer Grito de independencia celebrado en la capital del Estado libre de Zacatecas el 16 de Setiembre de 1826. 8vo. pp. 19. *Zacatecas*, 1826. 2s. 6d.

——————— **Arvea.**—Oracion funebre que en el aniversario de las victimas de la patria que el Estado de Oajaca celebra el dia 17 Setiembre dijo en el de 1828, el M. R. P. Fray José Cristóral Arvea y Sanchez. Dalo a luz la junta patriotica de esta capital. Sm. 8vo. pp. 17. *Oajaca*, 1828. 2s.

——————— **Barquera.**—Oracion patriotica que prononció el C. Lic Juan Wenceslao Barquera, sacio que fué de la junta secreta de los Guadalupes, el 16 de Setiembre de 1825 por encargo de la junta civica, reunida con el objeto de celebrar el primer grito de libertad en el Pueblo de Dolores. 12mo. pp. 33. *Mexico*, 1825. 2s. 6d.

——————— **Bolaños.**—Discurso civico pronunciado en el aniversario de la independencia de la Republica Mexicana, el 16 de Setiembre de 1837 por el C. L. Aurelio Bolaños. Sm. 8vo. pp. 36. *Oaraca*, 1837. 1s. 6d.

——————— ——————— **Discurso pronunciado en la** plaza de armas de Oajaca por Juan Nepomuceno Bolaños, el dia 16 de Setiembre de 1838, aniversario del glorioso grito de independencia dado en el Pueblo de Dolores el año de 1810. Sm. 8vo. pp. 31. *Méyico*, 1838. 2s.

——————— **Eiris y Garcia.**—Discurso que pronuncio el Joven D. Manuel Eiris y Garcia en el Paseo de la Retama el dia 2 de Nobiembre en la commemoracion de los heroes de la independencia. For Rafael Roman. Sm. 8vo. pp. 10. *Mexico*, 1843. 1s.

——————— **Elogio patriotico que pronuncio el** Ciudadano Jose Maria Pando, el dia 16 de Setiembre del año de 1827, por solemnizar el aniversario del grito de independencia. Sm. 8vo. pp. 32. *Oajaca*, 1827. 2s.

——————— **Sermon, que en la Santa Iglesia Cate**-dral de Guadalajara, predico el Ciudadano Doctor Don Jose San Martin el dia 23 de Junio 1821, en que se solemnizó el Juramento de la gloriosa independencia Americana bajo los auspicios del Exército de las tres garantías. 4to. 2 prelim. leaves, pp. 18 and 22. Impreso en *Guadalajara*, Año de 1821. 10s.

This sermon is dedicated: Al primer gefe del exercito de las tres

Garantias, al primer Ciudadano Don Agustin Iturbide, Principal Promoter y Defensor de la Liberdad Americana.

Independencia de Mexico.—Sermon predicado
por el R. P. Fr. Mariano Cisneros, Discreto e hijo del Apostolico Colegio de Pachuca en la funcion solemne, que en accion de gracias al Señor por las Victorias concedias a las armas del Rey contra los Insurgentes, se hizo en la Iglesia Parroquial de dicho real el 25 de febrero del presente año de 1811. 4to. pp. 38. *Mexico*, 1811. 7s. 6d.

Sermon in celebration of Hidalgo's defeat.

———— Zenon y Mexia.—Oracion funebre que
en las Solemnes honras de los Militares que han muerto en la *Insurreccion de Hidalgo* dixo en la santa iglesia catedral de Valladolid el dia 10 de Mayo de 1811. El Americano Dr. D. Josef Maria Zenon y Mexia. 4to. pp. 39 and 4 leaves. *Mexico*, 1811. 10s.

A valuable document for the history of Hidalgo's insurrection.

Indice de los materias que comprende la ley
de administracion de justicia publicado en 29 de Noviembre de 1858. Lo escribo para el "Diario de Avisos," J. N. 12mo. pp. 18. *Mexico*, 1859. 1s. 6d.

Informe presentado al Excmo. Sr. presidente de
la Republica, por el ministro de hacienda, sobre los puntos de que en el se tratá. With tables. 8vo. pp. 90. *Mexico*, 1853. 7s. 6d.

Informe que por orden de Su Alteza Serenisima
presenta al Supremo Gobierno sobre el estado de la Hacienda publica y sus reformas, M. Olasagarre. With tables. 8vo. pp. 67. *Mexico*, 1855. 6s.

Informes dados al Supremo Gobierno de la Re-
publica por las autoridades superiores del departamento de Michoacan, acerca de la solicitud del S. Ayuntamiento de Colima, y sub-prefectura de Almoloyan, dirigida a que aquel distrito sea declarado nuevamente territorio. 4to. boards, pp. 28. *Morelia*, 1845. 8s. 6d.

Inquisicion.—Representaciones de various illus-
trisimos Señores Arzobispos y Obispos de España, dirigidas al Soberano Congreso de las Cortes generales y extraordinarias del Reyno pidiendo el Restablecimiento del Santo Tribunal de la Inquisicion, al exercicio de sus funciones. 'Leidas algunas en la sesion publica del lunes 18 de Mayo. Dalas a Luz M. M. C. 4to. pp. 19, boards. Impresas en Cadiz, y por su original en *Mexico*. Año de 1812. 10s.

Inquisicion.—Dictamen que el Doctor Don José Maria Diez de Sollano emitio sobre la obra intitulada " Misterios de la Inquisicion," y que hizo suyo la junta diocesana de censura, y hamandado publicar El Sr. Vicario Capitular de este arzobispado. 8vo. pp. 60. *Mexico*, 1850. 5s. 6d.

———— **Puigblanch.—La Inquisicion sin máscara,** ó disertacion enque se prueban hasta la evidencia los vicios de este tribunal y la Necesidad de que se suprima. Por D. Antonio Puigblanch. 4to. 1 leaf, pp. 158, 64, leather. *Mexico*, 1824. £1 1s.

Instruccion primaria. — Memoria de la Junta inspectora de instruccion primaria del estado de San Luis Potosi, acerca de sus trabajos durante el año de 1862. 12mo. sewed, pp. 24. *San Luis Potosi*, 1863. 3s. 6d.

———— **Memorias de la junta inspectora de** instruccion primaria del estado de San Luis Potosi, acerca de sus trabajos desde 4 de Julio de 1859 en que fue nombrada, hasta diciembre de 1861 en que termina su periodo. 12mo. pp. 47. *San Luis Potosi*, 1861. 3s. 6d.

Instruccion publica.—Leyes y reglamento, para el arreglo de la instruccion publica, en el distrito federal. 12mo. pp. 132. *Mexico*, 1834. 7s. 6d.

———— **Ley fundamental de instruccion publica** y ejercicio de professiones en el estado. Sm. 8vo. sewed, pp. 48. *San Luis Potosi*, 1863. 2s. 6d.

Instruccion para los ayuntamientos constitu- cionales juntas provinciales y gefes politicos superiores. Decretado por las Cortes generales y extraordinarias en 23 de Junio de 1813. Sm. 8vo. sewed, pp. 48. *Mexico*, 1820. 7s. 6d.

Instruccion para reducir facilmente las pesas y medidos extrangeras designadas en el articulo 15 del Arancel de Aduanas Maritimas, decretado en 4 de Octubre de 1845, á las pesas y medidas Mexicanas. 8vo. pp. 18. *Mexico*, 1846. 1s. 6d.

Instruccion reservada que el Conde de Revilla Gigedo dio a su succesor en el mando, Marqués de Branciforte sobre el gobierno de este Continente en el tiempo que fue su virey. *Mexico. Imprenta de la Calle de las Escalerillas a cargo del C. Agustin Guiol,* 1831. 4to. d.r. Titre. 5 fnc. 1 portrait de Revilla Gigedo. pp. 353. 24s.

Instrucciones que los Vireyes de Nueva España
dejaron a sus Sucesores. Añadense algunas que los mismos trajeron de la Corte y otros documentos semejantes a las instrucciones. *Mexico. Imprenta Imperial.* 1867. In folio, cart. pp. 317. £3 3s.

Vendu chez Puttick and Simpson *Bibl. Mejicana.* £3 10s.

Ces *Instructions* sont de la plus haute importance pour l'histoire du Mexique; elles donnent le jugement des divers Vice-rois, sur l'état du pays au temps de leur gouvernement. Cette Collection fut imprimée par ordre de l'Empereur Maximilien, mais presque toute l'édition en fut détruite pendant le siége de Mexico.

Irasusta.—Sermon panegirico moral predicado
en la Santa Iglesia Metropolitana de Mexico la Dominica cuarta de Adviento del Año de 1813, en la funcion anual que de orden del supremo consejo de castilla se celebra, para desagraviar a Jesucristo Sacramentado de las injurias con que fue insultado por los Tropas Alemanas, por el R. P. Pred. Fr. Jose Maria Orruño Irasusta y Uranga. 4to. 5 prelim. leaves and pp. 27. *Mexico,* 1814. 21s.

A very curious pamphlet.

——— ¿ Para que sirven los Frayles en el
Mundo? Sermon panegirico que el dia 25 de Setiembre de 1814 dixo Fr. Jose Maria Orruño Irasusta y Uranga 4to. pp. 34. *Mexico,* 1815. 15s.

Islas.—Discurso inaugural que en la apertura
de la Academia de Literatura. del nacional Colegio de San Gregorio, pronunció Gabriel Maria Islas. Sm. 8vo. sewed, pp. 8. *Mexico,* 1852. 1s. 6d.

Jessica la Judia.—Novela traducida del Aleman
por Ch. Schiller. Sm. 8vo. sewed, pp. 98. *Mexico,* 1856. 1s. 6d.

Jesuits.—Carta del P. Rector Pedro Reales, en que
dá noticia á los Superiores de esta Provincia de Nueva-España de la Compañia de Jesus, de la muerte, y exemplares Vertudes del H. Vicente Gonzalez, Novicio Estudiante de la misma Compañia, en el Colegio de Tepotzotlan. 4to. pp. 32.—At the end: *Tepotzotlan,* y Septiembre 3, de 1754. 6s.

Jesuits.—Relacion del Restablecimiento de la Sagrada Compañia de Jesus en el Reyno de Nueva España, y de la entrega á sus religiosos del real Seminario de San Ildefonso de México, dispuesta y publicada por el Illmo. Sr. Dr. D. Juan Francisco de Castañiza Gonzalez de Aguero. 4to. pp. 47. *Mexico*, 1816. Large paper edition, bound. 12*s*.

A most curious and important paper for the history of the Jesuits.

———— **Defensa de los Padres Jesuitas, par los** Poblanos. 4to. pp. 39. (Puebla) Impresa en la oficina de D. Pedro de la Rosa año de 1820. 12*s. 6d*.

———— **Retrato de los R. R. P. P. Jesuitas,** autorizado con autenticos e innegables testimonios, de los mas celosos cristianos. Reimpreso por un patriota Veracruzano. Sm. 8vo. pp. xii. and 60. *Veracruz*, 1822. (Soiled.) 5*s*.

———— **Constitucion secreta de los Jesuitas.** 16mo. pp. 68. At the end: Imprenta de Ontiveros (Mexico) año de 1823. 3*s. 6d*.

———— **Historia de la Compañia de Jesus en** Nueva-España, que estaba escribiendo el F. Francisco Javier Alegre al tiempo de su espulsion. Publicala Carlos Maria de Bustamante. Three vols. 4to. sewed, pp. vii. and 460, vi. and 476, iv. and 309. With a portrait. *Mexico*, 1841-42. £2 10*s*.

———— **Representacion dirijida al Soberano** Congreso General por el ilustre Ayuntamiento y venerable clero secular y regular de la Ciudad de Orizava, pidiendo el retablecimiento de la Sagrada Compañia de Jesus. Sm. 8vo. pp. 31. *Orizava*, 1841. 3*s. 6d*.

———— **Breve compendio de las vidas de los** tres Bienaventurados Jesuitas, elevados a los Altares en el presente siglo. 12mo. pp. 59. *Mexico*, 1852. 3*s*.

———— **Los Jesuitas juzgadas por los padres** de Familia y la prensa liberal y religiosa, o sea contestacion a los nuevos ataques de sus adversarios en Mexico. 12mo. pp. 43. *Mexico*, 1855. 2*s. 6d*.

Jonama.—De la prueba por Jurados, o sea consejo de hombres buenos por Don Santiago Jonama. 12mo. pp. xii. and 136. *Mexico*, 1824. 5*s*.

Juan de Dios Arias.—Reseña historica de la for-
macion y operaciones del cuerpo de Ejército del Norte
durante la Intervencion francesa, sitio de Queretaro y
noticias oficiales sobre la captura de Maximiliano, su proceso integro y su muerte, escrita por el C. Juan de Dios
Arias. 8vo. pp. 725. with many portraits and plans of
battles. *Mexico*, 1867. £3 3s.

A republican report on the late war in Mexico, with official documents of Juarez's Government. The plans of battles, enumerated
hereafter, are drawn on the indications of the Republican Generals,
chiefly of Escobedo. Cróquis de la Accion del Paso de las Cabras,
ganada por las fuerzas republicanas al mando del C. Gral M. Escobedo en 16 de Agosto de 1865. Cróquis que marca las posiciones de
las Tropas republicanas del cuerpo de Ejército del Norte. Cróquis
de la funcion de Armas que tuvo lugar en la villa de Guadalupe, el
23 de Noviembre de 1865. Cróquis de la Battala de St. Isabel, Marzo
1 de 1866. Cróquis de la Batalla de Santa Gertrudis, ganada por el
Cuerpo de Ejército del Norte al mando C. Gral. M. Escobedo, á una
Division de Austro traidores, en 16 de Junio de 1866. Cróquis de la
Batalla de S. Jacinto. Cróquis de la Ciudad de Querétaro y Linea de
las fuerzas republicanas en Abril de 1867, al mando del C. Gral. M.
Escobedo.

Justos reclamos por el modo con que se trata
a los Buques Mejicanos enlas islas de Cuba y Puertorico.
Se indica el remedio de esto mal . . . todo por los Ec. del
Globo y Estandarte Mejicano. 12mo. sewed, pp. 59.
Mexico, 1849. 2s. 6d.

La Martine.—Rafael, paginas de la edad de
veinteiun años. Novela escrita en frances por A. de la
Martine. 8vo. cloth, pp. xiv. and 221. *Mexico*, 1857. 6s.

Las Casas.—Il Supplice Schiavo Indiano di Monsig-
Reverendiss. D. Bartolomeo Dalle Case. . . . Tradotto in
italiano per opera di Marco Ginammi. 4to. sewed, pp. 96.
Venetia, 1657. 5s.

——— El Indio esclaro. Obra compuesta
por el Reverendo Obispo de Chiapa. D. Fray Bartholomé
de las Casas. Sm. 8vo. pp. 90. *Puebla*, 1821, 3s. 6d.

——— Breve relacion de la destruccion de
los Indias Occidentales, presentada a Felipe II, siendo
principe de Asturias, por Don Fray Bartolome de Las
Casas, del orden de predicadores, obispo de Chiapa. 12mo.
pp. 164. *Mexico*, 1822. 5s.

Las Casas.—Relation des voyages et des décou-
vertes que les Espagnols ont fait dans les Indes Occidentales; écrite par Dom B. de Las-Casas, évéque de Chiapa
Avec la Relatíon curieuse des Voyages du Sieur de Mon-
tauban, capitaine des filbustiers (*sic*), en Guinée l' an 1695.
12mo. 5 leaves, pp. 403, with an engraving. *Amsterdam*,
1698. 2*s.* 6*d.*

Las Naciones no pueden despojar a la Iglesia
de sus bienes. 4to. pp. 48. At the end: *Mexico*, 1842.
4*s.* 6*d.*

Lazo Estrada.—Defensa de D. Francisco Lazo
Estrada, Redactor del Boletin de la Democracia, contra la
acusacion que le hizo D. Ignacio Trigueros, Gobernador
del Distrito federal, pronunciado ante el Jurado de sentencia que se reunió en Mexico el dia 20 de Julio del pre-
senteaño. 8vo. pp. 32. *Toluca*, 1847. 4*s.* 6*d.*

Lazaro de la Garza.—Pastoral que el Illmo.
Arzobispo Doctor D. Lazaro de la Garza dirige a los fieles
de su Diócesis, comunicandoles haber condenado S. S. el
Señor Pio IX. la obra que se impresa. 4to. pp. 8. *Mexico*,
1852. 1*s.*

————— Carta pastoral que el Illmo. Señor
Arzobispo de Mexico Doctor D. Lazaro de la Garza dirigé
á los Sres. Curas de su Diócesis sobre el contenido de la
Enciclica de Ntro. Santisimo Padre el Señor Pio IX. 8vo.
pp. 32. *Mexico*, 1858. 2*s.*

————— Carta pastoral del Illmo. Sr. Arzobispo
de México. Dr. D. Lazaro de la Garza y Ballesteros.
Dirigida al V. Clero y fieles de esté arzobispado con motivo
de los proyectos contra la Iglesia, publicados en Veracruz por D. Benito Juarez, Antiguo Presidente del Supremo
Tribunal de la Nacion. 8vo. pp. 15. *Mexico*, 1859. 2*s.* 6*d.*

————— Segunda, Tercera, Cuarta, Quinta Carta
Pastoral del Arzobispo de Mexico, Dr. D. Lazaro de la
Garza dirigida al Ven. Clero., etc. 8vo., 4 parts, 16, 12,
16, and 20 pp. *Mexico*, 1859. 8*s.*
Sequels to the above pastoral letter, and equally directed against
Juarez and his Manifesto of Vera Cruz.

4

Lagrymas de la Paz, vertidas en las Exequias del
Señor D. Fernando de Borbon, por Excellencia el Justo,
VI. Monarcha, de los que con tan esclarecido nombre illus-
traron la Monarchia Española : celebradas en el Augusto
Metropolitano Templo de esta Imperial corte de Mexico :
y despuesta por los Señores Diputados, Lic. D. Domingo
Balcarcel y Formento, y Lic. D. Feliz Venancio Malo.
4to. 2 prelim. leaves, pp. 98, xxii., fig. *En Mexico*, en la
Imprenta de Real, y mas antiguo Colegio de San Ilde-
fonso. Año de 1762. 18s.

A copious collection of poems on the death of Ferdinand VI. of
Spain, illustrated with many copper-plates. The appendix of 22
pages consists of : Laudatio funebris Ferdinandi VI. Hispaniarum, et
Indiarum Regis. Habita Mexici . . . Ad. Ludovico Antonio de Torres.

Leon, Don Antonio.—Descripcion histórica y cro-
nológica de las dos piedras que con ocasion del Nuevo
Empedrado que se está formando en la placa principal de
México, se hallaron en ella el año de 1790. Por Don
Antonio de Leon y Gama. 4to. pp. 116, with a plate.
Mexico, 1792. 15s.

Ley sobre Derechos y Obvenciones parroquiales.
4to. pp. 11. *Mexico*, 1857.—Coleccion de los Aranceles de
obvenciones derechos parroquiales que han estado vigentes
en los Obispados de la Republica Mexicana y que se citan
en el supremo decreto de 11 de Abril de 1857. pp. xii. and
124. *Mexico*, 1857. In one vol. 5s.

Leyes relativas a papel sellado y ultimas sobre
administracion de Justicia y modo de enjuiciar a los ragos
y la organica de guardia Nacional. Sm. 8vo. pp. 72.
Mexico, 1848. 7s. 6d.

Libertad de imprenta.—Reglamento de libertad
de imprenta mandado observar en la República Mexicana.
12mo. pp. 48. *Mexico*, 1828. 5s. 6d.

—————— **Reglamento de libertad de imprenta**
de la República Mejicana, ó coleccion de las leyes vigentes
en ella hasta el presente año sobre esta materia. 12mo.
pp. 50. *Mejico*, 1833. 5s. 6d.

Libro segundo de los niños por la academia
Mexicana de primera enseñanza, para el uso de las escuelas
de nuestra nacion Sm. 8vo. sewed. *Mexico*, 1837. 2s. 6d.

Lista alfabetica y cronologica de los individuos
que forman el illustre y nacional colegio de Abogados de
Mexico, en el añó de 1838. Sm. 8vo. sewed, pp. 58.
Mexico, 1838. 2s.

Lista alfabetica y cronologica de los individuos
que forman el ilustre y Nacional Colegio de Abogados
de Mexico en el año de 1839. Sm. 8vo. sewed, pp. 46.
Mexico, 1839. 1s. 6d.

Lista de los individuos matriculados en el ilustre
y nacional colegio de Abogados de Mexico. Sm. 8vo.
sewed, pp. 36. *Mexico*, 1837. 1s. 6d.

Lista alfabética de los Señores empleados é indi-
viduos, matriculados en el . . . Colegio de Abogados.
32mo. pp. 42. *Mexico*, 1840. 1s. 6d.

———— Another Edition, 32mo. pp. 46. *Mexico*, 1846. 1s. 6d.

Lista alfabetica de los professores de medicina
y cirugia, de medicina, cirugia, formacia, dentistas, flebo-
tomianos y parteras, autorizados legalenente por medio de
examen paro ejercer su profesion que existen en esta capital.
12mo. pp. 12. *Mexico*, 1859. 1s.

Lizana y Beaumont.—Instruccion pastoral del
Illmo. Señor Don Francisco Xavier de Lizana y Beaumont.
Arzobispo de México, del consejo de S. M., etc. *Sobre la
costumbre de llevar las Senoras el pecho y brazos desnudos.*
4to. pp. 42. *Mexico*, 1808. 17s.

A pastoral letter on the custom of women having their breasts
and arms uncovered.

———————— **Exhortacion del Exmo. Illmo. Sr.**
Don Francisco Xavier de Lizana y Beaumont, Arzobispo
de México, a sus fieles y demas habitantes de este Reyno.
4to. pp. 10. *Mexico*, 1810. 10s.

A Pastoral of the Archbishop of Mexico against the revolutionary
movements of that time.

———————— **Sentimientos Religiosos, con los que**
el ilustrisimo Señor D. Francisco Xavier de Lizana y
Beaumont, Arzobispo de Mexico, desea instuir a sus amados
Diocesanos. 4to. pp. 28. *Mexico*, 1808. 3s. 6d.

Lizana y Beaumont.—Instruccion pastoral del Illmō. Señor Don Francisco Xavier y Beaumont, arzobispo de Mexico, del Consigo de S. M., etc. Sobre la Costumbre de llevar las Señoras el pecho y brazos desnudos. 4to. sewed, pp. 42. *Mexico*, 1808. 15s.

Llanos.—Metodos faciles para aprender los idiomas ingles, frances, y la Aritmetica. Dispuestos por el traductor Mateo Llanos. 8vo. pp. 90. *Méjico*, 1833. 2s. 6d.

Llorente.—Pequeño Catecismo Sobre la materia de Concordatos; escrito en francés por el Dr. D. Juan Antonia Llorente, y traducido al español por Jose Mariano Ramirez Hermosa. 12mo. 2 prelim. leaves and pp. 72. *Mexico*, 1826. 1s. 6d.

Lopez.—Documentos justificativos de los Ser- vicios que el Ciudadano Lucio Lopez prestó a su patria en la Campaña de las Tamaulipas, contra la Invasion Española, desde Julio hasta 20 de Agosto de 1829. 8vo. pp. 21. *Mexico*, 1832. 4s. 6d.

Lopez, D. U.—El diabolo suelto y predicador. Periodico en miniatura, artistico y literario, en el que el diablo teniendo tiempo para todo, le adornara con Muchas litografias que representaran los monumentos remarcables, las plazas, calles, paseos y los paises interesantes que rodean a esta Hermosa capital, con los acontecimientos famosos de las historias, cuentos y otras diabluras que se propone dar a conocer para que les sirva de gobierno a todos los hombres las mugeres y ninōs a todos los frailes y monjas, a los curas, sacristanes y monacillos, por D. U. Lopez. 4to. pp. 72. With many curious plates and engravings. *Mexico*, 1854. £1 1s.

Lorenzana.—Concilios provinciales primero, y segundo, celebrados en la muy noble, y muy leal Ciudad de Mexico, presidiendo ell Illmo. Y Rmo. Señor D. Fr. Alonso de Montúfar, en los años de 1555, y 1565. Dalos a luz ell Illmo Sr. D. Francisco Antonio Lorenzana, arzobispo de esta Santa Metropolitana Iglesia. Con las licencias necessarias. *En Mexico, en la Imprenta de el Superior Gobierno, de el Br. D. Joseph Antonio de Hogal, en la Calle de Tiburcio*, Año de 1769. In 4. Titre, rouge et noir. 4 fnc. pp. 396. Indice 6 fnc.

—— Concilium Mexicanum provinciale III. Celebratum Mexici anno MDLXXXV. Praeside D. D. Petro Moya, et

Contreras archiepiscopo ejusdem urbis. Confirmatum Romæ die xxvii. Octobris anno MDLXXXIX. Postea jussu regio editum Mexici anno MDCXXII. Sumptibus D. D. Joannis Perez de la Serna archiepiscopi. Demum typis mandatum cura, et expensis D. D. Francisci Antonii a Lorenzana archipræsulis. *Mexici anno* MDCCLXX, *Superiorum permissu. Ex Typographia Bae. Josephi Antonii de Hogal.* 4to. Titre, rouge et noir. 5 fnc., pp. 328. 2 ff.

—— Statuta ordinata a Sancto Concilio provinciali Mexicano III. Anno Domini 1585. Ex praescripto Sacrosancti Concilii Tridentini Decreto Sess. 24. Cap. 12. de Reform. verbo *Cetera.* Revisa a Catholica Majestate et a Sacrosancta Sede Apostolica confirmata, Anno Domini 1589. 4to. Titre. pp. 141., 2 ff. En 2 vol. in 4to, d. chagr. vert. £2 2s.

Losada.—El Pajaro Negro. Leyenda por Juan Miguel de Losada. 16mo. pp. iv. and 70. *Merida.* Tipografia de R. Pedrera, 1851. 3s. 6d.

A poem in seven chapters.

—— **El Libro de Oro.** Leyenda Mistica tradicional por Juan Miguel de Losada. 16mo. pp. xiv. and 46. *Merida,* Tipografia de R. Pedrera, 1851. 3s. 6d.

A poem of six cantos.

—— **La Batalla de Tampico,** canto epico, original de Don Juan Miguel de Losada, 4to. boards, pp. 32. *Mejico,* 1854. 5s.

Loteria, Las, (por J. G. de la C.). Sm. 8vo. sewed, pp. 16. *Mexico,* 1844. 3s. 6d.

Mac-Dougall. — Discurso pronunciado en el Senado de los Estados-Unidos por M. Mac-Dougall, apoyando las proposiciones que presentó para que la Repúblico del Norte auxilie á México en la actual guerra con Francio. 8vo. pp. 84. *Mexico,* 1863. 7s. 6d.

Malte-Brun.—Canal interocianique du Darien. Amérique. Notice historique et géographique sur l'état de la question du canal du Darien, par M. V. A. Malte-Brun. 8vo. sewed. pp. 32, with a map. *Paris,* 1865. 2s.

Manifestacion que hace al publico el de Santiago Bombalier relativa al Mandato que le confirio D. Manuel I Madrid para la publicacion en Paris de los articulos cosas de Mexico y biografia de algunos individuos. Sm. 8vo. sewed, pp. 23. *Mexico*, 1859. 2s.

Manifesto del gobierno a la Nacion (por Ignacio
Comonfort, presidente de la República, etc.) Sm. 8vo. sewed, pp. 208. *Mexico*, 1857. 5s.

Manifesto de las Sessiones tenidas en el pueblo
de Miraflores para las transactiones interstados con el general San-Martin, y documentos presentados por parte de los comisionados en ellas. Se publican de orden de este gobierno. 8vo. pp. 51. *Mexico*, 1821. 10s.

Manifiesto del Ilustrisimo Señor Obispo de
Barcelona. 4to. 2 leaves. At the end : Dada en nuestro palacio episcopal de Barcelona á 15 de Marzo de 1820. Reimpreso en *Mexico*, año de 1820. 1s. 6d.

Manual del cristiano. Sacado del devocionario
que publica en Madrid D. Miguel Agustin Principe. Sm. 8vo. sewed, pp. 48. *Mexico*, 1845. 1s. 6d.

Manual de la Virtud, o sea explicacion breve
y razonada de la oracion del Padre Nuestro escrita por el presbitero D. Nucio Valdovinos. 8vo. pp. 55. *Mexico*, 1851. 1s. 6d.

Margil.—Vozes que hizieron eco, en la religiosa
pyra, que en las honras del V. P. Fr. Antonio Margil de Jesus, erigió N. R. P. Fr. Antonio de Harizon, el dia 21 de Agosto de 1726 en el Convento de N. S. P. S. Francisco de la Imperial Ciudad de Mexico. 4to. 17 prelim. leaves, pp. 56. *Mexico*, 1726. 10s.

Mariano Cubi y Soler.—Elementos de Aritmetica
para el uso del colegio fuente de la libertat en Tampico de Tamaulipas. Por Mariano Cubi y Soler. Sm. 8vo. sewed, pp. 31. *Méjico*, 1833. 2s.

Marin.—Defensa Guadalupana, escrita por el
P. Dr. y. Mtrô. D. Manuel Gomez Marin, contra la Disertacion de D. Juan Bautista Muñoz. Sm. 4to. bound, pp. viii. and 55. *Méjico*. 1819. £1 1s.

Marr.—Reise nach Central-America, von Wilhelm
Marr. 2 vols. 8vo. sewed, pp. xii. 322; viii. 276. *Hamburg*, 1863. 7s. 6d.

Martinez.—Oracion funebre pronunciada por el
Sr. Prebendado Lic D. Miguel G. Martinez, en las honras
que en sufragio por el alma del Señor Dr. D. Francisco
Javier Miranda, se celebraron por acuerdo del Exmo.
Ayuntamiento de Pueblo cuto Iglesia de N. S. P. S.
francisco de la misma ciudad el dia 13 de Julio de 1864.
4to. pp. 22, with portrait. *Puebla*, 1864. 3s. 6d.

———— Piadosos Recuerdos y consideraciones
de los Dolores que padeció la madre de dios y Señora
nuestra, en la pasion de su dulcisimo Hijo Jesus, que en
sesenta y tres octavas, en memoria de los sesenta y tres
años que segun la mas comun apinion vivió Mario Santisima,
escribiá Don Diego Martinez. 4to. 14 leaves. *En Mexico*,
1788. 7s. 6d.
                    . A canto of 63 stanzas.

Mateos.—El sol de Mayo. (Memorias de la
intervencion.) Novela histórica por Juan A. Mateos.
Segunda edicion. Roy. 8vo. sewed, pp. vi. and 756. With
illustrations. *Mexico*, 1868. 5s.

———— El cerro de las Campanas (Memorias
de un Guerillero), Novela histórica por Juan A. Mateos.
Small 4to. pp. 758 and vii., *with a Portrait of the Author
and 3 Illustrations*, sewed. *Mexico*, 1868. 25s.

Maximas de la sabiduria ó reglas de las cos-
tumbres sacadas de los libros sapienciales de la sagrada
escritura con las reglas del hombre de bien de Mr. Blan-
chard puestas en verso Castellano y algunas sentencias
de los antiguos filosofos para la educacion de la juventud.
Sm. 8vo. sewed, pp. 32. *Mexico*, 1824. 2s. 6d.

Maximilian.—Memorandum sobre el Proceso del
Archiduque Fernando Maximiliano de Austria por los C.
C. Mariano Riva Palacio y Lic. Rafael Martinez de la
Torre. With an Appendix: Defensa del Archiduque de
Austria por los C. C. Lies. Jesus María Vazquez y Eulalio
María Ortega en el proceso que se le fromó en la ciudad de
Querétaro. One vol. small folio, pp. v. 109, and 55. *Mexico*
(Imprenta de F. Diaz de Leon y S. White), 1867. Large
paper edition, £1 1s.

Mayor, La, gloria y felicidad de Cantabria,
baxo de la proteccion de Maria Santísima en su Soberana imágen de Aranzazu. Panegírico artificial que

en la annal festividad conque á esta Señora celebra su Ilustre y Real Cofradia, dixo en su Iglesia situada en el Cementerio del S. S. Francisco de la Ciudad de Guadalaxara en 11 de Setiembre de 1796, años el R. P. T, Joseph Buenaventura Guarena. Sm. 4to. boards, 3 leaves. pp. 38. *Guadalaxara*, 1797. 5s.

Medina.—La Miscelanea, ó coleccion de macsi-mas y pensamientos critico-politico-morales, por el Ciudadano Francisco G. de Medina. Sm. 8vo, pp. 4 and 36. *Jalapa*, 1836. 3s. 6d.

————— Juycio de Cometas, determinado por los dos, que prometen Ubisiton para el año de 58 y Christirni Uvolfi para el presente de 54 por Octubre, escrito à un Amigo por el Br. Joseph Mariano Medina. 4to. 4 leaves. At the end: Con licencia en la Puebla, en la' Imprenta de la Viuda de Miguel Ortega, y Bonilla. Año de 1754. 6s.

Megia.—Enciclica del Papa Leon XII. en auxilio del Tirano de España Fernando VIII, con una disertacion en sentido opuesto por Felix Megia. 8vo. pp. 64. *Filadelfia*, 1826. 3s. 6d.

Memoria sobre la Propiedad Eclesiastica, Riqueza publica destruida y victimas hechas por los Demagogos de 858 hasta Junio, 1863. Escritas por R. G. H. 12mo. pp. v. and 52. *Mexico*, 1864. 2s. 6d.

Memoria politico instructiva enviada desde Fila-delfia en agosto de 1821 a los gefes independientes del Anahuac llamado por los Españoles Nueva España. Sm. 8vo. 150 pp., with a plate, *Reimpresa en Mexico*, 1822. 10s.

Memoria instructiva de los derechos y justas causas que tiene el gobierno de los Estados-Unidos Mexicanos, para no reconocer ni la subsistencia del privilegio concedido a Don Jose Garay para abrir una via de Comunicacion entre los Oceanos Atlantico y Pacifico por el Istmo de Tehuantepec, ni la legitimidad de la cesion que a quel hizo del mismo privilegio a ciudadanos de los Estados-Unidos de la America del Norte. La publica el ministro de relaciones. 8vo. pp. 39. *Mexico*, 1852. 3s. 6d.

Memoria sobre la utilidad é influjo de la mineria en el reino: Necesidad de su fomento, y arbitrios de verificarlo. 4to. pp. 98, bound. *Mexico*, 1819. 18s.

Memorial que presentan a todas las Comunidades,
y Gremios los Pobres Mendigos de Mexico por mano de su
Arzobispo. 4to. boards, pp. xxix. *Mexico, no date,* about
1770. 5s.

Memorial (A), setting forth the rights and just
reasons which the government of the United States of
Mexico has for not recognising the validity of the privilege
granted to D. Jose Garay, for opening a way of communi-
cation between the Atlantic and Pacific Oceans, by the
isthmus of Tehuantepec ... (translations). 8vo. pp. 44.
Nueva York, 1852. 3s. 6d.

Memorial que presentan a todos estados los
niños expósitos de la Imperial Ciudad de Mexico por
mano de su Arzobispo. 4to. boards, pp. xxi. *Mexico,*
1770. 10s.

Menendez de San Pedro.—Meses y dias liquidos
dirigidos a ajustar las cuentas a los operarios de Haciendas
de campo y minas, asi como a los dependientes de comercio
criados domesticos, etc. Con arreglo al sueldo que cada
individuo goce por Don Diego Antonio Menendez de San
Pedro. Sm. 8vo. 35 leaves, sewed. *Mexico,* 1810. 10s.

Menendez de San Pedro.— Aneages mas comunes
en America. Varas extrangeras, reducidas a castel-
lanas por Don Diego Antonio Menendez de San Pedro.
Sm. 8vo. sewed, pp. 40. *Mexico,* 1810. 6s.

Metodo curativo de las Viruelas formado a con-
secuencia de ecsitacion del Gobierno del estado de Puebla
por la academia medico quirurgica establecida en la capital
del Mismo, para uso de los Pueblos en que no hay faculta-
tivos. Sm. 8vo. sewed, pp. 15. *Puebla,* 1830. 5s.

Mexican State Papers. See "State Papers."

Mexican Tariff. See "Aduanas."

Mexican War of Independence. See "Independencia."

Mexico, City of.—Noticias de la Ciudad de Mexico
y de sus alrededores. Articulos tomados del "Diccionario
Universal de Historia y de Geografia," que actualmente se
publica en esta capital. Folio, pp. 601-1023. *Mexico,*
1855. £1 5s.

Mexico, City of.—Reglamento de auxiliares para la seguridad de las personas y bienes de los vecinos de esto capital, y observancia de las leyes de policia. 12mo. pp. 13. *Mexico*, 1824. 2s. 6d.

————— **Reglamento de aucsiliares para la** seguridad de las personas y bienes de los vecinos de esta capital y observancia de las leyes de Policia. Sm. 8vo. sewed, pp. 13. *Mexico*, 1829. 2s. 6d.

————— **Reglamento de aucsiliares para la** seguridad de las personas y bienes de los vecinos de esta capital, y observancia de las leyes de policia. 12mo. sewed, pp. 12. *Mexico*, 1841. 2s. 6d.

————— **Reglamento interior y esterior del** teatro para su mejor arreglo y direccion economica, formado por el ayuntamiento constitucional de Mexico. 12mo. sewed, pp. 19. *Mexico*, 1826. 2s.

————— **Reglamento interior para el Gobierno** de la Sociedad Mexicana, promovedora de mejoras materiales en la republica. 12mo. pp. 12. *Mexico*, 1851. 2s. 6d.

————— **Reglamento para el instituto de cien-** cias, literatura y artes. Sm. 8vo. pp. 22. *Mexico*, 1825. 3s. 6d.

————— **Reglamento de la Sociedad de la** purisima Concepcion de la Sma. Virgen Maria. 8vo. pp. 22. *Mexico*, 1860. 1s.

————— **Reglamento para el Gobierno interior** de la Sociedad de mejoras materiales y morales de beneficencia y socorros mutuos, de Texcoco. 12mo. pp. 16. *Mexico*, 1864. 2s. 6d.

————— **Reglamento interior y esterior del** teatro, para su arreglo y direccion aprobado y mandado observas y cumplir, por el Supremo Gobierno en oficio de 18 de febrero de 1831. 12mo. pp. 31. *Mexico*, 1831. 1s. 6d.

————— **Reglamento interior y esterior del** teatro para su mejor arreglo y direccion economica, formado por el Ayuntamiento constitucional de Mexico. Sm. 8vo. pp. 19. *Mexico*, 1826. 1s. 6d.

Mexico y la intervencion.—Opusculo publicado
en Paris a principios de Noviembre, y traducido del Frances
por Francisco Elorriaga. Sm. 8vo. pp. 123. *Mexico*, 1861.
3s. 6d.

Milicia Nacional.—Reglamento de la Milicia
Nacional Mexicana. 2da edicion. Sm. 8vo. sewed, pp.
28. *Mexico*, 1823. 2s. 6d.

Miscellanea hispano-americana de ciencias, lite-
ratura i artes. Obra especialmente dirijida a dar a conozer
el estado i a promover los progresos de la instruccion en
Hispano-América. 4 vols. 8vo. boards, pp. 320, 320, 314,
314, with plates. *Londres*, 1829. £1 10s.

Mission scientifique au Mexique et dans
l'Amérique Centrale. Ouvrage publié par ordre de S. M.
l'Empereur, et par les soins du Ministre de l'Instruction
Publique.
—— Géologie. Voyage géologique dans les républiques
de Guatemala et do Salvador, por MM. A. Dollfus et E.
de Mont-Serrat. Imp. 4to. sewed, pp. ix. and 540, with
17 plates and maps coloured. *Paris, Imprimerie Impériale*,
1868. £2 10s.
—— Linguistique. Manuscrit Troano. Etudes sur le
système graphique et la langue des Mayas, por M. Brasseur
de Bourbourg. Tome premier. Imp. 4to. sewed, pp. viii.
and 224, with 36 plates, facsimile, coloured. *Paris, Imprimerie Impériale*, 1869. £3 10s.

Modo de preparar y de usar los chloruros de cal
y de sosa. Sm. 8vo. sewed, pp. 16. *Mexico*, 1829. 5s.

Montaña.—Rasgo Épico. Peregrinacion de la
Sagrada Imagen de la Santisima Virgen Maria Nuestrà
Señora de Advocacion de los Remedios por el Dr. Don
Luis Josef Montaña. 4to. pp. 22. *Mexico*, 1840. £1 1s.

Montepio.—Nuevo reglamento que Su Magestad
se ha servido expedir para gobierno del Monte Pio militar
en España é Indias. 4to. pp. xv. and 115. *Mexico*, 1804.—
Reglamento para el Gobierno del Monte Pio, de viudas y
pupilos de ministros de audiencias, tribunales de Cuentos,
y Oficiales de Real Hacienda de la comprehension del Vir-

reynato de Nueva España. Resuelto por Su Magestad en
Real Orden de 20 de Febrero de 1765, a imitacion del establecido en estos Reynos, y aprobado en 7 de Febrero de
1770. 4to. pp. vi. and 55. *Mexico*, 1781.—Reglamento
para el Monte Pio de Viudas y huerfanos de los Empleados
en las Escribanias de Cámara de las Reales Audiencias y
en otras Reales Oficinas, dentro y fuera de la Capital de
México. Resuelto por el Rey Nuestro Señor en Real
Cedula de 10 de Mayo de 1776, y aprobado en la de 18 de
Febrero de 1784. 4to. pp. 2, 55. *Mexico*, 1784. £1 15s.

Mora.—Obras sueltas de Jose Maria Luis Mora,
ciudadano Mejicano. (Revista Politica. Credito publico).
2 vols. 8vo. leather, pp. ccxcix. 468, and 513. *Paris*,
1837. 15s.

——————— **Mejico y sus Revoluciones, obra escrita**
por Jose Maria Luis Mora, ciudadano de los Estados-
- Unidos Mexicanos. Vols. I. III. IV. 8vo. leather, pp. xvi.
538; xv. 450; viii. 449, xliii. *Paris*, 1836. £1 15s.

Vol. II. never published.

Moreno.—Fragmentos de la vida, y virtudes del
V. Illmo y Rmo. Sr. Dr. D. Vasco de Quiroga primer
obispo de la Santa Iglesia Cathedral de Michoacan, escritos,
por el lic. D. Juan Joseph Moreno colegial Real de Oposicion del mas Antiguo de S. Ildefonso de Mexico. . . . Con
notas criticas en que se aclaran muchos puntos historicos,
y antiguedades Americanas especialmente Michoacanenses.
Sacóloz a Luz el Mencionado Colegio, y los dedica al mui
ilustre, venerable Sr. Dean, y Cavildo de la misma Santa
Iglesia Cathedral por mano de su Superintendente El Sr.
Dr. D. Ricardo Joseph Gutierrez Coronel . . . *Impressos
en Mexico en la Imprenta del Real, y mas Antiguo Colegio de
S. Ildefonso, año de* 1766. 4to. parch. Titre. 12 fnc.
pp. 202.

——Reglas y ordenanzas para el gobierno de los Hospitales
de Santa Fé, de Mexico, y Michoacan, dispuestas por su
fundador el Rmo. y Venerable Sr. Don Vasco de Quiroga
primer obispo de Michoacan. Titre. 1 fnc. pp. 29. £2 2s.
Vendu 61 frs. chez Maisonneuve. *Bibl. Americana.*

Dans notre exemplaire, le coin de la marge inférieure de la page 121
à la page 181 est piqué, sans que le texte soit atteint.—Ouvrage important pour l'histoire du Mexique, et de la province de Michoacan
en particulier, à l'époque de la découverte.

Moreno.—Reglas ciertas, y precisamente neces-
sarias para juezes, y ministros de justicia de las Indias, y
para sus Confessores, compuestas por el muy Docto P. M.
Fr. Geronymo Moreno, de la Sagrada Orden de Predicadores. 4to. vellum, 8 leaves, pp. 136. *Mexico*, 1732. £1 10s.

Moreno de Texada.—Tablas acomodadas à la
moneda de Indias, para sacar todas los cuentas de prorata
que puedan ofrecerse, tanto para librar los sueldos por dias,
con motivo de ascenso ō muerte, como para ajustar los ré-
ditos de censos ō de otras imposiciones, salarios, alquileres
y demas, desde un dia hasta los 365 que compone un año
comun, sin necesidad de saber mas cuentas que las de
multiplicar y sumar. Sacadas á luz para utilidad de ambas
Americas. Por D. J. Prudencio Moreno de Texada. 12mo.
pp. 63. *Madrid*, 1864. 2s.

Moriana.—Solemnes Exequias que celebró la
Santa Yglesia Catedral del Valladolid de Michoacan. La
Mañana del 9, y 10, de Mayo de 1810. Por la alma del
Illmo. Señor Doctor Don Marcos Moriana y Zafrilla, su
dignisimo Obispo. Sm. 4to. bound, pp. 8 and 113, with a
copper plate. *Mexico* (Da. Maria Fernandez de Jauregna),
1810. 5s.

Muerte (La) del primer gobernador constitu-
cional del estado de Jalisco, ó colleccion de Piezas
escogidas que se han impreso con tan infausto motivo.
Publicalas el C. Victoriano Roa, en testimonio de su amis-
tad y gratitud. Sm. 8vo. sewed, pp. 64. *Guadalajara*,
1827. 7s. 6d.

Muerte politica de la Republica Mexicana, de-
ducida del Articulo que con respecto à ella se ha estam-
pado en el Redactor de Nueva-York del diu 30 de enero de
829. Small 4to. 34 numbers, with "Suplemento al número 33," and "Defensa del Numero 33 do la Muerte
pelitica de la Republ. Mex. *Mexico*, 1829. £1 1s.
The publication of this periodical was called forth by an article
which appeared in a New York paper on Mexico, and in which the
political state of the country was portrayed in the darkest colours.

Müller.—Der Mexicanische National Gott Huit-
zilopochtli, vou Prof. Dr. J. G. Müller. 4to. sewed, pp. 48.
Basel, 1847. 3s.

Munguia.—Curso de Jurisprudencia universal, ó exposicion metodica de los principios del derecho divino y del derecho humano por el Lic. Clemente Munguia. 2 vols. 8vo. gilt leather, gilt edges, pp. 464, 644. *Morelia*, 1844. 18*s.*

—————— **Sermon que en la insignie y nacional** Colegiata de Nuestra Sra. de Guadalupe predico el Illmo. Sr. Dr. D. Clemente de Jesus Munguia, Obispo de Michoacan . . . . implorando por la intercesion de la Santisima Virgen el socorro del Señor en las necesodades presentes. 8vo. pp. 72. *Mexico*, 1860. 3*s.* 6*d.*

——————— **Opusculo escrito por el Ilmo. Sr. Obispo** de Michoacan Lic. D. Clemente de Jesus Munguia en defensa de la Soberania, derechos y libertades de la Iglesia, atacadas en la constitucion civil de 1857 y en otros decretos expedidos por el actual Supremo Gobierno de la Nacion. 8vo. pp. 42. *Morelia*, 1857. 6*s.*

—————— **Panegirico de N. S. Jesu Cristo que** predicó en la parroquia de Paxtcuaro, el 25 de Marzo de 1842, el presbitero Lic. Clemente Munguia. 8vo. pp. 63. *Morelia*, 1843. 2*s.* 6*d.*

—————— **Dela tolerancia, o sea, del culto publico** en sus relaciones con el gobierno por el Lic. C. M. 8vo. pp. 108. *Morelia*, 1847. 3*s.* 6*d.*

—————— **Los principios de la Iglesia Catolica** comparados con los de las escuelas racionalistas en sus aplicaciones a la enseñanza y educacion publica, y en sus relaciones con los progresos de las ciencias, de las letras y de las artes. Por El Lic. Clemente Munguia. Seguido de una Memoria sobre el origen, progresos y estado actual de la enseñanza y educacion en el Seminario Tridentino de Michoacan. 8vo. pp. 281. *Morelia*, 1849. 7*s.* 6*d.*

—————— **Exposicion dirigida al Supremo Go-** bierno de la Nacion, pidiendo la derogacion de varios articulos de la lei orgánica del registro civil, expedida el 27 de enero de 1857. 8vo. pp. 24. *Mexico*. 1857. 2*s.* 6*d.*

—————— **Representacion del Illmo. Sr. Obispo** de Michoacan al Supremo Gobierno, pidiendo la revocacion de la ley de 11 de Abril de 1857 sobre derechos y obvenciones parroqniales y en caso de no ser derogada, protestando contra sus efectos. 8vo. pp. 18. *Coyoacan*, 1857. 2*s.* 6*d.*

Munguia.—Decreto del Illmo. Sr. Obispo de Michoacan, normando la conducta de los Sres. Curas, Sacristanes mayores y vicarios de su Diocesis, con motivo de la ley de 11 Abril de 1857 sobre derechos y obvenciones parroquiales. 8vo. pp. 28. *Coyoacan*, 1857.

—————— **Manifesto del Obispo electo de Micho-** acan el Lic. Clemente Munguia, explicando su conducta con motivo de su negativa del dia 6 de enero al juramento civil segun la fórmula que se le presentó, y de su allananamiento posterior a jurar bajo la misma en el sentido del art. 50, atribucion xii. de la constitucion federal. 8vo. pp. xvi. 322, xii. red leather. *Morelia*, 1851. 15*s.*

Muñoz.—Defensa de las Slaves de san Pedro en la autoridad diosesana y breves noticas de los cismas del Arzobispado de Guatemala y del de la Iglesia Sufraganea de Honduras: por el Presbítero Miguel Muñoz de obispado de Nicaragua. 8vo. pp. vi. and 100. *Nueva York*, 1834. 5*s.*

Navarro.—Memoria Sobre la Poblacion del Reino de Nueva España. Escrita por Don Fernand Navarro y Noriega. 4to. pp. 23. *Mexico*, 1820. 10*s.*
    With a statistical table of the population of Mexico.

Nicolas de Castro.—Acsiomas Militares ó macsi- mas de la guerra cuyo comentario es la historia compues- tos por D. Nicolas de Castro. Sm 8vo. sewed, pp. 64. *Mexico*, 1840. 3*s.* 6*d.*

Nicolas de Jesus Maria.—La Cathedra en con- curso de opositores Conjuncion publica a la del Adorado Principe de los Apostoles San Pedro. Sermon que el R. P. F. Nicolas de Jesus Maria predicò en la Ciudad de S. Luis Potosi el 22 de Febrero de 1749. 4to. boards, 19 leaves, pp. 20. *Mexico*, 1749. 3*s.* 6*d.*

Nilinse (baron de).—Los bienes de la Iglesia. Como se mete la mano en ellos y lo que de esto se signe; por el baron de Nilinse. Traducido del Frances por Elias Romero. 24mo. pp. 94, sewed. *Mejico*, 1856. 2*s.* 6*d.*

Niño Jesus.—Sermon predicado en la Santa Iglesia Parroquial de la Ciudad de Cholula del Imperio el dia 16 de Agosto de 1863, en accion de gracias por la proclamacion y llamamiento al trono de Mexico de su

Magestad Imperial Fernando Maximiliano I. por el R. P.
Fr. Pablo Antonio del Niño Jesus. 8vo. pp. 16. *Mexico,*
1864. 2*s.* 6*d.*

Nueva forma de Gobernio en Mexico, o sea
suverdadera e indispensable reforma. Small 8vo. pp. 39.
Amoles, 1862. 3*s.* 6*d.*

Nuevos decretos de la sagrada congregacion de
Ritos. Desde el año 1761, hasta 23 de Mayo de 1835.
Sacados de la coleccion de ellos y reimpresos en Puebla
para la utilidad gral de ambos cleros. Dala a luz el Presbitero Florencio Ruiz. 12mo. sewed, pp. 128. *Puebla,* 1843.
7*s.* 6*d.*

Nuix.—Reflexiones imparciales sobre la humani-
dad de los Españoles en las Indias, contra los pretendidos
filósofos y politicos. Para ilustras las historias de MM.
Raynal y Robertson. Escritas en italiano por el Abate
Don Juan Nuix, y traducidas con algunas notas por D.
Pedro Varela y Ulloa. 4to. leather, pp. lii. and 315.
Madrid, 1782. 5*s.*

Nuñez.—Cartilla de la doctrina religiosa. Dis-
puesta por el M. R. P. Antonio Nuñez, de la compania de
Jesus, Prefecto de la ilustre congregacion de la Purisima.
Sacala a Luz en obsequio de las llamadas á la religion, y
para alivio de las maestras que las instruyen, Francisco
Ramos, del habito esterior del orden tercero de N. S. P. S.
Francisco. Dedicala a todas las religosas de este reino.
12mo. sewed, pp. 148. 2 parts in 1 vol. *Mexico,* 1831. 10*s.*

Obsequio a los devotos de Maria. Breve apos-
tólico en que el Sr. Benedicto XIV concede abundantes
indulgencias a los devotos de Nuestra Madre y Señora
María Sma. de Guadalupe. 8vo. pp. 34. *Mejico,* 1861.

Observaciones sobre el estanco del tabaco, ofre-
cidas con respeto a los escelentisimos señores ministros de
hacienda y relaciones de la republica, don Rafael Margino
y don Lucas Alaman, por R. G. Z. 12mo. pp. 16. *Jalapa,*
1831. 4*s.* 6*d.*
An interesting pamphlet on the government monopoly of tobacco.

Observaciones a un parrafo de la esposicion que
hizo el Exmo. Sr. Ministro de hacienda a la Camaras,
titulado: Aranceles.—Prohibiciones. 8vo. pp. 18. *Guada-*
lajara, 1850. 1*s.* 6*d.*

Observaciones por un oficial del egercito Norte-
Americano, á los habitantes de la Republica Megicana.
Sm. 8vo. pp. 16. (*No place, no date.*) 2s.

Observaciones.—Carta de un Ciudadano Mexicano
a un oficial del ejercito Norte-Americano, en respuesta a
las observaciones á los habitantes de la República, que
escribió, hace focos dias en Puebla, y corven impresas.
12mo. pp. 28. *Atlixco*, 1847. 3s.

The reply to the preceding.

Ocios de un Mexicano empleados en estudiar las
instituciones que convendrian a su patria. O sea ensayo de
una constitucion. Sm. 8vo. sewed, pp. 91. *Mexico*, 1840.
8s. 6d.

Odescalchi.—Memorias edificantes sobre la vida
religiosa del siervo de dios el padre Carlos Odescalchi de
la Compañia de Jesus. 4to. pp. xv. and 98. *Mexico*, Tipografia de R. Rafael, 1846. 5s. 6d.

Odisea de Homero, en verso castellano por el pres-
bitero Mariano Esparza. Sm. 8vo. pp. 35. *Mexico*, 1831.
94 strophes of 8 verses each. 3s. 6d.

Ofrenda a Muchachas Calaberas que les dan los
Arrancados. Sm. 8vo. 2 leaves, sewed. *Mexico*, 1835. 2s.

Ordenanza para el regimen y Gobierno del hos-
picio de pobres de esta capital. Sm. 8vo. pp. 16, sewed.
Mexico, 1844. 1s. 6d.

Ordenanzas municipales para los ayuntamientos
constitucionales de los pueblos, adaptables á sus differentes
situaciones politicas y morales. 12mo. pp. 32. *Mexico*,
1822. 5s.

Ordoñez. — Opúsculo sobre la estincion de las
comandancias generales, por el Teniente Coronel retirado
Juan Ordoñez, quien lo dedica a los generales de la republica mexicana. 8vo. pp. 11, boards. *Mexico*, 1849. 3s. 6d.

——— Opusculo sobre ascensos militares,
dedicado al Esc. Sr. General D. A. Lopez de Santa-Anna,
por el Coronel Juan Ordoñez. 4to. boards. pp. 12. *Mexico*,
1849. 7s. 6d.

Orozco y Berra.—Memoria para el plano de
México, formada de órden del Ministerio de Fomento por
el ingeniero topógrafo Manuel Orozco y Berra. 12mo. pp.
viii. and 232, and one table in folio, half-cloth. *Mexico*,
1867. 21s.

With a large plan of the town of Mexico, length 40½ in., breadth,
28 in.

————————— **Memoria para la Carta Hidro-**
grafica del Valle de Mexico, formada por acuerdo de la
Sociedad Mexicana de Geografia y Estadistica. Por su
socio honorario el Sr. Lic. D. Manuel Orozco y Berra,
Small folio, pp. 815, with 2 illustrations and a map.
Mexico, 1864. £1 15s.

The map consists of 2 sheets in large folio : *Carta Hidrografica
dell Valle de México, levantada de orden del Ministerio de Fomento,
por los ingenieros Miguel Iglesias, Ramon Almaraz, Mariano Santa
Maria y José Antonio de la Peña, bajo la direccion de Francisco
Diaz Covarrubias.* Scale 1 : 80,000.

————————— **Noticia historica de la con-**
juracion del Marques del Valle. Años de 1565-1568.
Formada en vista de nuevos documentos originales, y
seguida de un estracto de los mismos documentos por el
licenc. D. Manuel Orozco y Berra. *Mexico*, 1853. Gr.
8vo. bas. pp. 72, 502, indice. £1 10s.

————————— **Posiciones geográficas de varios**
puntos del Imperio Mexicano, colectadas por los ingenieros
Don Manuel Orozco y Berra, Don Francisco Martinez de
Chavero y Don Francisco Zimenez. Royal 8vo. sewed, pp.
74. *Mexico*, 1866. 3s. 6d.

————————— **Geografia de las Lenguas Mexicanas.**
See Linguistic Literature.

Ortega.—Poesias del Ciudano F. Ortega. 18mo.
pp. 95. *Toluca*, 1834. 3s. 6d.

Ortiz.—México considerado como Nacion inde-
pendiente y libre, ó sean algunas indicaciones sobre los
deberes mas esenciales de los Mexicanos. Por Tadeo Ortiz.
8vo. half morocco, top gilt, pp. 598. *Burdeos* (*Bordeaux*).
1832. 21s.

A most valuable contribution towards a history of Mexico.

Ortiz de la Torre.—Discurso sobre los medios de
fomentar, la poblacion, riqueza eilustracion de los Estados
Unidos Mexicanos, premiado en el certamen literario, con
que el colegio de San Ildefonso de Mexico recibio a su
alumno el Ciudadano Guadalupe Victoria primer presidente
de la République: su autor manuel Ortiz de la Torre. Sm.
8vo. pp. 68. *Mexico*, 1825. 1s. 6d.

Oteiza.—Breve Descripcion de la Lápida de la
Constitucion colocado en Querétaro á 14 de Octubre de
1820, y Sermon que antes de descubrirse por su muy ilustre.
ayuntamiento dijo . . . el Dr. y Mtro. D. Joaquin Maria
de Oteiza y Vertiz. 4to. pp. 51, with an engraving.
Mexico, 1821. 5s.

Oyarzabal.—Anotaciones a la representacion que
se dice del clero Mexicano. Dispuestas para ilustracion y
desengaño de los timidos y bien intencionados, por el M. R.
P. Fr. Jose Joaquin de Oyarzabal. Primera parte. 12mo.
pp. 31, sewed. *Mexico*, 1812. 2s. 6d.

Pablo Morales.—Vida y Milagros del picaro
sacristan Pablo Morales por Anton Arranca Caretas.
Sm. 8vo. pp. 11, sewed. *Mexico, no date.* 2s. 6d.

(Pacheco) Una Revolucion en la Republica Ar-
gentina. (Articulo de la Revista de los dos mundos.) 4to.
pp. 26. *Mexico*, 1835. 2s.

Palacio y Viana.—Discurso de la excellencia del
Telemaco, y sobre la poesia epica. Sacado del frances por
D. Josef de Palacio y Viana. 12mo. pp. cxii. *Madrid*,
1790. 1s.

Palacio.—Alegato de buena prueba que presenta
el lic. Vicente Riva Palacio, como apoderado de D. Estevan
Baysset, en el juicio que sobre cumplimiento de un ontrato
signe contra la testamentaria del Señor Don Mariano
Cosio. 12mo. pp. 70. *Mexico*, 1857. 3s.

Palafox y Mendoza.—Estatutos y constituciones,
hechas con comission particular de Su Magestad, para
ello: Por el Exmo y Illustrmo. Señor D. Juan de Palafox y Mendoza, de gloriosa memoria, del Consejo de Su
Magestad. Dedicanse al Exmo. Señor D. Antonio Sebastian de Toledo, Molina, y Salazar. Intimadas en claustro
pleno, por El Señor Dr. D. Andres Sanchez de Ocampo.
Folio, half bound, 20, 84, 11 leaves. *Mexico*, 1668. £1 5s.

Palafox y Mendoza.—Carta del Illmo. y vene-
rable Siervo de Dios Don Juan de Palafox, Obispo de
Puebla, al Santisimo Papa Inocencio X., sobre los Asuntos
que tuvo con los Jesuitas. 4to. pp. 38. *Megico*, 1841.
4s. 6d.

————— **Tercera carta del venerable siervo de**
dios Don Juan de Palafox y Mendoza, al Snmo. Pontifice
Inocencio X. 4to. pp. 52. *Megico* (reimpresa en la Officina
de Vicenta Garcia Torres), 1841. 3s. 6d.

Paredes.—Carta Edificante, en que el P. Antonio
de Paredes de la extinguida Compania de Jesus, Refiere la
Vida exemplar de la Hermana Salvadora de los Santos,
India Otomi, que reiprimen las Parcialidades de S. Juan y
de Santiago. Small 8vo. vellum, 3 leaves and pp. 112.
Mexico, 1791. 18s.

————— **Carta edificante en que el P. Antonio**
Paredes de la Compañia de Jesus . . . . dá noticia à su
Provincia Mexicana de los solidas virtudes, religiosos
empleos, y santa muerte del P. Francisco Xavier de Solchaga. 4to. pp. 29. (*Mexico*.) No date. (About 1784.)
3s. 6d.

Francisco Xavier de Solchaga lived in the middle of the 17th
century.

Parrott. — Reflexiones sobre la importancia de
conservar la dentadura y manejo necesario al efecto. En
lo que se incluyen una explicacion de los principios teoricos
de dentista, y un método practico de curacion en casos de
abandono; escritas en ingles por G. S. Parrott, y traducidas del original al castellano por F. L. Delahanty. 12mo.
pp. 55. *Mexico*, 1823. 2s. 6d.

Patiño.—Disertacion Critico-Theo-Filosofica sobre
la conservacion de la Santa Imagen de Nuestra Señora de
los Angeles, que se venera en extra muros de ésta Ciudad
de México, y con motivo de una Novena, que se la dispuesto apropiada á la dicha conservacion, se consideró ne-
cesaria para prevenir la sabia critica de las personas doctas.
Es Autor de una y otra el R. P. Fr. Pedro Pablo Patiño.
8vo. bound, pp. 16, 138. · *Mexico*, 1801. £1 1s.

A very important work as regards the ecclesiastical history of
Mexico.

Patriótica Iniciativa que la Escma. Asamblea
Departamental de Jalisco, eleva á las Augustus Camaras y

otros Documentos de la misma importancia. 4to. pp. 34. Guadalajara (Imprenta del Gobierno), 1844. 5s.

Contains the historical documents relating to the Insurrection of Guadalaxara under Paredes against Santa Anna, on the 1st November, 1844; Paredes' Manifesto a la Nacion, dated Guadalajara, November 2 de 1844, El Ayuntamiento de Guadalaiara a sus Comitentes, etc.

Pauta de Comisos para el Comercio interior de la República. 8vo. pp. 32. Mexico, 1842. 2s.

———— 8vo. pp. 44. Mexico, 1843. 2s. 6d.

Paya, La, insurgenta y la Mexicana Patriota. 12mo. pp. 8, boards. No place, no date. 8s.

Payno.—Mexico y sus Cuestiones financieras con la Inglaterra, la España y la Francia. Memoria que por órden del Supremo Gobierno Constitucional de la República escribe el C. Manuel Payno. (With an Appendix; Leyes, Tratados y Documentos justificativos, relativos á la Deuda contraida en Lóndres á las Convenciones diplomáticas y á diversas reclamaciones de súbditos estrangeros.) Folio, pp. 346 and 151. Mexico, 1862. 18s.

Payno.—Mexico and her financial questions with England, Spain, and France. Report by order of the Supreme Constitutional Government of the Mexican Republic. by Manuel Payno. Fol. sewed, pp. 324. Appendix, pp. 148. Mexico, 1862. 18s.

———— Carta que sobre las asuntos de Mexico dirige al Sr. General Forey comandante en Gefe de las tropas Francesas el ciudadano Manuel Payno. 4to. pp. 79, boards. Mexico, 1862. 7s. 6d.

———— Observaciones y comentarios a la carta que D. Manuel Payno ha dirijido al Sr. General Forey. 4to. boards, pp. 30. 6s.

Peña.—Oratio pro Carolo IV. Hispaniarum et Indiarum Potentissimo Rege exequiis persolvendis habita in Sancta Ecclesia Cathedrali Dioecesis Michoacanensis, III. Indus. Novembris. Ann. MDCCCXIX a Josepho Antonio de la Pena el Campuzano, ciusdem ecclesiae praecentore. 4to. pp. 48. (Valladolid de Michoacan, 1819.) 8s. 6d.

Peña (Ign. de la).—Trono Mexicano, en el con-
vento de religiosas pobres capuchinas, su construccion y
adorno en la insigne ciudad de Mexico. Dibuxado por el
Rev. Padre Fray Ignacio de la Peña, Lector Jubilado,
Notario Apostolico, y Difinidor de esta Provincia de el
Santo Evangelio. Consagrado a el purissimo trono de el
mejor Rey Salomón Christo Señor nuestro, Maria Santis-
sima, Concebida en gracia en el primer instante de su Sèr.
Con licencia. *En Madrid. Por Francisco de Hierro.*
Año de 1728. 4to. d. rel. Titre. 11 fnc. pp. 333. 3 fnc.
£2 2s.
Ce livre contient d'importantes notices sur la fondation de Mexico.

Peredo.—Discurso dogmatico sobre la Potestad
Eclesiastica por el Sr. Dr. D. Jose Joaquin Peredo. 4to.
pp. 28 and 2 leaves. *Puebla,* 1835. 5s.
The last two leaves contain : Elegia a la muerte del autor del antecedente discurso acaecida el año de 1813.

Perez Martinez.—Sermon predicado en la Santa
Iglesia Metropolitana de Megico el dia 21 de Julio de 1822
por el Exmo e Illmo. Sr. Dr. D. Antonio Joaquin Perez
Martinez, dignisimo obispo de la Puebla de los angeles ;
con motivo de la solemne coronacion del Señor D. Augustin
de Iturbide, primer Emperador constitucional de Megico.
4to. pp. 28, boards. *Puebla,* 1839. 7s. 6d.

Periodicals. — Album Mexicano, periodico de
literatura, artes y bellas letras, publicado por Ignacio
Cumplido. Two vols. 4to. pp. iv. and 620, iv. and 620. With
many plates, pictures, etc. *Mexico,* 1849. £1 10s.

———————— **Anales Mexicanos de ciencias,**
literatura, mineria, agricultura, artes, industria y comercio
en la República Mexicana. Num. 1-4. 8vo. sewed,
pp. 346. With plates. *Mexico,* 1860. 16s.

———————— **El Anteojo.** Tomo I. Num. 1–56.
Agosto 1 de 1835—Enero 31 de 1836. Fol. *Mexico.* 10s.

———————— **El Anteojo. Periodico de teatros.**
Num. 1-7. 6 Abril—1 de Junio de 1845. 4to. pp. 27.
With portraits. *Mexico,* 1845. 3s. 6d.

———————— **Aurora. Periódico Científico y**
militar. Tomo I. 4to. half-bound, pp. 402. (Num. 1-4.)
Mexico, 1835. 18s.

Periodicals—Boletin de las Leyes del Imperio
Mexicano. Número 1-14, comprising num. 1 (Julio 3 de
1865)—253. (Julio 4 de 1866). 8vo. sewed, pp. 672, 168.
(Wanting num. 6, pp. 169-240.) *Mexico,* 1865-66. £3 10s.

———————— **Boletin de las Leyes, ordenes y**
disposiciones particulares. Parts 1-2, comprising Nos. 1
to 121, from July 1st, 1865, to Agosto 14th, 1865. 8vo. sewed,
pp. 64. *Mexico.* 6s.

———————— **Boletin de la Sociedad Mexicana de**
Geografia y Estadistica. Tomo I-X. 4to. sewed, pp. 352,
280, 472, 376, 462, 426 ; vi. 598, 723, 510, 716. *With Maps,
Mexico,* 1851-1863. £12 12s.

A very important collection, now out of print and scarce.—For the
description and contents, see *Trübner's Record,* Nos. 11, 17, 19, 40.

——— ——— **Boletin de la Sociedad Mexicana de**
Geografia y Estadistica. Tomo XI. 10 Nos. 4to. pp. 658.
Mexico, 1865. £1 1s.

———————— Tomo XII. No. 1, 2. 4to. pp. 1 to 131. *Mexico,*
1866. 5s.

No more published up to this day.

———————— **El Comercio. (Paz, órden, y habrá**
prosperidad.) Tomo I. Num. 1-12. Marzo 11 de 1852—
Junio 2 de 1852. Folio. *Mexico.* 5s.

———————— **El Correo. Periodico imparcial.**
Tomo II. Num. 63-137. Febrero 1 do 1852—Abril de
1852. Fol. *Mexico.* 12s.

No continuation published.

———————— **Las Cosquillas. Periodico retozon,**
impolitico y de malas costumbres. Segunda época. Tomo
I. Num. 1-30. Mexico, Enero 16 de 1861—Mexico 27 de
Abril, 1861. Fol. £1 1s.

———————— **Cronica Oficial. Año I., Num. 1-80.**
Mexico, 5 de Octubre, 1857.—Mexico, 9 de Enero, 1858.
In fol. half-bound. £1 10s.

———————— **El defensor de la nacion. Vol. I.**
Num. 1-2, with a supplement. Marzo, 12 de 1839—Marzo,
19 de 1839. Fol. *Mexico.* 2s. 6d.

Periodicals.—El Domingo. Semanario de re-
ligion, literatura y variedades. Noviembre 29, 1863.—
Abril 17, 1864. 4to. *Mexico*, 1863-64.

—— Breves Lecturas y meditaciones para lo Semana Santa,
dispuestas por los redactores Del "Domingo," quienes las
dedican á sus apreciables suscritores. 4to. pp. 34. *Mexico*,
1864. 12*s.*

———————— El Espectador. Año I., Num. 1-70.
Febrero 1 de 1845.—Setiembre 30 de 1846. Fol. *Mexico.*
£1 1*s.*

———————— El Federalista Mexicano. Tomo I.
Num. 1-8. Julio 21 de 1838.—Septiembre 5 de 1838.
Fol. *Mexico*. 3*s.* 6*d.*

———————— Flor, La, del Bosque. Miscelanea
de literatura, ciencias y artes. Tomo I. 8vo. half-bound,
pp. 168, 40, 63, 24. *Coatepec*, 1851. 15*s.*

———————— La Floresta. Periódico Semanario,
de ciencias, artes, historia y americo literatura. 4to. pp.
72. With plates and portraits. *Mexico*, 1845. 5*s.* 6*d.*

———————— El Gabinete de lectura. Periódico
literario, político, artístico, industrial y de teatros, ó mis-
celánea instructiva de variedades y costumbres de ambos
mundos, y en particular de la Republica Mexicana. Tomo
I. 4to. pp. 288. With many plates and portraits. *Mexico*,
1845. 8*s.*

———————— Gazeta de Mexico del Miercole.
29 de Julio de 1795. 4to. pp. 8. 1*s.*

———————— El Investigador Mexicano. Tomo
I. Num. 1-16. Junio 18 de 1837.—Agosto 2 de 1837.
Fol. *Mexico*. 6*s.*
                    No more published.

———————— La madre Celestina, Periodico
jovial y franco, decidor y sandunguero, manso y humilde
de corazon, redactado por algunos personages célebres de la
comedia popular *Los Polvos*, y comparsa de orates. Tom I.
Num. 1-20, with caricatures. Mexico, Octubre 16 de 1861.
Mexico 21 de Diciembre de 1861. Fol. £1 5*s.*

———————— El Mensagero Comercial de Mexico.
Periodico de comercio, politica y literarura. Domingo 1o.
de Octubre de 1826—Miércoles 1o. de Agosto de 1827. 12
numbers of 14 or 16 pages. 4to. half-bound. Nos. 1 to 12.
£1 5*s.*

Periodicals.—El Mensajero de los Estados-Unidos
Mexicanos. (Independencia. Integridad de territorio.
Libertad. República. Federacion. Civilizacion. Progreso.)
Tom. I. Num. 1-44. Junio 5 de 1850.—Noviembre 16 de
1850. Fol. *Mexico.* £1 1s.

No more published.

———————— **Municipal Mexicano.** Tomo I.,
Num. 1-29. Febrero 6 de 1836—Agosto 20 de 1836. Fol.
Mexico. 7s. 6d.

———————— **El Redactor Poblano.** Año de
1820. Nine numbers. Sm. 8vo. sewed, pp. 80. *Puebla,*
1820. 7s. 6d.

———————— **El Restaurador Mexicano. (Liber-**
tad, Federacion, Progreso.) Tomo I. Num. 1-45. Octubre
31 de 1838—Abril 10 de 1839. Fol. *Mexico.* 15s.

———————— **Revista Mexicana Periódico Cien-**
tífico y Literario. Vol. I. (5 Nos.). Sm. 4to. half-bound,
pp. 615. *Mexico* (Impreso por Ygnacio Cumplido), 1835.
£1 1s.

———————— **D. Simplicio.** Periódico Burlesco,
critico y filosófico, por unos simples. Tomo I. Num. 1.
Fol. pp. 8.—Tomo II. Segunda epoca. Num. 1-35.—
Tomo III. Num. 1-76. Fol. half-bound. *Mexico,* 1845-
47. £2 2s.

A very curious satirical journal, with many caricatures.

———————— **La Verdad-Revista universal publi-**
cada bajo la direccion de una sociedad literaria. Vol. I.
4to. half-bound, pp. vi. and 800. *Mexico,* 1854. £1 1s.

Pimentel.—Memoria sobra las causas·que han
originado la situacion actual de la Raza indígena de
México y medios de rémediarla por Don Francisco Pimentel. 8vo. sewed, pp. 246. *Mexico,* 1864. 14s.

———————— **La economia politica aplicada a la**
propiedad territorial en Mexico. por D. Francisco Pimentel.
8vo. sewed, pp. 268. *Mexico,* 1866. 7s. 6d.

———————— **Cuadro descriptivo.** See Linguistic
Literature.

Pizarro.—El Monedero. Novela historica y de
costumbres mejicanas, escrita por Nicolas Pizarro. Royal
8vo. sewed. pp. 628. *Mejico,* 1861. £1 5s.

Poesias dedicadas al Señor de la Salud de Puruándiro por M. Y. C. 8vo. pp. 20. With an engraving. *Mexico*, 1850. 1s. 6d.

Poeticarum institutionum liber variis ethni- corum, christianorumque exemplis illustratum . . . . . Collectore Antonio Rubio Præfecto. Sm. 8vo. 9 leaves, pp. 512, half-bound. *Mexico*, 1605. 7s. 6d.

Poinsett.—Discursos pronunciados en la Camara de representantes de los Estados-Unidos de America, por el Hon. Señor Don J. R. Poinsett. Sm. 8vo. pp. 62. *Mexico*, 1829. 2s. 6d.

Polomo. —Carta del General de la Merced Fr. José Garcia Polomo, Maestro en Sagrada Teologia, humilde Maestro General de todo el Real y Militar Orden de nuestra Señora de la Merced, Redencion de cautivos cristianos, privativamente en los reinos de la Corona de Aragon; Baron de Algár y Escalés en el reino de Valencia, etc. 4to. 2 leaves. At the end: Reimpresa en Mexico, año de 1820. 3s. 6d.

The following notice is printed at the head of the letter:—"Por justas consideraciones al estado eclesiastico ha parecido bien á un religioso de esta provincia de la Merced de Mexico hacer que se reimprima la siguiente Carta que ha recibido en este ultimo maririmo."

Ponce de Leon.—Oracion gratulatoria que en la solemne funcion celebrada por los Gefes y Empleados en las oficinas de Real Hacienda de la Ciudad de Antequera de Oaxaca, *por los prosperos sucesos de nuestras armas* dixo D. Joses Mariano Ponce de Leon . . . . el dia 13 de 1808. 4to. 3 prelim. leaves, pp. 29. *Mexico*, 1809. 7s. 6d.

This pamphlet is dedicated to King Ferdinand VII., and commemorates the rise of the Spanish people against the French usurpation.

Por qué, el, ó ingeniosas preguntas y respuestas interesantes, siendo una explicacion divertida . . . . . de las causas y efectos des los fenomenos atmosfericos . . . . Traducido del ingles por V. G. Torres. 12mo. pp. 103. *Mejico*, 1838. 1s. 6d.

Por Don Ignacio Francisco de Estrada, como Padre de D. Francisco Manuel, en el pleyto que sigue con D. Antonio Agustin Morgota, como marido de Doña Maria Manuela Porres Varanda, sobre la sucesion en propiedad del Mayorazgo fundado por Don Diego Porres Varanda. 4to. boards, pp. 102. *Reimpreso en Guadalaxara*, 1808. 6s.

Practicas de piedad para el uso de las santas misiones dispuestas por los padres de la congregacion de la mision de St. Vincente de Paul. 18mo. pp. 88, sewed. *Mexico*, 1853. 2s. 6d.

Prescott.—Historia de la conquista de Mejico, con un bosquejo preliminar de la Civilizacion de los antiguos Mejicanos, y la vida del Conquistador Hernando Cortes, escrita en ingles por G. H. Prescott. . . . traducida al Castellano, por D. Jose Maria Gonzalez de la Vega. . . y anotada por D. Lucas Alaman. *Mexico*, 1844. 2 vols. 4to. dem. rel. pp. xii. 468. 2 fnc. 406 pp. 1 fnc.; aveo portraits, plans, fig. d'hiéroglyphes, vues, etc. £1 15s.

Cette traduction de la conquéte de Mexico de Prescott est trés estimée a cause des notes historiques du célébre historien mexicain Don Lucas Alaman.

Prieto.—Indicaciones sobre el origen, vicisi- tudes y estado que guardan actualmente las rentas generales de la federacion Mexicana. Por el Ciudadano Guillermo Prieto. 4to sewed, pp. xxxvii. 474, with a map and tables. *Mexico*, 1851. £1 5s.

Promtuario de la constitucion de la monarquia Española, con varios decretos de las Cortes generales y extraordinarias, y discusion de las mismas al asunto; para aclarar las dudas que puedan ocurrir en las Juntas electorales de parroquias, de partido y de provincia, y de ayuntamientos por el redactor poblano R. A. F., etc. 12mo. pp. 80, 4, sewed. *Reimpreso en Mejico*, 1820. 5s.

Pronostico de la felicidad Americana, justo regocijo de Mexico, natural y debido desahogo de un Español Americano por el feliz arribo á estas Provincias del Exmŏ. Señor Don Francisco Xavier Venégas, Virey, Gobernador y Capitan General de esta Eueva España. 4to. pp. 11. *Mexico*, 1810. 5s.

It was under Venegas that Hidalgo's insurrection broke out. This prognosticon of felicity has therefore a special interest. A sonnet on the Viceroy is at page 9.

Protesta que en acuerdo pleno y con asociacion de los empleados publicos, hace el muy ilustre ayuntomiento de Hidalgo contra los Tratados Mac-Lane-Ocampo, febrero 10 de 1860. 4to. pp. 10. *Guanajuato*, 1860. 4s. 6d.

Proyecto de una contribucion Nacional para en-grosar y mantener la hacienda publica del Imperio Mexicano, por E. C. M. J. D. M. Sm. 8vo. pp. 23, sewed. *Mexico*, 1822. 2*s.* 6*d.*

Proyecto de decreto y ordenanza que consulto al supremo Gobierno desde el año de 1842, la junta nombrada por el mismo para arreglar el cuerpo medico militar. Sm. 8vo. 60 pp. 8 leaves. With a lithograph. *Mexico*, 1846. 8*s.* 6*d.*

Proyectos de colonization presentados per la junta directiva del ramo, al ministerio de relaciones de la Republica Mexicana en 9 de Julio de 1848. Sm. 8vo. sewed, 40 pp. With a table. *Mexico*, 1848. 3*s.* 6*d.*

Puebla.—Lista de los individuos que forman el ilustre colegio de Abogados de Puebla. 12mo. 16 pp. *Puebla*, 1839. 1*s.* 6*d.*

Quejas de la Nueva España.—La America adolo-rida, la que de luto vestida, al publico desengaña por un buen patriota. Sm. 8vo. 16 pp. boards. *Mexico*, 1811. 7*s.* 6*d.*

Queretaro,—Reglamento para la Compañia Que-retana de Industria. 24mo. scwed, pp. 54. *Queretaro*, 1831. 1*s.* 6*d.*

Quevego Villegas.—Maldades de los Franceses en Tiempo de Luis XIII., ó sea Carta dirigida a esto monarca por Don Francisco de Quevedo Villegas, con motivo de la conducta del general Hatillon. Sm. 8vo. pp. 42. *Méjico*, 1838. 2*s.*

Quijote, El, de la revolucion, o historia de la vida, hechos, aventuras y proezas de Monsieur le grand homme Pamparanuja, heroe politico, filósofo moderno, caballero andante y reformador de todo el genero humano. Obra escrita en beneficio de la humanidad, por D. Juan Francisco Siñeriz. 2 vols. 12mo. pp. xxiii. 461, 4 leaves; 508 pp., half bound. *Mexico*, 1863. £1 1*s.*

Quiñones.—Discurso que pronunció el ciudadano Dr. Juan Jose Quiñones, fiscal de la Esema corte de justicia en la capital del Estado de Oajaca, el 16 de Setienbre de 1828, aniversario del grito de Dolores por encargo de la Junta Patriotica. Sm. 8vo. pp. 12. *Oajaca*, 1828. 1*s.* 6*d.*

Quintana.—Sermon de S. Cosme y S. Damian.
Patronos de la Iglesia y real Hospital de Enfermos de la
Ciudad da Antequera Valle de Oaxaca. Predicado en su
iglesia por el Señor Doctor Don Andres Narino de Quintana. 4to. 3 prelim. leaves and pp. 29. *Mexico*, 1786.
4s. 6d.

Quintela.—Oracion gratulatoria que en la pri-
mera funcion, que celebró la real *congregacion de los Naturales, y Originarios del Reyno de Galicia* . . . . dixo el Dr.
y M. D. Augustin de Quintela. 4to. 9 prelim. leaves and
pp. 48. *Mexico*, en la Imprenta de P. Philipe de Zuñiga y
Ontiveros, 1769. 7s. 6d.

Quiros.—Lamentable Llanto de la muy noble
muy leal Ciudad Mexicana, en que de la dolorosa demon-
stracion del Sentimiento en la Muerte de su muy amarte-
lado rey el Sr. D. Carlos III. dispuesto por D. Manuel de
Quiros y Campo sagrado. 4to. 7 leaves. *Mexico*, 1789. 5s.
A collection of poems in honour of Charles III. of Spain.

Qoa.—Fiesco. Poema historico, por D. Ignacio
Montes de Qoa. 12mo. pp. 40. *Mexico*, 1859. 2s. 6d.

Ramirez.—Noticias Históricas y Estadísticas de
Durango (1849-1850). Por el Sr. Lic. D. José Fernando
Ramirez. One vol. 4to. pp. 87. With two views and a plan
of the town. *Mexico*, 1851. 18s.

Rasgo breve de la grandeza Guanajuateña,
generoso desempeño con que celebró la regocijada dedica-
cion del sumptuoso templo de la Sagrada Compañia de
Jesus, que á sus Expensas erigió. Solemnizada en el
octavario, con que annualmente obsequia á su Sma
Patrona, y Madre la Sra. de Guanajuato Madrina del
Nuevo Templo. Siendo Diputados D. Vicente Manuel de
Sardaneta, y Legaspi, Regidor, y Alcalde Provincial, y D.
Antonio Jacinto Diez Madroñedo, que lo son de la Mineria,
la que generosa erogó todos sus Gastos. 4to. 2 leaves,
77 pp. boards. *La Puebla*, 1767. £1 1s.
A Poem.

Reales exequias de la serenissima Señora Da.
Ysabel Farnecio princesa de Parma, y reyna de las
Españas, celebradas en la Santa Iglesia Cathedral en la
Imperial Corte Mexicana, los dias 27, y 28, de Febrero do
1767. Dispuestos pór los Señores Comissarios Don

Domingo Valcarcel, Baquerizo, Caballero del Orden de Santiago, y Don Felix Venancio Malo Del Consejo de S. M. y sus Oydores en la Real Audiencia de la misma Corte. Con Licencia. *En Mexico, en la Imprenta de D. Phelipe de Zuñiga, y Ontiveros, Calle de la Palma.* Año de 1767. 4to. basane. Titre. 39 fnc. pp. xxiii. 1 fnc. pp. 37. 16 grav. en taille douce et une grande planche gravée. £2 10s.

Reglas paraque los Naturales de estos Reynos
sean felices en lo espiritual, y temporal (Signed, Francisco Arzobispo de Mexico). In fol. boards, 2 leaves. *Mexico,* 1768. 10s.

Regocijo, El, Mexicano por la deseada y feliz
entrada del excelentisimo Señor don Francisco Xavier de Venegas, Virrey de esta N. E. Sm. 8vo. 4 leaves, sewed. *Mexico,* 1810. 2s. 6d.

Rejon. — Observaciones del diputado saliente
Manuel Crecencio Rejon, contra los Tratados de Paz, firmados en la Ciudad de Guadalupe el 2 del proximo pasado febrero, precedidas de la parte histórica relativa a la Cuestion originaria. 8vo. pp. 62. *Queretaro,* 1848. 4s. 6d.

Relacion de las Fiestas, y Magnificos aparatos
conque la Muy Illstre, y Leal Ciudad de Durango, Cabeza del Reyno de la Nueva-Vizcaya, celebró la Regia Proclamacion del Catholico, é Invicto Monarcha el Señor Don Luis Primero, Dey de España . . . . en cuyo obsequio la saca à luz D. Francisco del Valle y Guzman. 4to. 12 prelim. leaves, pp. 46 and 4 leaves. *Mexico,* 1725. 12s.

The four last leaves contain: Loa o la aclamacion de nuestro Rey, y Señor Don Luis Primero, en que le forman un Carro Triumphal, las quatro partas del mundo, y componen la symetria de su gentileza, y bizarro cuerpo—a poetic discourse of Musica, Europa, Africa, Asia, America. (Very rare, unmentioned by Rich.)

Relacion historica de lo acontecido al lic. Don
Juan Nepomuceno Rosains como insurgente. Fol. pp. 21, boards. *Puebla,* 1823. 6s.

Representacion que el gobernador de Yucatan,
dirige al congreso constituyente de la República Mejicana en complimento del acuerdo de la legislatura del estado, de 2 de Junio de 1842. 8vo. sewed, pp. 78. *Merida,* 1842. 2s. 6d.

Representacion politico legal, que haze a nuestro Señor Soberano, Don Phelipe Quinto (que dios guarde) Rey poderoso de las Españas, ete para que se sirva de declarar, no tienen los Españoles Indianos obice para obtener los empleos Politicos, y Militares de la America; y que deben ser preferidos en todos, ussi Eclesiasticos, como Seculares. Folio, 22 leaves. No date (about 1740). 15s.

Reyes.—Defensa del General D. Isidro Reyes, ante la suprema corte de justicia en la causa que se le instruye por haber autorizado como secretario del despacho de guerra y marina, la orden en que se numbró general del ejercito de operaciones al presidente de la Republica. Por el lic. D. Bernardo Couto. Sm. 4to. pp. 44, boards. *Mexico*, 1845. 5s. 6d.

Rigual. — Historia cronologica del pueblo Hebreo, de su religion y gobierno politico. Historia sagrada de la Vida, Pasion, Muerte y Resurreccion de Jesus Cristo, y esplicacion de las ceremonias de la semana santa por el doctor D. José Rigual. 8vo. pp. iv. and 444, leather, with engravings. *Mexico*, 1844. 5s.

Rio de Loza.—La Mayor Alma del Mundo Aurelio Agustino, Obispo de Hipona. Sermon panegyrico, que en su dia y templo de la Ciudad de Santiago de Queretaro predico el Dr. D. Agustin Joseph Mariano Del Rio de Loza, 4to. 8 prelim. leaves, pp. 38. With portrait. *Impreso en Mexico.* Año de 1786. 5s.

Rivera y Rio.—Discurso pronunciado por el Ciudadano Jose Rivera y Rio, la noche del 15 de Setiembre de 1856 en la Ciudad de Tlalpam. Sm. 8vo. pp. 15. *Méjico*, 1856. 1s. 6d.

Roa Bárcena.—Leyendes Mexicanas, Cuentos y Baladas del Norte de Europa, y algunos *otros ensayos* poéticos de Don José María Roa Bárcena. 8vo. half-bound, pp. viii. and 364. *Mexico* (Agustin Marse, Libéria Mexicana), 1862. 15s.

CONTENTS : Xóchitl ó la ruina de Tula.—Emigracion de los Aztecas hacia el Anáhuac.—Division de los Aztecas durante su peregrinacion. —Esclaritud y Emancipacion de los Aztecas en Colhuacan.—Fundacion de Mexico—Casamiento de Nezahualcóyotl.—La princesa Papantzin.—La Cuesta del Muerto.—Cuentos y Balados del Norte de Europa.

Roch.—Bosquejo de los viajes aereos de Eugenio
Robertson, en Europa, los Estados Unidos y los Antillas,
por E. Roch, traducido del frances por D. José Maria
Heredia. 12mo. 3 prelimin. leaves, 84 pp. sewed. *Mejico*,
1835. 2s.

Rodriguez.—El Protector del Estado religioso.
·Oracion panegyrica, que en la fiesta que anualmente celebra la Tercera Orden de N. S. P. S. Francisco de Mexico
á su Patron S. Luis Rey de Francia, Patento el Santissimo
Sacramento, predico el año de 1764, el R. P. Fr. Joseph
Manuel Rodriguez. 4to. 15 prelim. leaves, pp. 18 (worm
eaten). 1766. 5s.

———— Relacion juridica de la Libertad de
la muerte intentida contra la porsona del R. P. Fr.
Andres Picazo, Lector jubilado, y Ministro provincial
de la Provincia de S. Pedro, y S. Pablo de Michoacan,
por. intercession de Nra. Sra. en su prodigiosa imagen
del Pueblito, extramuros de la Ciudad de Querétaro.
Calificada de Milagrosa, por el Illmo. Señor D. Francisco
Ant. Lorenzana Arzobispo de la Santa Metrop. Igelia de
Mexico. Con un Apéndice, en que se dá razon del origen
de dicha Santa Imagen, y progressos de su culto. Escri-
biala de orden de su Señoria Illmo. el R. P. Fr. Joseph
Manuel Rodriguez. 4to. boards, pp. 30. *Mexico*, 1769. 10s.

(Antonio Rodriguez y Valero).—Carta citatorio
à el estado eclesiastico y secular de la villa de Cordova,
para que congregados en su iglesia parroquial en el dia que
se señalare, se cumplan las venerables ordenes superiores
de la sacratisima Mytra, que en ella van expresadas. Folio,
boards, pp. 11. *Cordova*, 1769. 7s. 6d.

Rojas.—Sermon panegirico predicado el dia 6 de
Junio de 1819 por el M. R. P. Fr. Francisco Rojas y
Andrade . . . . en la Solemne funcion de gracias por la
beatificacon del V. Siervo de dios Francisco Posadas que
celebró la comunidad del Convento de Santo Domingo de
México. 4to. pp. 36. *Mexico*, 1819. 4s.

Rojas de Jesus Maria.—Relacion de las So-
lemnes Exequias con que la Ciudad de Ica honro la
Memoria del M. R. P. Fr. Ramon Rojas de Jesus Maria,
Misionero apostolico del Colegio de Propaganda fide de.
Cristo en la Ciudad de Guatemala, fundador y director de
la Santa Casa de Ejercicios de la misma Ciudad de Ica, en
el año de 1839. 4to. 2 prelim. leaves, pp. 22. *Guatemala*,
1846, 3s. 6d.

Romero.—Disertacion academica sobre el Poder
Temporal de la Santa Sede Apostólica pronunciada en la
Nacional y Pontificia Universidad de Mexico el dia 28 de
Mayo del presente año por el Sr. Canonigo Doctoral de la
Santa Iglesia de Michoacan Don Jose Guadalupe Romero.
Large 8vo. 39 pp. *Mexico*, 1860. 3s.

—————— **Noticias para formar la Historia y la**
Estadistica del Obispado de Michoacan presentadas a la
Sociedad Mexicana de geografia y Estadistica in 1860, por
su socio de numero el Sr. Dr. D. Jose Guadalupe Romero.
Folio, pp. 248. With Illustrations and Maps. *Mexico*,
1862. £2 2s.
An important paper, based on official documents. The work contains the following Maps: Carta geografica del Obispado de Michoacan en 1863, folio.—Plano del Estado de Michoacan en 1863.—Mapa
geográfico del Estado ó Departemento de Guanaxuato, formado el
Año de 1863, fol.

Romo.—Ensayo sobre la influencia del Lutera-
nismo y Galicanismo en la politica de la Corte de España.
Por Don Judas José Romo, Obispo de Canarias. Tomo
I. 8vo. pp. 166. *Mexico*, 1849. 6s.

Rosa.—Cultivo del maiz en Mejico, por el Señor
Don Luis de la Rosa. Sm. 8vo. sewed, pp. 86. *Carácas*,
1865. 2s.

Roscio.—El Triunfo de la Libertad sobre el
Despotismo, en la confesion de un pecador arrepentido de
sus errores politicos, y dedicado à desagraviar en esta parte
à la religion ofendida con el sistema de la tirania. Su
autor, J. G. Roscio, Ciudadano de Venezuela en la America
del Sur. Tercera Impresion. 4to. 278 pp. and 2 leaves.
Guadalajara, 1823. (slightly wormed.) 12s. 6d.

Rubio Salinas.—Relacion de lo acaecido en la
celebridad de el Jubileo de el Año Santo en esta Ciudad,
y Arzobispado de Mexico, mandada publicar para la
comun edificacion por el Ilmo. Sr. Dr. D. Manuel Rubio,
Salinas, y dispuesta, de orden suya, por el P. D. Pedro
Joseph Rodriguez de Arizpe. 4to. pp. 82. *Mexico*, 1753. 10s.

Rubio y Salinas.—Relacion del Funeral Entierro,
y Exequias de el Illmo. Sr. Dr. D. Manuel Rubio y Salinas
Arzobispo que fué de esta Santa Iglesia Metropolitana de
Mexico. Dispuesta por el Br. D. Juan Becerra Moreno.
4to. 4 prelim. leaves, pp. 155. With a copper-plate.
(Worm eaten.) *Mexico*, 1766. 10s.

6

Ruinas, las, de mi Convento. Historia contem-
poranea. 8vo. pp. 196. *Mejico*, 1852. 10*s*.

Ruiz.—La Insurreccion sin escusa ó sea discurso
doctrinal sobre la obediencia debida al soberano y a sus
magistrados por Don Santiago Jose Lopez Ruiz. Tercera
edicion aumentada. 4to. boards, pp. xxxvi. 68. *Mexico*,
1814. 10*s*.

—— **Succinta descripcion de las fiestas que en**
esta Ciudad de la Puebla se hicieron à la noticia gustosa
de haver aprobado el Summo Pontifice la fama de Santidad,
Virtudes y Milagros en General del Ven. Ilmo y Excmo.
Sr. D. Juan de Palafox y Mendoza, en cuyo asunto es tan
interesado, por lo mucho que le venera, el Ilmo Sr. Dr. D.
Francisco Fabiani y Fuero, nuestro amado principe. Es
su autor D. Thomas Antonio Ruiz. Vecine de esta Ciudad.
Fol. 2 leaves. *Puebla, no date.* 12*s*.
A Poem.

Ruiz de Conejares.—Sermon que en la solemne
funcion con que se dió principio á la Real Congregacion del
Alumbrado y vela continua del Santisimo Sacramento del
Altar, celebrada en la Iglesia Parroquial de San Sebastian
de la Ciudad de Mexico, en donde se ha establecido, el dia
11 de Marzo de 1793, predicó el Sr. Dr. D. Joseph Ruiz
de Conejares. 4to. 5 preliminary leaves, pp. 30. *Mexico*,
1793. 5*s*.

Ruiz de Leon.—Hernandia. Triumphos de la fe,
y glorias de las armas españolas. Poema heroyco. Conquista de Mexico, cabeza del imperio Septentrional de la
Nueva-España. Proezas de Hernan-Cortes, catholicos
blasones militares, y grandezas del Nuevo Mundo. Lo
cantaba Don Francisco Ruiz de Leon, hijo de la Nueva
España, y reverente lo consagra a la soberana Catholica
Magestad de su Rey, y Señor Natural Don Fernando
Sexto, en la Real Catholica Magestad de la Reyna Nuestra
Señora Doña Maria Barbara (que Dios guarde), y a las
dos Magestades. 4to. 9 leaves, pp. 383, full morocco, extra,
gilt edges. *Madrid*, 1755. £1 10*s*.
Splendid binding.

Salinas.—Relacion de lo acaecido en la cele-
bridad de el jubileo de el año Santo en esta ciudad, y
arzobispado de Mexico, mandada publicar para la comun
edificacion por el Ilmo. Sr. Dr. D. Manuel Rubio, Salinas,
y dispuesta, de orden suya, por el P. D. Pedro Joseph
Rodriguez de Arizpe. 4to. pp. 82. *Mexico*, 1753. 10*s*.

Salud, La, asegurada por medio de la higiene
Vegetal medicina universal del colegio sanitario de Inglaterra en Londres . . . . . Sm. 8vo. 58 pp. sewed. *Mejico*, 1837. 1s. 6d.

Sanchez.—Principios de Retórica y Póetica, por
Don Francisco Sanchez, entre los Arcades Floralbo Corintio. 12mo., pp. iv. 276, xii. *Mexico*, 1825. 3s. 6d.

San Miguel —Observaciones del lic. Juan Ne-
Promuoceno Rodriquez de San Miguel, referentes á un articulo bibliografico sobre el libro de los Codigos. 12mo. pp. 54. *Mexico*, 1859. 2s. 6d.

San Salvador.—Desengaños que a los insur-
gentes de N. España seducidos por los fracmazones agentes de Napoleon, dirige la Verdad de la religion catolica y la experiencia. Escritos por el Dr. D. Agustin Pomposo Fernandez de San Salvador. Sm. 8vo. boards, pp. 162. *Mexico*, 1812. 15s.

————— La America Llorando por la Tem-
prana muerte de su amado el Exmo. Señor D. Bernardo de Galvez (Gobernardor y Capitan General que fue de esta Nueva España) humilde rasgo de el Lic. D. Agustin Pomposo Fernandez de San Salvador. 4to. pp. 25. *Mexico*, 1787. 7s. 6d.

————— El modelo de los Cristianos pre-
sentado a los insurgentes de América, y una introduccion . . . en la qual se funda el derecho de la Soberania profia del Sr. D. Fernando VII. y se manifeston los nulidades y vicios horrendos con que los materialistos introducidos por Napoleon en los Cortes nos iban a sumergir en las llamas de un volcan semejante a aquel en que los jacobinos sumerjieron á la Francia. Por el Dr. D. Agustin Pomposo Fernandez de S. Salvador. 8vo. pp. iv. 128, 112. *Mexico*, 1814. 12s. 6d.

————— Sanctissimi Domini Nostri Pii Divinâ
Providentiâ Papae IX. Litterae apostolicae, quibus conventio inter Sanctam Sedem et Praesidem Reipublicae Sancti Salvadoris in America Centrali, Confirmatur. Fol. sewed, pp. xvi. *Romae*, 1864. 3s. 6d.

Santa Anna.—Manifesto del presidente de la
Republica (A. L. de Santa Anna) a la Nacion. 4to. 16 pp. boards. *Mexico*, 1855. 7s. 6d.

Santiago de Zamora.—Prosodia, o tiempo de la sylaba latina, segun el libro quinto del arte del P. Juan Luis de la Cerda, de la compañià de Jesus por el P. Santiago de Zamora de la misma compañia. Sm. 8vo. 4 leaves, pp. 67, sewed. *Puebla de los Angeles*, 1785. 3*s*. 6*d*.

Sanz.—Observacion chirurgico medica de un Hidro Sarcocele, ó tumor scirroso en un testiculo con kiste, ó saco, lleno de pus en el escroto, por el Lic. D. Jose Sanz. 12mo. pp. 40, sewed. *Mexico*, 1814. 2*s*.

Sariñara.—Noticia breve de la Solemne, deseada, ultima dedicacion del Templo Metropolitano de Mexico, Corte Imperial de la Nueva-España, edificado por la religiosa magnificencia de los Reyes Catholicos de España nuestros Señores. Celebrada, en 22. de Diziembre de 1667 . . . en el feliz gouierno del Exmo Señor D. Antonio Sebastian de Toledo, Marques de Manzera, Virrey de Nueva-España. Y Sermon que predicò el Doctor Ysidro Sariñara. Con Licencia. *En Mexico. Por Francisco Rodriguez Lupercio Mercader de Libros en la puente de Palacio.* Año 1668. 4to. parch. Titre.—9 fnc.—50 ff.—Titre du sermon.—25 ff. £2 2*s*.

Une piqûre á la marge inférieure des premiers feuillets.

Sartorio.—Gozo del Mexicano Imperio por su Independencia y Libertad. Oracion que en la fiesta de la Instalacion de la Junta Suprema Provisional Gubernativa, celebrada en la Santa Iglesia Metropolitana de México dijo el Presbitero Mexicano D. José Manuel Sartorio. el dia 28 de Setiembre de 1821, etc. 4to. pp. 11. *Mexico*, 1821. 8*s*. 6*d*.

This pamphlet is dedicated to D. Agustin de Iturbide, afterwards Emperor of Mexico ; it is not mentioned by Beristain.

———— La felicidad de Mexico en el Estab- lecimiento de la V. Orden tercera de Siervos de Maria. Sermon que en la fiesto celebrata en accion de gracias por su fundacion el dia de febrero de 1792. Predicó el Br. D. Joseph Manuel Sartorio, Presbítero de este Arzobispado, etc. 4to. 4 prelim. leaves, 21 pp. *Mexico*, 1792. 7*s*. 6*d*.

Sartorio is called by Beristain an ecclesiastic of " great talents and exquisite erudition."

Satisfaccion á las dudas propuestas sobre algunos puntos de la convencion española, en el comunicado inserto en el numero 1455 del Siglo xix de 22 del corriente Diciembre. 12mo. pp. 16. *Mexico*, 1852. 1*s*. 6*d*.

Satorres.—Guia religioso de la infancia, ó sea
Devocionario en verso para los niños, por D. Ramon de
Satorres. 16mo. pp. 146, vi. *Madrid*, 1853. 1s. 6d.

Segundo dictamen de la mayoria de las comisiones,
de Justicia. Negocios eclesiasticos en el Negocio relativo
al Breve de Su Santidad el Sr. Pio IX., en que constituye
Delegado en esta República à Monseñor Clementí. Sm.
8vo. pp. 23, sewed. *Mexico*, 1853. 2s. 6d.

Segur.—La révolucion, por Monseñor Segur.
Traducida al castellano por M. P. de L. Sm. 8vo. pp. 132,
sewed. *Mexico*, 1863. 2s. 6d.

Seis Noches de titeres majicos en el callejon del
vinagre. Sm. 8vo. pp. iii. 120, sewed. *Mexico*, 1823. 7s. 6d.

Sentimiento que ha causado la infausta quanto
sensible muerte de la Sra Doña Isabel Francisca de Asis,
princesa de Portugal, Reyna de España y de los Indias,
hecho por J. M. V. Sm. 8vo. pp. 8. *Mexico*. 1s. 6d.

A poem.

Siguenza.—Glorias de Queretaro, en la fundadion
y admirables progresos de la muy I. y Ven. Congregacion
eclesiastica de presbiteros seculares de Maria Santisima de
Guadalupe de México, con que se ilustra, y en el suntuoso
templo que dedicò a su obsequio el Br. D. Juan Caballero
y Ocio, presbitero comisario de Corte del Santo Oficio por la
Suprema y General Inquisicion; que en otro tiempo es-
cribiò el Dr. D. Carlos de Siguenza y Gongora, presbitero
natural de Mexico, y Catedratico propietario de Matema-
ticas en su Real y Pontificia Universidad: y que ahora
escribe de nuevo El Br. D. Joseph Maria Zelaa e Hidalgo,
presbitero . . . *México*, MDCCCIII. *Con las licencias
necesarias. En la Oficina de D. Mariano Joseph de Zuñiga
y Ontiveros, Calle del Espiritu Santo.* 4to. bas.—Titre.—
7 fnc.—235 pp. (numér. 135 par une faute d'impression).—
2 fnc.—2 planches représentant: vue et plan de l'église
Santa Maria Guadalupe à Queretaro, et plan de la ville de
Queretaro en 1802. £2 10s.

Siguenza y Gongora.—Parayso Occidental, plan-
tado, y cultivado por la liberal benefica mano de los muy
Catholicos, y poderosos Reyes de España Nuestros Señores
en su magnifico Real Convento de Jesus Maria de Mexico:
de cuya fundacion, y progressos, y de las prodigiosas mara-

villas, y virtudes, con que exalando olor suave de perfeccion, florecieron en su clausura la V. M. Marina de la Cruz, y otras exemplarissimas Religiosas da noticia en este volumen D. Carlos de Siguenza, y Gongora, Presbytero Mexicano. Con licencia de los Superiores. *En Mexico, por Juan de Ribeira.* Impressor, y Mercader de libros. Año de MDCLXXXIIII. 4to. parch. Blason gravé.—Titre.—10 fnc.— 206 ff. 1 ff. Las erratas. £2 2s.

Silabario Metodico que en clase de proyecto ha

dispuesto la Comision de Ortologia de la Academia de Primera enseñanza, dedicando lo al principe Sr. San Miguel. Sm. 8vo. 8 leaves. *Mexico*, 1856. 1s. 6d.

Sitio de Puebla de Zaragoza. Coleccion de los

partes publicados des de que se presento el Ejército Francés a la vista de la espresada ciudad, hasta el 21 de Abril. 16mo. 132 and 23 pp. *Mexico*, 1863. 15s.

A collection of despatches sent by the Republican Generals Ortega, Comonfort, etc., to the War Minister at Mexico, during the siege of Puebla by the French.

Soberania Temporal del Papa o el pro y el

contra de esta cuestion. 8vo. 168 pp. *Mexico*, 1860. 7s. 6d.

Solis.—Historia de la Conquista de Méjico, po-

blacion y progresos de la América Septentrional, conocida por el nombre de Nueva España. Escribíala Don Antonio de Solis. Nueva Edicion. 9 vols. sm. 8vo. leather, pp. xlvii. 2 leaves, 696 pp.; xvii. 550: xvi. 686; xv. 554; 386; xi. 339; xii. 404; 508; 512. *Madrid*, 1829. 10s.

Wormeaten to the fifth volume, pp. 1 to 21, 354 to 386.

Soria.—Descripcion de las fiestas que hicieron

los diputados de la Ciudad de Tehuacan, en Celebridad de la Dedicacion del Templo de Nuestra Señora del Carmen. Rasgo Epico de D. Francisco de Soria. 4to. 22 leaves. Imprese en *Mexico*. Año de 1783. 10s. 6d.

An epic poem of 128 stanzas. Francisco de Soria, one of the most talented indigenous poets of Mexico, is well known by his dramas : El Guillermo, la Genoveva, la Mágica Mexicana; but the present poem seems to be unknown yet ; it is neither mentioned by Beristain, nor by D. Prieto in the Diccionario, nor by Rich.

Sosa.—Manual de Biografia Yucateca por Fran-

cisco de P. Sosa. 12mo. pp. 232, sewed. *Merida*, 1866. 6s.

State Papers of the Mexican Republic.—Memoria
que en complimiento del Articulo 120 de la Constitucion Federal de los Estados-Unidos Mexicanos. Leyó el Secretario de Estado y del despacho universal de Justicia y Negocios Eclesiásticos, en la Cámara de diputados el dia 3 y en la de Senadores el dia 4 de enero de 1826, sobre los ramos del ministerio de su cargo. Folio, sewed, pp. 19 and 12 statistical tables. *Mexico*, No date. *2s. 6d.*

———— Memoria que en cumplimiento del
Articulo 120 de la Constitucion Federal de los Estados Unidos Mexicanos. 8vo. sewed, pp. 28, with 8 tables. *Mexico* (Imprenta del Supremo Gobierno), 1825. *3s. 6d.*

———— Memoria del Ramo de Hacienda
Federal de los Estados-Unidos Mexicanos, leida en la Cámara de Diputados el 13 de enero, y en la de Senadores el 16 del mismo, por el Ministro respectivo, ano de 1826. Folio, sewed, pp. 82, with 96 statistical tables. *Mexico* (Imprenta del Supremo Gobierno), 1826. *7s. 6d.*

———— Memoria que en cumplimiento del
Articulo 120 de la Constitucion Federal de los Estados-Unidos Mexicanos. Leyó el Secretario de Estado y del Despacho universal de Justicia y Negocios Eclesiásticos en la Cámara de Diputados el dia 18 y en la de Senadores el dia 22 de Marzo del ano de 1830, sobre los ramos del Ministerio de su cargo. Small folio, sewed, pp. 25, with 7 tables. *Mexico*, 1830. *3s. 6d.*

———— Memoria del Secretario del Despacho
de Hacienda. Leida en la cámara de senadores el dia 15, y en la de diputados el 17 de Febrero de 1832. Folio, sewed. 59 statistical tables. With an Appendix: Cuenta general de Valores, y Distribucion de las Rentas del Erario Federal, en el ano economico de 1 de Julio de 1830, a fin de Junio de 1831. *Mexico*, 1832. *7s. 6d.*

———— Memoria del Secretario de Estado
y del Despacho de la Guerra, presentada a las Camaras el dia 26 de Abril, de 1833. Folio, sewed, 17 pp. and 9 statistical tables. *Mexico* (Imprenta del Aguila), 1833. *2s. 6d.*

———— Memoria del Ministerio de Justicia
y Negocios ecclesiasticos de la Republica Mexicana, presentada á las Cámaras del Congreso de la Union, en complimento del artículo 120 de la Constitucion Federal, al principio de sus sesiones ordinarias. Ano de 1835. Folio, bound, pp. 71. *Mexico* (Imprenta del Aguila), 1835. *7s. 6d.*

State Papers of the Mexican Republic.—Memoria
del Secretario de Estado y del Despacho de Justicia é Instruccion pública, leida á las Cámaras de Congreso Nacional de la Republica Mexicana en Enero de 1844. Folio, bound, pp. 173, with 16 statistical tables. *Mexico* (Impresa por Ignacio Cumplido), 1844. 15s.

——————— **Memoria que el Secretario de Estado**
y del Despacho de Hacienda, en cumplimiento del Decreto de 3 de Octubre, de 1843 Presentó á las Cámaras del Congreso general, y leyó en la de diputados en los dias 3 y 6 de Febrero, y en la de senadores en 12 y 13 del mismo. Folio, sewed, pp. 52. *Mexico* (Imprenta de J. M. Lara), 1844. 2s. 6d.

——————— **Memoria del Ministerio de Justicia**
y Negocios Eclesisásticos, leida a las Cámaras por el Secretario del Ramo. 4to. sewed. pp. 47, with 20 statistical tables. *Mexico* (Imprenta de V. G. Torres), 1850. 5s.

——————— **Memoria del Secretario de Estado y**
del Despacho de Guerra y Marina, leida en la camara de Diputados el 26, y en la de senadores el 28 de Enero de 1850, Lex. 8vo. sewed, pp. 34, with an appendix: Documentos que se citan en esta Memoria del Ministerio de Guerra y Marina. 26 tables, *Mexico* (Tip. de V. G. Torres), 1850. 2s. 6d.

——————— **Memoria del Ministerio de Justicia y**
Negocios Ecclesiasticos, presentada a las Augustas Cámaras del Congreso general de los Estados-Unidos Mexicanos por el Secretario del ramo, en el mes de Enero de 1851. 4to. sewed. pp. 49, with 23 statistical tables. *Mexico* (Imprenta de Cumplido), 1851. 5s.

——————— **Memoria de Hacienda presentada al**
Exmo. Sr. Presidente de la Republica, por el Ciudadano Manuel Payno. Comprende el Periodo de Diciembre de 1855, á Mayo de 1856, en que estuvo á su cargo el Ministerio del Ramo. 4to. sewed, pp. 125. *Mexico* (Imprenta de Ignacio Cumplido), 1857. 5s.

——————— **Esposicion que en cumplimiento del**
articulo 83 de la constitucion del estado hace el Gobernador del Mismo al soberano congreso al abrir sus sesiones el 2 de Julio del año de 1848. Folio, boards, pp. 35, 36 leaves. *Oaxaca*, 1848. £1 5s.

State Papers of the Mexican Republic.—Regla-
mento para la exaccion del derecho de Consumo decretado
por el Supremo Gobierno en 27 de Junio del Corriente
año. 8vo. 24 pp. *Mexico*, 1842. 2s.

————— **Reglamento para la caja de Ahorros**
establecida con autoridad superior en el Sacro y Nacional
Monte de Piedad de Animas de esta capital. 12mo. pp.
12, sewed. *Mexico*, 1849. 1s. 6d.

————— **Reglamento para el Gobierno interior**
del consejo. Sm. 8vo. sewed, pp. 23. *Mexico*, 1859. 2s. 6d.

Tablas de las cuentas del valor liquido de la
plata del diezmo, y del intrinseco, y natural de la que se
llama quintada, y de la reduccion de sus leyes a la de 12
dineros, segun las novissimas ordenanzas de Su Magestad,
y de los derechos, que de la plata, y oro se le pagan en estos
reynos, en conformidad de sus leyes reales, y cedulas. Por
Don Francisco de Fagoaga. 4to. 6 leaves, pp. 68, vellum.
Reimpressas in Mexico, 1773. 12s. 6d.

Tachigrafia ó arte de escribir tan velozmente
como se habla sin necesidad de maestro. A los congresos
soberanos de America el editor. Sm. 8vo. pp. 21, 6 tab.
Mexico, no date. 4s. 6d.

Tapia.—Apendice al manual de practica forense
de D. Eugenio de Tapia, que contiéne una idea de los tribunales de la federacion y del distrito. Sm. 8vo. sewed,
pp. 82. *Mexico*, 1830. 7s. 6d.

Tarifa o Arancel que para la esaccion del derecho
de Alcabala debe observarse por lo respectivo a los articulos
del ramo del riento en la administracion principal de Rentas
del departamento de Mexico y en las cuatro receptorias de
Mexicalcingo, Tacubaya, Guadalupe y el Casco, Cuya tarifa
comenzo á regir en 1o de enero de 1840. Fol. boards,
8 leaves. 7s. 6d.

Tarifas de los haberes que en cada dia de los
treinta del mes y en uno o mas de los doce del año, devengan
segun las supremas ordenes comunicadas en 10 de abril y
18 de mayo de 1827, las clases de la milicia activa, que se
espresan, con descuento de invalidos y no de Montepio.
Sm. 8vo. sewed, 4 leaves. *Mexico*, 1828. 2s.

Tasso.—Fragmentos de la Jerusalem Libertada, de Torcuato Tasso, traducido al castellano por D. Jose Joaquin Pesado, quien los dedica á su hija. 8vo. 70. pp. *Mexico*, 1860. 2s.

Tasso.—Las vigilias de Tasso traducidas del italiano por el ciudadano Lelardo. 12mo. pp. xxiv. and 136, 1 leaf. *Valladolid de Michoacan*, 1827. 5s.

Testamento | o | Ultima | Voluntad | del | Alma. | Hecho en Salud | Para Asegurarse el Christiano | de las tentaciones del Demonio, en la hora de la | muerte. | Ordenado | por San Carlos Borromeo. | Cardenal del Titulo de Santa Praxedis, y Arçobispo de | Milan. 4to. 4 leaves. ¶ Con licencia, en Mexico, | Por la Viuda de Bernard Calderon, en la calle de San Agustin | Año de 1661. 15s.

Testamento de la Federacion Mexicana. Año de 1853. 12mo. sewed, 36 pp. *Mexico*, 1853. 5s.

Tejas.—Dictámen leido el 3 de junio de 1840 en el consejo de gobierno sobre la cuestion de Tejas. Small 8vo. 21 pp. *Mexico*, 1841. 2s.

—————— **Federacion y Tejas, Articulo publicado** en la Voz del Pueblo, Numero 29. Reimpreso con algunas notas y adiciones. Sm. 8vo. 37 pp. *Mexico*, 1845. 2s.

—————— **Reflexiones sobre la Memoria del Mini-** sterio de relaciones, en la parte relativa á Tejas. Sm. 8vo. 40 pp. *Mexico*, 1845. 1s. 6d.

Thadeo de Guevara.—Oracion Funebre en las exequias que el religiosisimo Convento de Corpus Christi de Mexico, consagró á la venerable memoria de su exemplar Fundadora, y dignisima Prelada la M. R. M. Sor Maria Teresa de Sr. S. Josef Vetancurt, el 22 de Abril de 1773. Y dixo El R. P. Fr. Miguel Thadeo de Guevara. 4to. boards, 10 leaves, pp. 18. *Mexico*, 1773. 6s.

Titulo Catorce de la Ordeñanza de 1802, para el regimen y gobierno militar de las matriculas de Mar. 8vo. 18 pp. *Mexico*, 1851. 2s.

Tlalpam. — Reglamento formado por el illustre ayuntamiento de esta Ciudad, para el taller de telares en la carcel, aprobado por el superior Gobierno con acuerdo de su Escmo. Consejo en 14 de enero del presente año. 12mo. pp. iii. and 7. *Tlalpam*, 1830. 1s. 6d.

Tlaxcala.—Exposicion que los propietarios territoriales del Distrito de Tlaxcala, han dirigido al Excmo. Sr. Gobernador del Departamento de México, sobre la Necesidad de Tlapixqueras, y suplicando se revoque la órden que se ha librado a la prefectura de aquel distrito para que cesen. 8vo. 35 pp. *Mexico*, 1843. *5s.*

Tolerancia Religiosa.—Disertacion contra la Tolerancia religiosa. Por J. B. M. 8vo. pp. 59, sewed. *Méjico*, 1831. £1 1s.
A most curious pamphlet, chiefly directed against Locke.

————— Esposicion que el Cabildo Metropoli- tano de Mexico ha elevado al Soberano Congreso contra la Tolerancia de Cultos. 4to. 14 pp. *Mexico*, 1856. *5s.*

————— Representacion que los habitantes de Zamora dirigen al Soberano Congreso Constituyente pidiendole que no se permita en la Republica la libertad de Cultos, que establece el articulo 15 del proyecto de constitucion presentado por la comision respectiva el dia 16 de Junio de 1856. 8vo. pp. 28. *Mexico*, 1856. *2s.*

————— Representacion que el ilustre ayunta- miento de Toluca, sus vecinos y algunos otros del partido, elevan al soberano congreso de la union contra la tolerancia religiosa en la Republica. 4to. pp. 17, boards. *Toluca*, 1849. *8s.*

Torrescano.—Diccionario de todas las voces puramente poeticas y de los principales nombres mitológicos, para la mas fácil inteligencia de pinturas y poesias. Arreglado por el Capitan Don Geróisimo Torrescano. 8vo. pp. xvi. and 80. *Mexico*, 1818. *3s. 6d.*

Tragedia joco-critica, historico-burlesca en cuatro actos, representada en Mexico por los años 1855 à 1857, titulada : unos dias memorables, o sea el gobernio de los Malvados. 12mo. pp. 32. *Imprenta aerostatica (no date).* *10s. 6d.*
One of the most curious illustrations of modern political life in Mexico, and extremely scarce. The dramatic persons are : Comonfort, Presidente—Los Ministros de Relaciones, Hacienda, Gobernacion, Guerra, fomento—Hipócrita gracioso—El Gobernador del Distrito.

United States.—Constitucion Federal de los Estados Unidos de America con dos discursos del General Washington. 12mo. 66 pp. *Mexico*, 1823. *2s. 6d.*

Urcullu.— Catecimo de Aritmetica comercial
por Don José de Urcullu. Sm. 8vo. pp. 104, sewed.
Mexico, 1849. 2*s*. 6*d*.

Uribe (D. J. P. F. de).—Sermon de Nuestra
Señora de Guadalupe de Mexico, predicado en su Santuario
el año de 1777 dia 14 de diciembre en la solemne fiesta con
que su ilustre congregacion celebra su aparicion milagrosa,
por el Señor Doctor y Maestro D. Joseph Patrício
Fernandez de Uribe. . . . Sale à luz á expensas de dicha
I. y V. Congregacion año de 1801. *Mexico. En la Oficina
de D. Mariano de Zuñiga y Ontiveros, calle del Espirito
Santo.* 4to., relié en basane. Titre. 3 fnc. pp. 129. 15*s*.

Valdovinos.— El libro indispensable para los
niños. Contiene maximas y preceptos de moral, de religion,
de urbanidad, etc. Escrito por el presbitero Mucio Valdovinos. 12mo. 47 pp. *Mexico*, 1851. 1*s*.

Valenzuela.—La muerte de Jesus, composicion
poetica escrita por "el amigo del pueblo" por Don Jose Maria
Valenzuela. 8vo. 12 pp. *Mejico*, 1861. 2*s*.

Valle.—Discurso civico pronunciado en Orizava,
el 11 de setiembre de 1853, por el ayudante Francisco del
Valle. Sm. 8vo. 15 pp. *Orizava*, 1853. 1*s*. 6*d*.

Van der Velde, C. F. La embajada en China,
escrita en aleman por C. F. Van der Velde, traducida del
frances por J. L. R. 12mo. 1 prelim. leaf, 158 pp.
Mejico, 1833. 1*s*. 6*d*.

Varnhagen.—Vespuce et son premier voyage,
ou notice d'une découverte et exploration primitive du
golfe du Mexique et des côtes des Etats Unis en 1497 et
1498, avec le texte de trois notes importantes de la main de
Colomb, par F. A. de Varnhagen (Extrait du *Bulletin de
la Société de Géographie*). 8vo. sewed, pp. 31. *Paris*, 1858.
1*s*. 6*d*.

Vasconcelos.—Sermon predicado el dia 8 de Mayo
1815. Por el Sr. Lic. Don Ignacio Mariano Vasconcelos
. . . en la solemne funcion de accion de gracias que hizo
la N. C. de Oaxaca por la libertad del Santisimo Padre
Sumo. Pontifice Pio VII. . . . 4to. 3 prelim. leaves and
23 pp. *Mexico*, 1816. 3*s*. 6*d*.

Vazquez. — Memoria historico-medica sobre la enfermedad del colera morbo, escrita por el Lic. D. Pedro Vazquez, profesor de Medicina. 12mo. 30 pp. *Mexico*, 1850. 4s. 6d.

Vega.—Discurso en celebridad del aniversario del 16 de Setiembre de 1810, pronunciado en la Ciudad de Cholula por El Sub-prefecto del Partido D. Luis G. de la Vega, el 16 de Setiembre de 1854. Sm. 8vo. 16 pp. *Puebla*, 1854. 1s. 6d.

Vega. — Historia del Descubrimiento de la América Septentrional por Cristobal Colón, escrita por Fr. Manuel de la Vega. Dala a luz con varias notas para mayor inteligencia de la historia de las Conquistas de Hernán Cortés que puso en mexicano Chimalpain, y para instruccion de la juventud mexicano Carlos Maria de Bustamante. 8vo. pp. x. and 238, sewed. *Mexico*, 1826. 18s.

Venegas.—La ciencia de la guerra. Por Francisco Xavier Venegas. 12mo. sewed, 7 prelim. leaves, pp. 181. *Mexico*, 1811. 7s. 6d.

Ventajas del sistema republicano representativo, popular federal. 12mo. 44 pp. *Mexico*, 1826. 2s. 6d.

Verdadero, El, principio de la Sabiduria, ó con- junto de maximas sapienciales para adquirirla. Obra que se dedica a la juventud Mexicana, . . . 8vo. pp. 2, iv., 103, sewed. *Mexico*, 1828. 3s. 6d.

Viage por los Estados Unidos del Norte, dedicado á los jovenes mexicanos ambos secsos. 12mo. 164 pp. With engravings. *Cincinnati*, 1834. 2s. 6d.

Vicente de Paul.—Vida de S. Vicente de Paul, fundador de la congregacion de la Mision y de las hermanas de la caridad. 8vo. 5 leaves, pp. 126, 3 leaves, portraits. *Mexico*, 1843. 3s. 6d.

———————— **Novena en honor de S. Vicente** de Paul, para prepararse à celebrar su festividad. 8vo. 64 pp. Portrait. *Mexico*, 1843. 2s.

Vieyra.—Heraclito defendido por el M. R. P. Antonio de Vieyra de la Compañia de Jesus. Sacale a luz el P. Joseph de Errada Capetillo de la misma Compañia de Jesus. 8vo. 3 and 7 leaves. *Mexico*, 1685. 12s. 6d.

Vilaplana H. de.—Vida portentosa del Americano
Septentrional Apostol, El V. P. Fr. Antonio Margil de
Jesus, fundador, y ex-guardian de los Colegios de la Santa
Cruz de Queretaro, de Christo Crucificado de Guatemala,
y de nuestra Señora de Guadalupe de Zacatecas.   Relacion
historica de sus nuevas y antiguas maravillas, escrita por el
reverendo padre fray Hermenegildo de Vilaplana, Misionero
apostolico . . . Dedicala al Rey Nuestra Señor Don Carlos
III. . . . Con las licencias necesarias. *En Madrid. Por
Juan de San Martin. Año de* 1775. 4to. vél.—Titre.—6 fnc.
—1 pl. gravée.—pp. 335. £1 5*s.*

Villagutierre Soto-Mayor.—Historia de la Con-
quista de la provincia de el Itza, reduccion y progresos de
la de el Lacandon, y otras naciones de Indios barbaros, de
la mediacion de el reino de Guatimala a las provincias de
Yucatan en la America septentrional (reduccion de los
Itzaex, etc.), escrivela Don Juan de Villagutierre Soto-
Mayor.   *Madrid,* 1701.   Fol. parch. (Manque le titre, le
frontispiece gravé, et les 2 premiers des 30 ff. prélim. non
numér.—pp. 660.—Table, 17 fnc. £1 10*s.*

Villaret.—Curacion pronta radical y sin padeci-
mientos de las enfermedades de las vias urinarias y de la
matriz, (ó utero) por medio de un método curativo . . . . .
inventado por el Doctor Hipólito Villaret. Sm. 8vo. pp. 24,
sewed. *Mexico,* 1853. 1*s.* 6*d.*

Villaseñor.—Poesia Pronunciada por el Lic C.
Alejandro Villaseñor, el 16 de Setiembre de 1851. Sm.
8vo. pp. 8.   *Toluca,* 1851. 2*s.*

Villaseñor Cervantes Dialogo entre un filosofo y
una maestra de Amiga; dispuesto por el R. P. D. Juan
Ignacio Villaseñor Cervantes del Oratorio de San Felipe
Neri de Mexico. 8vo. pp. 14. *Mexico,* 1861. 1*s.* 6*d.*

Vindicacion del Clero Mexicano vulnerado en
los Anotaciones que publicó el M. R. P. Fr. José Joaquin
Oyarzabal contra la representacion que el mismo Clero
dirigió al Illmo. y Venerable Cabildo Sede-vacante pro-
moviendo la defensa de su immunidad personal, formola el
Dr. y Mtro. Don. Joseph Julio Garcia de Torres. 4to. 16 pp.
Mexico, 1812.—El Vindicador del Clero Mexicano, a su an-
tagonista. B. In one vol. 4to. pp. 18. *Mexico,* 1812. 5*s.*

Voto particular del Sr. Senador Lic. D. Manuel
Larrainzar, sobre el acuerdo de la Cámara de Diputados,
relativo a la reforma de Aranceles que presentó en la
Sesion del dia 20 de Marzo de 1849. como individuo de la
comision especial a cuyo examen, etc., pasò este nagocio.
8vo. pp. 127. *Mexico*, 1849. 3s.

(Washington.)—Oracion funebre al ciudadano
Jorge Washington pronunciada el 1 de Enero de 1800, en
una Sociedad francesa en Filadelfia. Traducido del frances
al Castellano, por G. J. 8vo. sewed, pp. 21. *Mexico*, 1823.
2s. 6d.

This oration is by Chaudron Simon.

Weill.—Republica y Monarquia. Cuestiones ar-
dientes por Alejandro Weill. Traducidas del Francés al
Español por un Jalisciense. Sm. 8vo. pp. 100, sewed.
Guadalajara, 1864. 2s. 6d.

Wiseman.—Manifiesto del Cardenal Wiseman al
Pueblo Inglés. 8vo. pp. xx. and 52. *Mexico*, 1851.

Xavier.—Vida exemplar, y virtudes heroicas del
venerable Padre Juan Antonio de Oviedo, de la Compañia
de Jesus. Escrita por el Padre Franciso Xavier Lazcano,
de la misma Compañia, prefecto de la mui Ilustre Congregacion de la Purissima Conception del Colegio Maximo de
Mexico. Con Licencia. En Mexico, en la imprenta del Real,
y Mas-Antiguo Colegio de S. Ildefonso, año de 1760. 4to.
d. bas. rouge.—Titre.—5 fnc.—2 portraits du P. J. A. de
Oviedo.—582 pp.—Indice 3 fnc. £1 10s.

Piqûres de vers dans les marges.

Yañez.—Discurso pronunciado por D. José Isidro
Yañez, presidente de la Compañia Lancasteriana, con
motivo del certamen que tuverion los niños de la Escuela
de la filantropia, el dia 10 de julio de 1831. 12mo. pp. 8.
Mejico, 1831. 1s. 6d.

Ya Volvio Santa Anna, de vencer à arista cha-
quetas de lana. O sea Dialogo de un Indio, con el señor
D. Porfiado. Sm. 8vo. pp. 7, boards. *Mexico*, 1833. 5s.

Yrving.—Vida y Viajes de Cristobal Colon por
Washington Yrving. 2 vols. 8vo. pp. 390, 375, half bound.
Mexico, 1853.—Elogio de Cristobal Colon por Eulalio Maria
Ortega, presentado y premiado en el concurso abierto por
convocatoria del Ateneo Mexicano de 20 de Julio de 1845.
8vo. pp. 32. *Mexico*, 1853. £1 5s.

Zacarias.—Representacion que el licenciado Luis Gonzaga Zacarias, Presidente del J. Ayuntamiento de Cholula del Imperio, dirijió al ilustrisimo Sr. Obispo de esta Diocesis: con motivo de la circular que S. S. Y. expidió el 2 de Julio del presente ano, declarando terminada la facultad que los Sres. eclesiásticos-tenian para binár en dias festivos. 8vo. sewed, pp. 17. *Puebla* (Tip. de J. M. Rivera), 1865. 3s. 6d.

Zarco. — Historia del congreso estraordinario constituyente de 1856 y 1857. Extracto de todas los sesiones y documentos parlamentarios de la época, por Francisco Zarco. 2 vols. 4to. sewed, pp. ix. 876, 1031. *Mexico*, 1857-1861. £3 3s.

Zenon y Mexia.—Sermon predicado con termino de tres dias el 3 de enero de 1811, por el Americano Dr. D. Josef Maria Zenon y Mexia, presbitero de Michoacan . . . en la funcion solemne que con el santisimo patente, hicieron los Europeos prisioneros en accion de gracias, por haberse libertado de la esclavitud de hidalgo. 4to. pp. 20. *Mexico*. 1811. 8s. 6d.

GUATEMALA.

Almanaque para el año de 1837, arreglado al
meridiano de Guatemala. 18mo. sewed, 40 leaves. *Guatemala*, 1837. 2s. 6d.

Calendario de Guatemala, para el año 1845,
arreglado al Meridiano de esta Ciudad. 12mo. sewed.
20 leaves. *Guatemala*, 1845. 2s. 6d.

Constitucion de la Republica Federal de Centro-
America dada por la Asamblea Nacional Constituyente,
en 22 de Noviembre de 1824. Sm. 8vo. pp. 54. *Guatemala*, 1825. 7s. 6d.

Juarros.—A Statistical and Commercial History
of the Kingdom of Guatemala, in Spanish America.
Containing important particulars relative to its productions, manufactures, customs, etc., with an account
of the Conquest by the Spaniards. By Don Domingo
Juarros; translated by J. Bailly. With 2 maps. 8vo.
boards, pp. viii. and 520. *London*, 1823. 15s.

Memoria de los trabajos de la sociedad Eco-
nomica de Aimigos de Guatemala; con que dió cuenta
en la junta general celebrada el 10 de Enero de 1864,
su Secretario D. Felipe Andreu. 8vo. sewed, pp. 16.
Guatemala, 1864. 2s. 6d.

Ospina.—Breve instruccion para el cultivo
del Algodon, en Centro-América, escrita por Don Pastor
Ospina, sócio corresponsal de la Sociedad económica
de amigos de Guatemala. 8vo. sewed, pp. 42. *Guatemala*,
1864. 3s. 6d.

Proyecto de constitucion del estado de Guate-
mala uno de los de Centro-America, presentado a la
asamblea constituyente, reunida en virtud del decreto de
convocatoria expedido en 25 de Julio de 1838. 4to. sewed,
pp. 18. *Imprenta de la Paz*, 1842. 3s. 6d.

HONDURAS.

Cuadro estadistico del departamento de Gracias
precedido de un compendio elemental de estadistica (Por
Don Leon Alranado). With 3 tables. 8vo. sewed, pp. viii.
and 38. *Paris*, 1857. 2s. 6d.

CUBA.

Actas de las juntas generales que celebro la Real Sociedad economiga de amigos del pais De La Habana, en los dias 14, 15, y 16 de Diciembre de 1829. Ympresa de acuerdo de la misma Sociedad. With tables. 4to. bound in gilt leather, gilt edges, pp. 366. *Habana*, 1830. 12*s.* 6*d.*

Agricultura y comercio de la Habana. Estados varios. 4to. sewed, pp. 34 (No title). *Habana*, 1808. 1*s.* 6*d.*

Agricultura.—Expediente instruido por el Con-sulado de la Habana sobre los medios que convenga proponer para sacar la agricultura y comercio de esta isla del apuro en que se hallan. 4to. sewed, pp. 116. *Habana*, 1808. 2*s.* 6*d.*

————— **Memorias de la institucion Agronoma** de la Habana. Por Don Ramon de la Sagra. Tomo primero. Sm. 4to. sewed, pp. iv. and 42. *Habana*, 1834. 2*s.*

Agüero.—Biografias de Cubanos distinguidos. Por P. de Aguero. I. Don José Antonio Saco. With a portrait. 8vo. sewed, pp. 88. *London*, 1860. 6*s.*

Alfonso.—Memorias de un Matancero. Apuntes para la historia de la isla de Cuba, con relacion a la ciudad de San Cárlos y San Severino de Matanzas. Por D. Pedro Antonio Alfonso. With a map. Sm. 4to. sewed, pp. 232, viii. *Matanzas*, 1854. 15*s.*

Anales de las reales junta de fomento y Sociedad economica de la Habana. Periodico mensual, dirigido por D. Francisco de P. Serrano, con real aprobacion. Tom. I. Nos. 2 and 3. Agosto y septiembre, 1849, pp. 67–206.— Tom. II. Nos. 1–5. pp. 1–358.—Tom. III. Nos. 1, 3, 4, pp. 1–72; 145–288. *Habana*, 1849–1850. Each number, 1*s.* 6*d.*

Aranceles generales para el cobro de derechos de introduccion y estraccion en todas las aduanas de los puertos habilitados de la siempre fiel isla de Cuba para el año de 1835. Folio, boards, pp. iv. and 76. *Habana*, 1835. 6*s.*

Arango.—Examen de los derechos con que se . establecieron los gobiernos populares en la Peninsula, y con que pudieron por cautiverio del Sr. D. Fernando VII, establecerse en la America Española, donde hubieran producido incalculables ventajas entre otras la de precaver los sediciones. Escrito por el tesorero general de exercito jubilado Don Jose de Arango. Para probar la injusticia de la oposicion que malogró la junta proyectada en la Habana en julio de 1808. 4to. sewed, pp. 28. *Habana*, 1813. 3s. 6d.

Archivo de la Habana. Obra por entregas de literatura, ciencias y artes, consagrada á los intereses de todas clases de esta ciudad y su vecindurio. Por Manuel Zapatero. Tomo I. II. (all published), 4to. half calf, pp. 196 and 96. *Habana*, 1856-57. 24s.

Astronomia.—Cometa del mes de marzo del año de 1843. (Por Desiderio Herrera). 4to. sewed, pp. 4. *Habana*, 1845. 1s.

Bachiller y Morales.— Apuntes para la historia de las letras y de la instruccion publica de la Isla de Cuba Por Antonio Bachiller y Morales. 3 vols. 4to. sewed, pp. 228, 224, 248. *Habana*, 1859-61. £2 2s.

————— **Discurso inaugural que para la** enseñanza de sus asignaturas, publica el Lic. Bachiller y Morales. 16mo. sewed, pp. 14. *Habana*, 1842. 1s.

Balanza general del comercio de la isla de Cuba en los años 1836-1838. Formada de órden del Exmo. Señor Conde de Villanueva, consejero de estado honorario, intendente de la ejército y superintendente general delegado de real hacienda de la misma. Por Don Raimundo Pascual Harrich. Fol. boards, pp. 20, 54, 38, 14. *Habana*, 1837-39. 10s.

Carta de Don Nicolas Peñalver y el Conde de Santa Maria de Loreto, en contestacion à las diversas declamaciones que ha publicado el presbítero Dr. D. Manuel de Echeverria como albacea fiduciario del Ilmo. Sr. Dr. Don Luis de Peñalver. Sm. 4to. sewed, pp. 24. 2s. 6d.

Coleccion de los partes y otros documentos pub- licados en la Gaceta Oficial de la Habana referentes à la invasion de la gavilla de piratas capitaneada por el traidor Narciso Lopez. Sm. 4to. sewed, pp. 80. *Habana*, 1851. 12s. 6d.

Dortis.—Ultimas Cartas de Jacobo Dórtis tra- ducidas por D. José Antonio Miralla. 16mo. sewed, pp. 241. *Habana*, 1822. 1s. 6d.

Esplicacion de la tabla sinoptica de jurispru-
dencia, por M.D. 8vo. sewed, pp. 66. *Habana*, 1843. 2s. 6d.

Fornaris.—Cantos populares por Jose Fornaris.
8vo. sewed, pp. xx. and 216. *Habana*, 1863. 4s. 6d.

Fornaris.—El libro de los Amores, por Jose
Fornaris. 8vo. sewed, pp. xv. 180. *Habana*, 1862. 4s.

———— Flores y lagrimas, por José Fornaris.
8vo. boards, pp. xvi. and 342. *Habana*, 1860. 7s. 6d.

Herrera.—Poesias de Ramon Velez Herrera.
8vo. sewed, pp. 130, xxiv. *Habana*, 1833. £1 1s.
Very scarce.

Informe de Don Francisco de Arango al Sr. D.
Rafael Gomez Roubaud, Superintendente Director General
de Tabacos, en la Isla de Cuba sobre los males y remedios
que en ella tiene este ramo. Escrito en 1805. 4to. sewed,
pp. viii. and 96. *Habana*, 1812. 7s. 6d.

Informe que sobre el empedrado y limpieza
de las calles de la Habana presentó a Su Exmo. Ayuntamiento el alcalde ordinario D. José de Pizarro y Gardin.
4to. sewed, pp. 28. *Habana*, 1831. 1s. 6d.

Jardin romántico. Editores Santuago Cancio
Bello, Andres Avelino de Orihuela y Miguel Francisco
Viondi. 12mo. pp. 208. *Habana*, 1833. 2s.

Memorias de la Real Sociedad Economica de la
Habana. No. 13. Enero, 1818. With a table. Sm. 4to.
sewed, pp. 72. *Habana*, 1818. 1s. 6d.

Mercadante.—La Vestal. Tragedia lirica en
tres actos, del maestro Javier Mercadante. 16mo. sewed,
pp. 63. *Habana*, 1855. 1s.

Paseo pintoresco por la Isla de Cuba. Obra artistica y literaria, en que se pintan y describen los edificios,
los monumentos, los campos y las costumbres de este
privilegiado suelo, publicada por los empresarios de la
litografia del gobierno y capitania general. With 67 litho.
plates. Square 8vo. pp. 290. *Habana*, 1841. £4 18s.

Perez y Comoto.—Representacion que a favor
del libre comercio dirigieron al Excelentisimo Señor Don
Juan Ruiz de Apodaca, Virrey, Gobernador y capitan
general de Nueva España, doscientos veinte y nueve vecinos
de la ciudad de Veracruz, Escrita por el Dr. D. Florencio
Perez y Comoto. 4to. sewed, pp. iv. and 84. *Habana*,
1818. 4s. 6d.

Periodicals.—El artista, publicacion amena,
oficial del Liceo artistico y literario. Redactores D. Jose
Q. Suzarte, D. Andres Poey, etc. Tom. II. No. 1 (Marzo
15 de 1849)—No. 15 (Noviembre 1 de 1849). 4to. pp.
282. *Habana*, 1849. 5s. (Wanting number 8.)

——————— **Don Junípero.—Periódico satirico-**
jocoso con Abundancia de caricaturas, dirigido por D.
Victor Patricio de Landaluze. Octubre 5, 1862, to Abril 24,
1864. (All published). 82 Numbers. 4to. pp. 418, 240.
Habana. £5.

——————— **El Plantel. Directores Ramon de**
Palma y Jose Antonio Echeverria. Tomo primero. 4to.
pp. 286. *Habana*, 1838. 10s.

——————— **Repertorio de conocimientos utiles.**
' Periodico de artes, ciencias naturales y literatura. Vol. I.
No. I. (1 Noviembre, 1840)—No. 26 (25 Abril, 1841). 4to.
pp. 206. *Habana*, 1840-41. 7s. 6d.

Pichardo.—Diccionario Provincial casi-razonado
de Voces Cubanas, por D. Esteban Pichardo. Tercera
edicion, notablemente aumentada y corregida. Royal 8vo.
sewed, pp. xx. and 282. *Habana*, 1862. 15s.

——————— **Geografia de la Isla de Cuba, por Don**
Esteban Pichardo. Publicase bajo los auspicios de la
real Junta de Fomento. 4 parts. 4to. pp. I. 156, 272,
356, 240. *Habana*, 1854, 1855. 30s.

Ramon de la Sagra.—Historia economico-poli-
tica y estadistica de la Isla de Cuba ó sea de sus progresos
en la poblacion, la agricultura, el comercio y las rentas. Por
Don Ramon de la Sagra. 4to. boards, pp. xvii. and 388.
Habana, 1831. £1 1s.

——————— **Memorias para Servir de Introduction**
a la Horticultura Cubana. Por D. Ramon de la Sagra.
4to. sewed, pp. viii. and 24. *Nueva York*, 1827. 2s.

Ramon Pino y Penuela.—Topografia Medica de
la Isla de Cuba, por el Dr. D. Ramon Pino y Penuela. 8vo.
sewed, pp. 324. *Habana*, 1855. 12s.

Recuerdo, el, ó coleccion de verdades acerca del
estado politico de la isla de Cuba. Por el autor del Haba-
nero. No. I. pp. 4. 12mo. sewed. 1s.

Reincorporation de Santo Domingo à España.
Sm. 4to. sewed, pp. 32. No title. 1s. 6d.

Revista de la Habana, por Mendire y I. Q.
Garcia. 2 vols. 4to. *Habana*, 1856. £3 15s.

Revista y Repertorio bimestre de la Isla de Cuba.
No. 1-5 (forming Tomos I. II.). 8vo. pp. 374, 288. Tomo
III. pp. 1-320, 466-540. Bound in 2 vols. *Habana*,
1831-32. £2 15s.

Tabaco.—Memoria sobre el comercio, cultivo
y elaboration del tabaco de esta isla. Por el Dr. D. J.
Fernandez de Madrid. Sm. 4to. sewed, pp. 18 and 19.
Habana, 1821. 3s.

Torrente.—Bosquejo economico-politico de la
Isla de Cuba; comprensivo de varios proyectos de prudentes
y suludables mejoras que pueden introducirse en su gobierno y administracion. Por Mariano Torrente. With
frontispiece. 2 vols. 8vo. sewed, pp. 420 and 462. *Habana*, 1852, 1853. 31s. 6d.

Villa-Urrutia.—Discurso leido en las juntas
generales de la Real Sociedad Patriótica, por D. Wenceslao
de Villa-Urrutia, arreglado al tema que se le dió á la
reception de socio. Sm. 4to. sewed, pp. 12. *Habana*, 1818.
1s. 6d.

Villaverde.— Teresa. Novela original, por D.
Civilo Villaverde. 16mo. sewed, pp. 93. *Habana*, 1839. 1s. 6d.

Walter Scott.—El cuarto entapizado ó la vieja
de la bata, traducida al castellano por Juan Muñoz y
Castro. 16mo. sewed, pp. 120. *Habana*, 1838. 1s. 6d.

Wilson, J.—La Nevasca, traducida dal ingles al
castellano por Juan Muñoz y Castro. 16mo. sewed, pp.
128. *Habana*, 1838. 1s. 6d.

SAN DOMINGO.

Alerta Dominicanos! A los hijos del 27 de
Febrero. 12mo. sewed, pp. 22. *Santiago de los Caballeros*,
1852. 1s. 6d.

Constitution politica de la republica Dominicana.
Sm. 4to. sewed, pp. 49. *Santo Domingo, Imprenta Nacional.*
1854. 3s. 6d.

Punica Fides! or, A short Statement of the Facts connected with the recent "breach" by the Dominican Government of the second article of the Commercial Treaty, exchanged between England and the Dominican Republic in 1850. Sm. 8vo. sewed, pp. 16. *St. Domingo*, 1852. 1s. 6d.

Six Codes d'Haiti, suivis d'une table raisonnée des matières. 12mo. leather, pp. 738. *Au Port au Prince*, 1828. 10s.

Varnhagen.—La Verdadera Guanahani de Colon. Memoria communicada a la facultad de humanidades. Por Don Francisco Ad de Varnhagen, e impreso en el tomo xxvi. de los anales de Chile (Enero de 1864). With a Map of the Bahaman and Antillan Archipelago. 8vo. sewed, pp. xiv. *Santiago*, 1864. 2s. 6d.

JAMAICA.

The Constitution of Jamaica: Political, Judicial, and ecclesiastical. Including the Annual Laws of that Colony in force for 1844. Roy. 8vo. half calf, pp. 384. *London*, 1844. 12s. 6d.

Pim.—The Negro and Jamaica. By Commander Bedford Pim. Read before the Anthropological Society. 8vo. sewed, pp. vii. and 32. *London*, 1866. 1s.

MARTINIQUE.

Rufz.—Etudes historiques et statistiques, sur la population de la Martinique, par le Dr. E. Rufz. With tables. 2 vols. bound in one. 8vo. pp. viii. and 443, 377. *Saint-Pierre-Martinique*, 1850. 18s.

BARBADOS.

Barbados Agricultural Reporter and Planter's Scientific Journal. 4to. sewed. Nos. 1, 6, 9, 11, 12, *Bridgetown*, 1845. Each number 16 pp. 1s.

Beschrijvinghe van Virginia, Nieuw Nederlandt, Nieuw Engelandt, en d'Eylanden Bermudes, Berbados, en S. Christoffel. 4to. sewed, pp. 88, black letter. With engravings and a map. *Amsterdam*, 1651. £5 5s.

Very scarce. Fr. Müller, 125 dollars.

—— Another copy, without the Map, £4 4s.

Flora Barbadensis ; a Catalogue of Plants,

Indigenous, Naturalized, and Cultivated, in Barbados. To which is prefixed a Geological Description of the Island. By James Dottin Maycock. 8vo. boards, pp. 450. With Two Geological Maps coloured. *London*, 1830. £1 1s.

With numerous marginal manuscript annotations.

Schomburgk.—The History of Barbados; com-

prising a Geographical and Statistical Description of the Island : a Sketch of the Historical Events since the Settlement, and an account of its Geology and Natural Productions. By Sir Robert H. Schomburgk. With Plates and Tables. Roy. 8vo. cloth, pp. xx. 722. *London*, 1847. 25s.

TRINIDAD.

El lago de asfalto en la isla de Trinidad.

Estudio geolozico presentado a la Sociedad de ciencios fisicas y naturales de Caracas, en su sesion de Abril 12 de 1869, por Aristides Rojas. 8vo. sewed, pp. 15. *Caracas*, 1869. 2s.

Proceedings of the Scientific Association of

Trinidad. Part I. (December, 1866.) Sm. 8vo. sewed, pp. 66. *Port of Spain*. 5s.

CONTENTS.—Original Papers.—Dr. Mitchell on Sulphites.—Mr. Guppy on the Mollusca of Trinidad.—Dr. Goding on the Petroleum of Barbados.—Bibliography of Trinidad.—Notices of Memoirs.—Petroleum and Oil-Fields.—Prof. Karsten on *Rhynchoprion penetrans*. —Bamboo as a paper material.

———— Part II. (June, 1867). Sm. 8vo. sewed, pp. 67-144. *Port of Spain*, 1867. 5s.

CONTENTS.—Dr. Mitchell on Earth Closets.—Obituary Notice of Dr. Léotaud.—Annual Report for 1866.—Mr. Guppy on the cultivation of Knowledge.—Dr. Mitchell on the Breeding and Rearing of Horses.—Dr. de Verteuil on Port of Spain.—Guppy on the Mollusca of Trinidad.—On *Boehmeria Nivea* (Abstract).—Guppy on Petroleum and Naphtha (Abstract).—Dr. Mitchell on Sulphites.

———— Part III. (December, 1867.) Sm. 8vo. sewed pp. 145-194. *Port of Spain*, 1867. 5s.

CONTENTS.—Mr. Guppy on the Tertiary Fossils of the West Indies. —Prof. Agassiz to Dr. Léotaud.—Dr. Stone on Burial.—Dr. Padron on the Gold Mines of Yuruari.—Dr. Mitchell on the Manufacture of Sugar.—Duméril on Poisonous Fishes.—Col. Adams on Petroleum as Fuel, etc.

Proceedings of the Scientific Association of

Trinidad. Part IV. (June, 1868). Sm. 8vo. sewed, pp. 195-206. *Port of Spain*, 1868. 2s. 6d.

CONTENTS.—Report for 1867.—On *Boehmeria Nivea* (Abstract).— Table of Rainfall for 1863.—Dr. P. Martin Duncan on the Fossil Corals of the West Indies, etc.

———— Part V. (December, 1868). Sm. 8vo. sewed, pp. 207-250. *Port of Spain*, 1868. 2s. 6d.

CONTENTS.—Guppy on the Earthquake of 7th July.—Capt. Kelsall on the occurrence of the Scarlet Tanager in Trinidad.—Mr. Hill on Poisonous Fishes.—Dr. Günther on three Cyprinodontes.—Mr. Hill on Fish-Poisons.—Guppy on the Molluska of Trinidad, etc.

The Trinidad Official and Commercial Register

and Almanack, for the year of our Lord, 1870. Compiled from Official Records, etc. By HENRY T. J. GUPPY. Sm. 8vo. boards, pp. 126. *Port of Spain*, 1870. 5s.

SOUTH AMERICA.

GENERAL WORKS.

Apuntes sobre los principales sucesos que han

influido en el actual estado de la América del Sud. Segunda edicion, corregida y aumentada. 8vo. boards, pp. 299. *Paris*, 1830. 7s. 6d. (Worm eaten.)

Beschrigvinge van eenige voorname Kusten in

Oost-en West-Indien. With a frontispiece. 4to. sewed, pp. 150. *Leeuwarden*, 1716. 7s. 6d.

Containing : Cuba, Brasil, Peru, Mexico, Florida, etc.

Bollaert.—Antiquarian, Ethnological and other

Researches, in New Granada, Equador, Peru, and Chili; with Observations on the Pre-Incarial, Incarial, and other Monuments of Peruvian Nations. With numerous plates. By W. BOLLAERT. 8vo. cloth, pp. 279. *London*, 1860. 15s.

Bollaert.—The Expedition of Pedro de Ursua and Lope de Aguirre in Search of Eldorado and Amagua in 1560–1. Translated from Fray Pedro Simon's "Sixth Historical Notice of the Conquest of Tierra Firme." By W. Bollaert. With an Introduction by Clement R. Markham. 8vo. cloth, pp. 237. *London*, 1861. 10s. 6d.

Colleçao de Noticias para a historia e geografia das naçoes ultramarinas, que vivem nos dominios portuguezes, ou shes eao visinhas. Publicada pela Academia real dos sciencias. Vol. I.-IV. in 3 vols. sewed, 4to. pp. viii. 178, viii. 118; xvi. 396; 436; 144. *Lisboa*, 1812-1826. 24s.

Commerce de la côte Occidentale de l'Amérique du Sud.—Statistique commerciale du Chili, de la Bolivie du Pérou, de l'Équateur, de la Nouvelle-Grenade, de l'Amérique Centrale et du Mexique. Importations et exportations par les ports situés dans l'Océan Pacifique. Industrie agricole et minière du Chili, de la Bolivie et du Pérou, por le Cher. Guillaume Henri Bosch Spencer. With 17 plates. Roy. 8vo. half-bound, pp. xxviii., xxii. and 430. *Bruxelles*, 1860. 21s.

Constitucion de las Provincias Unidas en Sud-America. Sancionada y mandada publicar por el Soberano Congreso General Constituyente en 22 de Abril de 1819. Seguida del manifiesto del mismo Congreso, etc. 16mo. sewed, pp. 116. *Buenos Ayres*, 1819. (*Reimpreso en Madrid*, 1822). 3s. 6d.

Cudena. — Beschreibung des Portugiesischen Amerika vom Cudena. Ein Spanisches Manuscript in der Wolfenbüttelschen Bibliothek, herausgegeben vom Hofrath Lessing. Mit Anmerkungen und Zusätzen begleitet von Christian Leiste (Spanish and German). 8vo. boards, pp. 160. *Braunschweig*, 1780. 12s.

Michelena y Rójas.—Exploracion oficial desde el Norte de la America del Sur bajada del Amazonas hasta el Atlantico. Viaje a Rio de Janeiro, en los años de 1855 hasta 1859. Por F. Michelena y Rójas. With map. Roy. 8vo. sewed, pp. 684. *Bruselas*, 1867. 18s.

Montgommery Martin.—History of the West Indies. With maps and engravings. 2 vols. 12mo. half-bound. *London*, 1836-37. 5s.
Comprising : Jamaica, Honduras, Trinidad, Tobago, Grenada, The Bahamas, the Virgin Isles, British Guiana, Barbadoes, St. Vincent's, St. Lucia, Dominica, Montserrat, Antigua, St. Christopher's, etc.

Pradt.—Les six derniers mois de l'Amérique et
du Brésil, par M. de Pradt. 8vo. pp. 267. *Paris*, 1818.—
Les trois derniers mois de l'Amérique méridionale et du
Brésil, par M. de Pradt. 2e édition. 8vo. pp. ii. and 166.
Paris, 1817. 2 Parts in one vol. 8vo. boards. 3s. 6d.

—————— **De los tres meses últimos de la América**
Meridional y del Brasil, por M. de Pradt. 8vo. sewed,
p. 128. *Burdeos*, 1817. 2s. 6d.

Ulloa.—Noticias Americanas, entretenimientos
phisicos-historicos, sobre la América Meridional, y la
Septentrional Oriental. Comparacion general de los
territorios, vegetales, animales, minerales, etc. Con
relacion particular de las petrificaciones de cuerpos mari-
nos de los Indios naturales de aquellos paises, sus costumbres, y usos; de las antiguedades. Discurso sobre la
lengua y sobre el modo en que pasaron los primeros pobla-
dores. Su autor Don Antonio de Ulloa. 4to. leather, pp.
xxii. and 407. *Madrid*, 1772. 5s.

Uricoechea.—Mapoteca Colombiana. Catalogo
de todos los Mapas, Planos, Vistas, etc., relativos a la
América-Española, Brazil, e Islas adyacentes. Arreglada
cronologicamente i precedida de una introduccion sobre la
historia Cartografica de América. Por el Doctor Ezequiel
Uricoechea, de Bogota, Nueva Granada. 8vo. cloth, pp.
232. *London*, 1860. 6s.

Varnhagen.—Amérigo Vespucci. Son caractère,
ses écrits (même les moins authentiques), sa vie et ses
navigations, avec une carte indiquant les routes. Par F.
A. de Varnhagen, Ministre du Brésil au Pérou, Chili et
Ecuador, etc. Sm. fol. boards, pp. 120. 1865. 14s.

Vries.—Curieuse Aenmerckingen der byson-
derste Oost en West Indische verwonderens-waerdige
Dingen; nevens die van China, Africa, en andere Gewesten
des werelds. . . . Door S. de Vries. With maps and
engravings. 4 parts in 2 vols. stout 4to. vellum, 85 leaves,
pp. 1328, 24 leaves; pp. ii. 1528 and 22 leaves. *Utrecht*,
1682. 10s.
    Contains descriptions of Brasil, Chili, Peru, etc.

Wappäus.—Die Republiken von Südamerika,
Geographisch statistisch, mit besonderer Berücksichtigung
ihrer Produktion und ihres Handelsverkehrs, vornehmlich
nach amtlichen Quellen dargestellt von Dr. J. E. Wappäus.
1ste Abtheilung. 8vo. sewed, pp. xvi. and 270. *Göttingen*,
1843. 3s. 6d.

WORKS RELATING TO SIMON BOLIVAR.

Administration, Decrees, Proclamations, Records, etc. of Simon Bolivar, Libertador Presidente de Colombia, etc., etc. 4to. sewed, pp. 350. *Caracas*, 1827. £1 10s.

Coleccion de Documentos relativos á la vida pública del Libertador de Colombia y del Perú, Simon Bolivar, para servir á la historia de la independencia del Suramérica. 21 vols. (and appendix to the 21st). I., 1826, pp. cxiv. and 262; II., 1826, pp. ii. and 316; III., 1826, pp. xxiii. and 312; IV., 1826, pp. 330; V., 1826, pp. 335; VI., 1827, pp. 352; VII., 1827, pp. 353; VIII., 1827, pp. 365; IX., 1827, pp. 347; X., 1828, pp. 314; XI., 1828, pp. 320; XII., 1828, pp. 317; XIII., 1828, pp. 373; XIV., 1828, pp. 317; XV., 1828, pp. 342; XVI., 1828, pp. vii. and 339; XVII., 1829, pp. 320; XVIII. 1829, pp. 341; XIX., 1829, pp. 386; XX., 1829, pp. 371; XXI., 1829, pp. 356; Apéndice al tomo; XXI., 1833, pp. 248. 4to. Vol. 1-3. 6, 8–21, half-bound; the rest sewed. *Carácas.* £31 10s.

Complete copies of this important work are extremely scarce.—"A Publication, such as no other country of South America can boast of, is the Coleccion de Documentos relativos a la vida de Simon Bolivar. Caracas, 1826-33. 22 vols., of which only one copy (that in the Library of Darmstadt) is to be found in Germany." (Gervinus, Geschichte des 19. Jahrhunderts. Vol. iii. p. 166). We may add, that there is another Copy belonging to the Bibliothéque de Ste. Geneviéve of Paris; but these two copies seem to be the only ones which have hitherto reached Europe.

Correspondencia general del Libertador Simon Bolivar, enriquecida con la insercion de los manifiestos, mensajes, exposiciones, proclamas, etc., publicados por el heroe Columbiano, desde 1810, hasta 1830. Tomo primero. 8vo. cloth, pp. xliii. and 616. With portrait and fac-simile *New York*, 1865. £1 15s.

———— Tomo segundo. (Vida de Bolivar, second part, from 1820 till his death.) With Larrazabal's portrait. 8vo. cloth, pp. 591. *New York*, 1866. £1 15s.

El General Simon Bolivar en la campaña de la Nueva Granada de 1819. Relacion escrita por un Granadino, que en calidad de aventurero y unido al Estado Mayor del Exercito Libertador, tubo el honor de presenciarla hasta su conclusion. 8vo. sewed, pp. 21. *Santafé*, 1820. 3s. 6d.

Ensayo sobre la conducta del General Bolivar.

Sm. 4to. sewed, pp. 30. *Santiago de Chile*, 1826, y reimpreso en *Lima*, 1827. 2s. 6d.

Reimpreso de los Números 11, 13 y 14 del Duende de Buenos Ayres.

Memoirs of Simon Bolivar, President Liberator

of the Republic of Colombia, and of his principal Generals; secret history of the Revolutions, and the events which preceded it, from 1807 to the present time. With an Introduction containing an account of the Statistics, and the present situation of said Republic; education, character, manners and customs of the inhabitants. By Gen. Ducoudray Holstein. 8vo. boards, pp. 384. *Boston*, 1829. 21s.

Olmedo, J. Joaquin.—La Victoria de Tunin, Canto

á Bolivar. Nueva edicion. Small 8vo. boards, pp. xviii. and 46. *Carácas*, 1842. 2s. 6d.

Oracion fúnebre pronunciada en las solemnes

exequias del Excelentisimo Señor Libertador de Colombia, del Perú y de Bolivia, el 21 de febrero del año de 1831 en la iglesia parroquial de la villa de Medellin. 4to. sewed, pp. 28. *Carácas*, 1832. 2s. 6d.

Proclamas de Simon Bolivar, libertador de

Colombia. 8vo. sewed, pp. 74. 1862. 4s.

Proyecto de constitucion para la republica de

Bolivia y discurso del Libertador. Sm. 4to. sewed, pp. 14 and 23. *Impreso en Lima, y reimpreso en Mexico*, 1826. 7s. 6d. (*Very rare.*)

Révérend, A. P.—La última enfermedad, los

últimos momentos y los funerales de Simon Bolivar, Libertador de Colombia y del Perú. 8vo. sewed, pp. 64. (With 3 plates, portrait of Bolivar, view of San Pedro Alejandrino, embankment of Bolivar's corpse in the bay of Santa Marta). *Paris*, 1866. 4s.

VENEZUELA.

Acevedo, Rafael.—Elementos de cronologia, ex tractados de los mejores autores que tratan de la materia. With 2 plates. 12mo. sewed, pp. 72. *Carácas*, 1843. 5*s.*

Acosta, Cecilio.—Cuestion de Retracto conven- cional. Número extraordinario de "El Foro." 4to. sewed, pp. 14. *Carácas*, 1860. 2*s.*

Acosta, Dr. Cecilio.—Doctrina federal y Leyes secundarias. 8vo. sewed, pp. 108. *Carácas*, 1869. 6*s.* 6*d.*

Actos lejislativos sancionados por el congreso constitucional de Venczuela en 1833, y 1834. 8vo. pp. 236. *Carácas*, 1834. 7*s.* 6*d.*

——————— en 1839. Edicion oficial. 8vo. sewed, pp. 270. *Carácas*, 1839. 5*s.*

——————— sancionados por el congreso constitucional de Venezuela en 1840. Edicion oficial. 8vo. sewed, pp. 68. *Carácas*, 1840. 5*s.*

——————— del congreso constitucional de Venezuela en 1842. Edicion oficial. 8vo. sewed, pp. 314. *Carácas*, 1842. 5*s.*

Actos lejislativos vigentes en el Estado de Cara- bobo, con un apéndice que contiene varios actos del Gobierno Provisorio y del Poder Ejecutivo. 4to. sewed, pp. 108. *Valencia*, 1865. 5*s.*

——————— del Congreso constitucional de 1869. 4to. sewed, pp. 172, and pp. iv. Index. *Carácas*, 1869. 12*s.*

Contains the latest very important laws on the rights and duties of foreigners, and on international treaties.

Aecio.—Un drama en Carácas, Novela de Cos- tumbres. 8vo. sewed, pp. li. and 322. *Puerto Cabello*, 1868. £1 1*s.*

Aecio is a pseudonymous writer of some literary merit; his real name is still a secret.

Ahn.—Nuevo método práctico y fácil del idioma frances, por el Dr. F. Ahn. Adaptado al castellano por G. A. Ernst. 8vo. boards, pp. iv. and 114. *Caracas*, 1865. 5*s.*

Al Conde de Tovar, Presidente de la República.
One sheet, fol., in 3 columns. (*Carácas*, 1860.) 1s.

Alfonzo, Luis Gerónimo —La revolucion de 1867
á 1868. 8vo. sewed. pp. 32. *Carácas*, 1868. 3s. 6d.

Almanaque portátil para el año de 1869 y guia
de la Ciudad de Carácas. With Plan of Carácas. Small
8vo. sewed, pp. 67. *Carácas*, 1868. 2s. 6d.

——————— **eclesiástico, astronómico y de varie-**
dades por el año bisiesto de 1868. Small 8vo. sewed, pp. 32.
Carácas, 1868. 1s. 6d.

Arancel de derechos de importacion arreglado al
sistema métrico decimal, Edicion oficial. 8vo. sewed.
pp. 72. *Carácas*, 1868. 10s.
The use of the decimal system in weights and measures is established in Caracas by law from the 1st of July, 1869.

Aranda y Ponte, Francisco.—Obras. 8vo. sewed,
pp. iv. and 232. *Carácas*, 1858. 12s.

Arvelo, Rafael.—Poesias. Small 8vo. sewed, pp.
80. *Carácas*, 1851. 3s. 6d.
Arvelo is the best satirical poet of Venezuela.

Arveledo, Agustin Licenciado.—Observaciones
meteorológícas en Carácas, año de 1868. Leido en la
Sociedad de Ciencias fisicas y naturales de Carácas, en la
sesion del 1 de febrero de 1869. 8vo. pp. 4. 1s. 6d.

Bello, T. Oberto.—El Oficial en campaña, ó
instruccion general para jefes, oficiales i Aropa. II.
edicion. 8vo. sewed, pp. vi. and 120. *Carácas*, 1865. 8s.

Benites, J. Maria.—Principios para la Materia
médica del pais, en forma de diccionario. 8vo. calf, pp. 80.
Carácas, 1844. 15s. (*Very rare.*)

Bigotte, Felix.—El Libro de Oro. (1) Historia
de la administracion de Antonio Guzman Blanco. (2)
Historia de la conducta observada por Guzman Blanco en
la administracion de la Hacienda Nacional, y del escanda-
loso robo del 55 por ciento. (3) Resúmen del historial
del empréstito de £1,500,000 del año de 1864. 8vo. sewed,
pp. xxviii. and 224. *Carácas*, 1868. 12s.

Blanco, G. E.—Educacion del Alma. 8vo. boards, pp. 103. *Carácas*, 1867. 7s. 6d.

———— **Ger. Dr.—Informe sobre la epidemia** reinante presentado al Poder Ejecutivo. 8vo. sewed, pp. 19. *Carácas*, 1853. 1s. 6d.

———— **Gér. Adolfo.—Taquigrafia castellana** ó escritura rápida de la lengua. 8vo. sewed, pp. 45, and 7 Lith. plates. *Carácas*, 1868. 12s. 6d.

Bolet, Dr. Nicanor.—Memoria sobre los efectos de las píldoras tocológicas en la curacion de los abortos. With a lith. plate. 8vo. sewed, pp. 20. *Carácas*, 1867. 2s.

Bonpland Amadeo.—Apuntes biograficos leidos en la Sesion de 22 de Noviembre de 1869, de la Sociedad de Ciencias fisicas y naturales de Caracas por A. Ernst. 8vo. sewed, pp. 18. *Caracas*, 1869. 1s. 6d.

Brandt Federico.—A la Asamblea constituyente de 1863. 8vo. sewed, pp. 27 (Custom-house affairs). *Carácas*, 1864. 2s.

———————— **Una mirada retrospectiva sobre** la Hacienda de Venezuela. 8vo. sewed, pp. 47. *Carácas*, 1850. 2s.

(Café) Memoria de los abonos, cultivo y beneficios que necesitan los diversos valles de la provincia de Carácas para la plantacion de café. Instruccion para el gobierno de las haciendas de *Cacao*. With 1 plate. 4to. sewed, pp. 90. *Carácas*, 1833. 15s.

This treatise is of the greatest rarity, and now scarcely known in the country.

Canelon, Agapito.—Código del Amor, ó curso completo de definiciones, leyes, reglas i máximas aplicables al arte de amar y de lograr ser amado. 16mo. sewed, pp. 151. *Carácas*, 1855. 5s.

Carron du Villards, Cárlos J. F.—De la influencia del estrabismo sobre el ejercicio de muchas profesiones. Memoria presentada á la Academia real de Medicina belga. Tercera edicion española. *Carácas*, 1856. 8vo. sewed, pp. 31. 2s. 6d.

Castillo, Luis Maria.—Discurso pronunciado el 14 Dic. de 1862, en la capilla de la Universidad de Mérida despues de la distribucion de premios. 8vo. sewed, pp. 22. *Méridá*, 1862. 1s. 6d.

Castro.—Confesion de Julian Castro y Sentencia de la Nacion Venezolana. Año de 1858. 8vo. pp. 29. *Carácas.* 5s.

A burlesque composition in verse against General Julian Castro, once President of Venezuela. Very rare.

Codazzi, Agustin.—Atlas físico y político de la República de Venezuela, dedicado por su autor, el Coronel de Ingenieros Agustin Codazzi, al congreso constituyente de 1830. Folio, pp. 8 and 19 maps, half broken, bound. *Caracas*, 1840. £3 3s.

This excellent cartographical work is now rare even in Caracas.

———— —————— Catecismo de la Geografia de Venezuela. 12mo. sewed, pp. 80. *Carácas*, 1867. 3s. 6d.

Código civil sancionado por el Congreso de los Estados Unidos de Venezuela en 1867. Edicion oficial. 8vo. sewed, pp. 277, text, and pp. 9, indices. £1 15s.

Compendio de la Historia de Venezuela desde su descubrimiento y conquista hasta que se declaró estado independiente. 8vo. half-bound, pp. xi. and 192. *Carácas*, 1840. 15s. (Scarce).

Constitucion politica del Estado de Venezuela, formada por su segundo Congreso Nacional, y presentada a los pueblos para su sancion, el dia 15 de Agosto de 1819. Sm. 4to. sewed, pp. 60. *Impresa en Angostura; reimpresa a Lattabana*, 1821. 10s.

———— ———— de los Estados Unidos de Venezuela. Edicion oficial. 4to. pp. 52. half-bound. *Carácas*, 1864. 5s.

Constituciones synodales del Obispado de Vene- zuela y Santiago Leon de Carácas. Hechas en la Santa Iglesia Catedral de dicha Ciudad de Carácas, en el año del Señor de 1687. Por el ilustrísimo y reverendísimo Señor Dr. Don Diego di Baños y Sotomayor, Obispo de dicho Obispado. Fol. pp. 495, half-bound. *Madrid*, 1761. £1 8s.

**———— The same, 8vo. boards, pp. viii. and 486. *Reimpresas en Carácas*, 1848. 18s.

8

Contestacion veridica, y formal, que se hace al manifiesto, que ha dado al publico la Compañia Guipuzcoana de Caracas, sobre los Beneficios, que de su establecimiento han redundado al Estado, a la Real Hacienda, al bien publico, ya los verdaderos interesses de la Provincia de Caracas, fundada en hechos de tan inexorable verdad, que los mas se pueden diferir a lo que sabe, y ha experimentado el mismo Director, Autor del Manifiesto. Fol. boards, 31 leaves. *Carácas*, 1748. £1 1s.

Coronado Millan, Bonifacio. — **Teneduria de** libros por partida doble, seguida de un apéndice que trata de conocimientos generales de comercio y cálculos mercantiles. 4to. boards, pp. 112. *Carácas*, 1868. 10s. 6d.

——— **Vicente.—Los zelos (sic) de un muerto.** Drama en un acto. 8vo. sewed, pp. 22. *Carácas*, 1867. 2s.

Correspondencia relativa á las indemnizaciones francesas y á un plan propuesto para el arreglo de todas las acreencias diplomáticas. 4to. sewed, pp. 72 *Carácas*, 1868. 6s.

Cuestion Pegones y Tacamahaca. 8vo. sewed, pp. 12. *Valencia*, 1858. 1s. 6d.

Delgado, Elias.—Tabla que indica diariamente la hora media en Carácas y, demas puntos de Venezuela, el momento en que á la luz del crepúsculo di la tarde se lea con dificultad este escrito. One leaf, litho. *Carácas*, 1862. 1s.

Diario de debates de las estados unidos de Vene- zuela. Nos. 1–59 (12 Marzo—7 Junio, 1865), fol. pp. 1–236. *Carácas*, 1865. 10s.

——— **de debates de la Camara de Diputados.** Serie I. No. 1-12 (6 Marzo—3 Mayo, 1866). (All published), fol. pp. 1-24. *Carácas*, 1866. 6s.

The scanty material contained in these numbers is the result of a legislative period of 90 days. It is not generally known that the 80 members composing the Chamber receive 20 dollars, or more than £3 sterling per day!

——— **de debates del Senado.** Serie I. No. 1-31 (8 Marzo—9 Mayo, 1866). (All published), folio, pp. 1-62. *Carácas*, 1866. 8s.

Numbers to be had separately. Each 6d.

Diario histórico de la Campaña de Apure en
1837.   Large 8vo. sewed, pp. 50. *Carácas*, 1837. 10s.
Very rare.

────── **y observaciones del Presbitero Jose Cortes**
Madariaga, en su regreso de Santafe á Caracas, por la via
de los rios Negro, Meta y Orinoco, despues de haber concluido la comision que obtuvo de su Gobierno, para acordar
los tratados de alianza entre ambos Estados.   4to. sewed,
pp. 43. *Carácas.* 5s.

Documentos relativos á la cuestion de limites y
navegacion fluvial entre el Imperio del Brasil y la República de Venezuela.   With a map. 8vo. sewed, pp. 165.
Carácas, 1859. £1 1s.

──────────── **al establecimiento del Banco**
de Venezuela. 8vo. sewed, pp. 177. *Carácas*, 1861. 6s.

El primer súbdito de la Ley es el Gobierno.
8vo. sewed, pp. 10. *Carácas* (no date). 1s.

Escobar, Eloi.—Viaje fantástico en 3 cantos.
8vo. sewed, pp. 48. *Carácas*, 1857. 5s. 6d.

Escobar, Eloi.—Nicolas Rienzi. Drama en 4 actos
y en versos. 8vo. pp. 62, sewed. *Carácas*, 1862. 2s. 6d.

La Esperanza.—Periódico popular. Six numbers
(no more published). 8vo. sewed, pp. 140. *Carácas*, 1857.
12s.

Espinosa, J. M.—Batalla de Santa Ines, ó rasgo
histórico sobre la campaña de occidente en 1859. 8vo.
sewed, pp. 29. *Carácas*, 1866. 2s. 6d.

Exposicion que dirije al Congreso de 1869 el
ministro de crédito público de los Estados Unidos de Venezuela. 8vo. sewed, pp. 86. *Carácas*, 1869. 10s. 6d.

────── **que al Congreso Nacional presenta el**
Ministro de fomento en 1869. 8vo. sewed, pp. xxv. and 134,
and 12 tables. *Carácas*, 1869. 12s.

────── **que dirije al Congreso de Venezuela el**
. Ministro de Guerra i Marina en 1869. 8vo. sewed, pp. cxi.
and 106, and 8 tables. *Carácas*, 1869. 12s.

Flores de Pascua.—Coleccion de composiciones escritas por Venezolanos. Aguinaldo para 1852. 8vo. sewed, pp. 140. *Carácas*, 1851. 7*s*. 6*d*.

——————————— Coleccion de Composiciones escritas por Venezolanos. Aguinaldo para 1866. 8vo. sewed, pp. 113. *Carácas*, 1866. 7*s*. 6*d*.

Form of Consecration of the British Chapel and Burial Ground, according to the Rites and Ceremonies of the Church of England, by the Right Reverend Father in God, William Hart Coleridge, D.D., Lord Bishop of Barbados and the Leeward Islands. Fol. sewed, 10 pp. English text, 10 pp. Spanish translation. *Carácas*, 1834. 15*s*.

No other copy of this publication is known to exist in Caracas.

Garcia y Reveron, Luis Felipe.—Noticia bio-gráfica del Doctor y General Gonzalo Cárdenas. 4to. sewed, pp. vi. and 46. With Cardenas' portrait. *Carácas*, 1869. 5*s*. 6*d*.

Gonzales, Rodit, Jorge.—Las fiestas de la pascua. 8vo. sewed, pp. 31. *Carácas*, 1868. 2*s*.

Gumilla.—Historia natural, civil y geographica de las Naciones situadas en las Riveras del Rio Orinoco. Su autor el P. Jos. Gumilla. Nueva impression correcta. 2 vols. in one, sm. 4to. half-calf pp. xvi. 360; 352. With a map, plates, and portrait. *Barcelona*, 1791. 21*s*.

Hacienda Pública. 8vo. sewed, pp. 56. *Carácas*, 1858. 2*s*. 6*d*.

Hernandez Gutierrez, Rafael.—Religion y Bellas Artes. Estudio sobre los templos antiguos y modernos y la Catedral de Carácas. 4to. sewed, pp. 88. (Contains a portrait of Archbishop Silvestre Guevara y Lira of Caracás.) *Carácas*, 1867. 10*s*. 6*d*.

Hospitales.—Resolucion de la Diputacion pro-vincial de 9 de Diciembre de 1831, estableciendo un fondo comun de Hospitales. 8vo. sewed, pp. 25. *Carácas*, 1834. 2*s*.

Iniquidad ó sea escandalosa espropiacion ejecu-tada en nombre de la ley por los Señores Ministros de la Corte Suprema de Justicia, licenciados Claudio Viana, José Prudencio Lanz y José Isidro Rójas. 8vo, sewed, pp. 25. *Carácas*, 1853. 1*s*. 6*d*.

Instruccion Publica.—Projectos de leyes sobre instruccion pública y proteccion de cultos, dedicados á la legislatura de 1839. Por un Ciudadano entusiasta de la prosperidad de su patria. 8vo. sewed, pp. 9. *Carácas*, 1838. 1s. 6d.

Iribarren, Guillermo.—Pensamientos sobre Ca-minos. *Carácas*, 1847. 4to., pp. 142. 10s.

In the same volume : Organisacion del Trabajo, Discurso pronunciado en el Conservatorio de artes y oficios, en la apertura del curso de legislacion industrial, por L. Wolowski, traducido por A. J. Yesurun. 4to. sewed, pp. 17.

Lafarge.—Causa célebre de Mme. Lafarge. Hurto de diamantes. Envenenamiento, Dedicado respetuosamente á los tribunales de Venezuela y á los profesores de derecho y medicina legal por los traductores. 2 vols. 8vo. boards, pp. 263, 302. *Carácas*, 1844. 10s.

La Guaira.—Estado general que presenta al ministerio de fomento la direccion cesante de la Junta de fomento de La Guaira, comprendiendo todas sus operaciones desde su instalacion 1o de Febrero, 1864, hasta 6 de Diciembre, 1866. fecha en que terminó su administracion. 4to. sewed, pp. 39. *La Guaira*, 1867. 4s. 6d.

Lander, Tomas.—Los Tribunales de Commercio y la Constitucion. 8vo. sewed, pp. 18. *Carácas*, 1837. 1s. 6d.

Lansberge, Henrique Van—Venezuela pinto-resca, ó vistas de las principales ciudades, pueblos, rios, lagos y móntes de la República de Venezuela. Two numbers (no more published). Large 8vo. pp. 28. Six views and a map. *Carácas*, 1853. 10s.

Larrazábal, Felipe.—Principios de Derecho polí-tico ó Elementos de la Ciencia constitucional. 8vo. sewed, pp. viii. and 212. *Carácas*, 1864. 12s.

Lenguaje de las flores y de las frutas, con algunas emblemas de las piedras y colores (por A. Rójas). 5th edicion. Small 8vo. sewed, pp. xxx. and 140. *Carácas*, 1867. 4s.

La horrible Ley Mercantil y sus ejecutores. 8vo. sewed, pp. 17. *Carácas*, 1838. 1s. 6d.

Lináres, N. G.—A mis conciudadanos. 4to. pp. 4. *Carácas*, 1859. 1s.

Maitin, José A.—Obras poéticas. 8vo. sewed, pp. xviii. and 163. (With Portrait and Life of the Poet, written by Simon Camacho.) *Carácas,* 1851. 18*s.*

Manfredo.—Una culpa. Drama en un acto. 8vo. sewed, pp. 40. *Bogota,* 1866. 1*s.* 6*d.*

Meditaciones sobre el desastre de Cumaná. By Francisco de Paula Pardo. 8vo. sewed, pp. 23. *Carácas,* 1852. 2*s.*

Memoria del Ministro de Relaciones exteriores de los Estados Unidos de Venezuela á la Legislatura Nacional de 1869. 8vo. sewed, pp. 178, 2 and 2. *Carácas,* 1869. 12*s.*

—————— **que el Ministro de lo Interior y Justicia,** dirige al Congreso de Venezuela en 1869. 8vo. sewed, pp. cxxxii. and 145. *Carácas,* 1869. 12*s.*

—————— **que el Ministro de Hacienda presenta** al Congreso federal de Venezuela en 1869. 8vo. sewed, pp. 224, and 15 large Tables. *Carácas,* 1869. £1 10*s.*

—————— **de la Direccion general de la renta del** Tabaco en 1832. 8vo. sewed, pp. xxviii. and 2. *Carácas,* 1833. 3*s.* 6*d.*

—————— **que el Secretario de Estado en los** Despachos de lo interior y justicia dirije a la Asamblea Constituyente de la federacion Venezolana. 8vo. sewed, pp. 144. *Caracas,* 1863. 2*s.* 6*d.* (Bad copy.)

—————— **pasada por el Concejo Administrador** del distrito Vargas á la Legislatura del Estado Bolivar en 1868. 8vo. sewed, pp. 94. (The district Vargas contains the seaport La Guaira.) *Carácas,* 1868. 5*s.*

Michelena, Guillermo.—La historia de la Cirurjía en cuestion es de Cooper y no de Vargas. 8vo. sewed, pp. 19. *Carácas,* 1854. (A Pamphlet written against Vargas Manual ó Compendio de Cirurgia.) *Carácas,* 1842. 2*s.*

Monagas y Paez, being a brief view of the late events in Venezuela. 8vo. pp. 80, sewed. *New York,* 1850. 3*s.* 6*d.*

Monágas.—El general José Tadeo Monágas.
Apuntes biográficos. Documentos políticos. Funerales.
Honores oficiales. Edicion oficial. 4to. sewed, pp. xl. and
46. *With a Portrait and two other Lithographed Plates.*
Carácas, 1868. (The author is the editor of *El Federalista,*
Ricardo Becerra.) 15s.

——— Encargado de la Presidencia de la
República, A la Nacion. 8vo. sewed, pp. 15. *Carácas,*
1869. 1s.

Montenegro.—Geografia general para el uso de
la Juventud de Venezuela (Por Feliciano Montenegro
Colon). 4 vols. pp. 554, 568, 620, vi. 652 and xxviii. half-
calf. *Carácas,* 1833-37. £2 2s.

Nieves, J. M.—Imposturas del Dr. Felix Maria
Alfonzo. 8vo. sewed, pp. 12. *Carácas,* 1837. 1s. 6d.

Ordenanzas Militares.—Disposiciones que mas se
rozan con la actualidad. 8vo. sewed, pp. 78. *Carácas,*
1862. 2s. 6d.

Oviedo y Banos, José de.—Historia de la Con-
quista y poblacion de la provincia de Venezuela. Primera
Parte (Original edition, Madrid, 1723), reprinted in *Ca-*
rácas, 1824. One vol. 4to. title, 10 not numbered leaves,
pp. 615, text, and 7 leaves indices, half-bound. £3 3s.
The second part of this valuable work is nowhere to be found. Was
it really published? It is said to have been destroyed by the aristocratic families of Venezuela on account of its containing the history
of their beginnings, which were in many cases nothing less than aristocratic. But this story appears rather improbable. José de Oviedo
y Baños, brother to the then bishop Oviedo of Sotomayor, was himself a nobleman, and certainly would not have spoken regardlessly of
his aristocratic friends. Could any bibliographer find out the truth?
Trübner's "LITERARY RECORD" would, doubtless, publish any infor-
mation on that point.

Paez.—Carta que el General José A. Paez escribió
de la cároil de Carácas á un amigo suyo. 8vo. sewed, pp.
21. *Carácas,* 1850. 2s. 6d.

——— J. A.—Mensaje del Poder Ejecutivo y con-
testacion de las Cámaras. 4to. sewed, pp. 15. *Carácas,*
1842. 1s. 6d.

——— Recibimiento del General Paez en Wash-
ington, capital federal de los Estados-Unidos. 8vo. sewed,
pp. 38. With a portrait. *Nueva York,* 1851. 2s.

Parte literaria de "El Porvenir." Año. I.
No. 1-10 (all published) 4to. pp. 80. *Carácas*, 1866. 8s.

Contains in Nos. 6, 7, 8, "Formas caracteristicas de la Flora Venezolana, Palmas," by A. Ernst, partly translated from Dr. Seeman's Popular History of Palms, and other valuable articles.

Perez, Franc. de Sales.—Lo que siembras cojerás.
Comedia original de costumbres en 3 actos y en prosa. 8vo. sewed, pp. 56. *Carácas*, 1869. 4s.

Pignoni, Ant.—Théorie et description de la
Napoléonne, machine atmosphérique. 8vo. sewed, pp. 10. *La Guayra*, 1861. 1s. 6d.

Pompa, Gerónimo.—El Amor casado, ó estravios
de los esposos en el matrimonio. Comedia sentimental en 3 cuadros, escrita en versos. Small 8vo. sewed, pp. 200. *Carácas*, 1850. 2s.

———————— **Victoria ó hallar la horma de**
su apato. Comedia en 2 actos. 8vo. sewed, pp. 34. *Carácas*, 1854. 1s. 6d.

Ponte, Dr. J. A —Oracion fúnebre que en las exe-
quias del general J. T. Monágas pronunció el 25 de los corrientes en la Santa Iglesia Matriz de esta ciudad. por exigencia del Presidente del Estado, y competent autorizacion del Ilustrísimo Señor Arzobispo. 8vo. sewed, pp. 15. *Valencia*, 1868. 2s.

Primae Indolis Elementa de Natura atque ac
hominum industria, in hispanum sermonem reddita, latino textu addito ad usum scholarum. *Carácae*, 1840.—Also, with the following Spanish title : Nociones elementales de la Naturaleza y de la industria humana, traducidas la castellano y con el texto latino para el uso de las escuelas. Two vols. 8vo. boards, pp. xii., 321; 235, 12. *Carácas*. 1840. 15s.

This is a Spanish Orbis pictus somewhat modernized.

Puerto-Cabello.—El Concejo Municipal del De-
partamento Puerto Cabello á la Asamblia Legislativa del Estado de Carabobo en sus sesiones de 1866. 8vo. sewed. pp. 50. (With a litho. plan of the Casa de Gobierno and of the Carcel in Puerto-Cabello.) *Puerto-Cabello*, 1866. 2s. 6d.

Razones que apoyan la translacion de la Capital
de Araqua á la Ciudad de Cura y refutacion de las contrarias. 8vo. sewed, pp. 18. *Carácas*, 1853. 1*s.* 6*d.*

Reglamento de Táctica de infanteria ligera con
manejo del fusil de piston y de piedra, segun las últimas disposiciones vijentes en Francia, trad. por J. A. Segrestan, y arreglado al sistema ordenado por el Gobierno de Venezuela, por el Coronel José M. Hernandez, comandante del Castillo Libertador. Small 8vo. sewed, pp. 127. *Puerto-Cabello*, 1861. 7*s.* 6*d.*

———————— **para el servicio sanitario del ejército**
de la federacion Venezolana, propuesto por el Dr. Cárlos Arvelo, médico cirujano mayor é inspector de los hospitales del ejercito. 8vo. sewed, pp. 34. *Carácas*, 1864. 1*s.* 6*d.*

———————— **interior y de Debates de la Diputa-**
cion provincial de Carácas. 8vo. sewed, pp. 16. *Carácas*, 1831. 1*s.* 6*d.*

———————— **de la Sociedad patríotica de Carabobo.**
16mo. sewed, pp. 15. *Valencia*, 1841. 1*s.* 6*d.*

Representacion del Señor Rafael D. Mérida,
al Congreso de Venezuela, instalado en la Ciudad de Santo Tomas de Angostura, el año de 1819, la que fué mandada archivar por resolucion de dicho congreso. 4to. sewed, pp. 38. *Burdeos*, 1819. 2*s.* 6*d.*

Revenga, Lino J.—Estudio seismológico. Con-
sideraciones sobre la revolucion seísmica del año 1865 á 1866. 8vo. sewed, pp. 39. *Carácas*, 1866. 2*s.* 6*d.*

Revista cientifica del Colegio de Ingenieros de
Venezuela. Ano I. No. 1-8 (Enero-Abril, 1862) (no more published). 8vo. pp. 1-128. *Carácas*, 1862. 8*s.*

Rójas.—Fragmento de un estudio geológico
sobre los terremotos y temblores de tierra en Venezuela, por Aristides Rójas. (Published in the *Revista Hispano-Americana.*) Fol. sewed, pp. 251-260. *Madrid*, 1865. 2*s.*

———————— **Vindicacion di algunos hechos**
científicos en Sur América. Carta al profesor Perrey, sobre los fenómenos seísmicas de América. 4to. sewed, pp. 18. *Carácas*, 1867. 2*s.*

Rójas.— Ciencia y Poesia. El Rayo azul
en la Naturaliza y en la Historia. 8vo. sewed, pp. 43.
Carácas, 1868. 3*s*. 6*d*.

——————**Ciencia para todos. El Rei de los**
Volcanes. 4to. sewed, pp. 42. *Carácas*, 1869. 2*s*. 6*d*.

—————— **El Lago de Asfalto en la isla de**
Trinidad. Estudio geológico presentado á la Sociedad de
Ciencias físicas y naturales de Carácas en su sesion del 12
de Abril de 1869. 8vo. sewed, pp. 15. *Carácas*, 1869. 1*s*. 6*d*.

——— **José M.—La Cuestion Harina de Trigo**
en sus relaciones con la Sociedad y con el fisco. 4to. sewed
pp. iv. and 58. *Carácas*, 1869. 3*s*. 6*d*.

——— **Arist. y Marco A.—Los Hombres útiles de**
todos los paises, inventores, legisladores, sabios, viajeros,
bienechores (sic!) de la humanidad. 8vo. boards, pp. 127.
Carácas, 1857. 7*s*. 6*d*.

Rosa, R.—Plano de los Estados Unidos de Vene-
zuela, delineado con arreglo á las mas recientes y auténticas autoridades, siendo las principales el Plano corogra-
fico de Codazzi, las cartas levantadas por el almiron tazgo
británico y las de los SS. Blunt, por el Ingeniero civil R.
Rosa. *Nueva York*, 1866. On cloth, rollers. £2 2*s*.

This map shows the new division of the republic into 21 states, and
contains, as additions, a view of Carácas, a view of Ciudad Bolivar,
a plan of Carácas, a general map of South America, and a table show-
ing some statistical data.

Rubin.—Exposicion que dirige á sus compatriotas
el general José Mario Rubin. 8vo. sewed, pp, xxiv. and 38.
Carácas. 1863. 2*s*.

Sagarrazu, Miguel.—Reglamento para los hospi-
tales militares de la República, aprobado y mandado
observar por el Supremo Gobierno. 8vo. sewed, pp. 24.
Carácas, 1861. 2*s*.

Salazar, José M.—La Colombiada ó Colon, el amor
á la patria y otras poesias liricas. With a Portrait of
Columbus. 8vo. boards, pp. x. and 192. *Carácas*, 1852.
10*s*. 6*d*.

Sanojo, Luis.—Comentarios al Código de Pro-
cedimiento judicial de Venezuela. 8vo. sewed, pp. 220,
and pp. iii. index. *Carácas*, 1857. £1 10*s*.

Sanojo, Luis.—Juicio sobre el Código civil. 8vo. sewed, pp. 108. *Carácas*, 1867. 10s.

Schoeffer, C. H.—El comercio de Café. Traducido del aleman por el jóven Diego Bantista Urbaneja. Publicado por órden y á expensas del Ejecutivo Nacional. 8vo. sewed, pp. 37. *Carácas, Enero*, 1869. 5s.

Soublette.—Mensaje del Vicepresidente de Venezuela al Congreso de 1839. 4to sewed, pp. 8. *Carácas*, 1839. 2s. 6d.

Teatro.—Al ilustrado pueblo de Carácas la nueva Empresa del teatro de esta ciudad. 8vo. sewed, pp. 8. *Carácas*, 1834. 1s.

Unger —La sumergida isla de Atlantis Estudio geológico. traducido por G. A. Ernst. 8vo. sewed, pp. 17. *Carácas*, 1867. 1s. 6d.

Urdaneta.—Honores fúnebres al General Rafael Urdaneta. 8vo. sewed, pp. 82. *Carácas*, 1864. 2s.

————— Amenodoro.—Armonias poéticas y re-ligiosas. 8vo. sewed, pp. 87. *Carácas*, 1865. 5s.

—————————— Jesucristo y la Incredulidad. Obra escrita para responder á la Vida de Jesus de M. Ernesto Renan y otras opiniones heréticas. 8vo. sewed, pp. 62. *Carácas*, 1866. 3s. 6d.

————————— La Batalla de Santa Ines. Canto à Zamora. With General Zamora's Portrait. 8vo. sewed, pp. xvi. and 29. *Carácas*, 1864. 2s.

Vargas, José M —Historia de la Química, tomada del Manual de Brande. Introduccion al curso de esta ciencia leida en la Universidad de Carácas. Publicado por uno de sus discípulos (Dr. Manuel V. Diaz). 8vo. sewed, pp. 55. *Carácas*, 1864. 6s.

Vargasia.—Boletin de la Sociedad de Ciencias Físicas y Naturales de Carácas. 5 Numbers. With Maps, Views, and 13 Meteorological Tables. 8vo., pp. 128. *Carácas*, 1868, 1869. 21s.

CONTENTS: Nos. 1-3.—*A. Ernst*, Introduccion.—*Diaz*, estudios sobre Vargas.—*A. Ernst*, sobre la Gesneria Vargasii, D.C.—*F. P. de Acosta*, materias colorantes (el achiote ú onoto).—*A. Rójas*, cartas y escritos científicos sobre Venezuela : cartas de Humboldt.—*Aveledo*,

cuadros meteorológicos.—*A. Ernst*, sobre los mamíferos de Venezuela.
—*C. E. Rójas*, observaciones entomológicas.—*A. Rójas*, sobre la tempestad seísorica de las Antillas en 1867 y 1868 (con un mapa).

No. 4.—*A. Ernst*, estractos de las actas de la Sociedad.—*L. Urdaneta*, el acueducto de Coro (con plano colorido).—*Fid P. Acosta*, estudio sobre las materias colorantes (añil ó indigo).—*Humboldt*, cartas científicas.—Variedades científicas.

No. 5.—*A Ernst*, estractos de las sesiones de la Sociedad.—Lista de los Miembros de la Sociedad de ciencias físicas y naturales de Carácas. —*A. Ernst*, In memoriam.—*A. Ernst*, los helechos de la flora caracasana. Clave dicotómica de los géneros.—*S. Ugarte*, una visita á las grutas del Peñon.—*A. Areledo*, observaciones meteorológicas en Carácas, año de 1868 (con 10 cuadros).—*A. Ernst*, sobre una pequeña correccion que debe hacerse al calcular por los medios correspondientes á cada mes, los términos medios que corresponden al año entero. —Análisis de un mineral de hierro oligisto.—*A. Rójas*, los eros de una tempestad seísmica.—*A. Rójas*, comunicacion hecha á la Sociedad de Ciencias físicas y naturales.—*A. Ernst*, el ursus nasutus, Scl.— *Le Neve Foster*, noticias geológicas sobre el distrito aurífero de Caratal, en la Guayana.—*A. Goering*, escursion á algunas cuevas hasta ahora no esploradas, al sureste de Curipe (con una lámina).

Villafañe, J. Gr.—Informe dado al Gobierno sobre los actos de la comision mixta nombrada para conocer y decidir de las reclamaciones norte-americanas contra Venezuela. 8vo. sewed, pp. 112. *Carácas*, 1869. 7s. 6d.

Villasmil, José R.—Novísima esplicacion del modo de hacer oraciones en latin, fundada en las observaciones selectas del Mtro. Tomas Garcia de Olarte. 8vo. sewed, pp. ii. and 79. *Carácas*, 1846. 2s. 6d.

Villaviciencio, Dr. Rafael.—Discurso que pro- nunció el 8 de Diciembre de 1866 en el templo de San Francisco en el acto de reparticion de Premios de la Universidad central. 8vo. sewed, pp. 16. *Carácas*, 1867. 1s.

Villegas, Dr. Guill. Tell.—Discurso pronun- ciado en el acto de la distribucion de premios del colegio de Chaves el 6 de Enero. 12mo. sewed, pp. 13. *Carácas*, 1868. 1s. 6d.

Ward, G.—Decreto del P. Ejecutivo sobre pagarés afianzados. Representacion al Congreso de varios comerciantes contra esta medida. Contestacion del S. Secretario de Hacienda y Replica á Su Sría. 4to. sewed, pp. 51. *Carácas*, 1833. 2s. 6d.

Zea, Franc. Ant.—Varios discursos del ciud. Francisco Antonio Zea. Small 4to. sewed, pp. 99. *Carácas*, 1825. £1 1s. (*Extremely rare*).

Zulia.—El Estado de Zulia. Falcon y Sutherland.
8vo. sewed, pp. 28 (No place, no date). 5s. 6d.

A faithful narration of the terrorism established by General Sutherland, President Falcon's creature, in the unhappy state of Maracaybo.

COLUMBIA.

Acosta.—Compendio histórico del descubrimiento y colonizacion de la Nueva Granada, en el siglo décimo sexto, Por el Coronel J. Acosta. With a Map and 4 Plates. 8vo. sewed, pp. xvi. and 460. *Paris.* 1848. 18s.

A los honorables el Senado y Camara de Repre- sentantes de la Republica de Colombia. Esposicion de J. R. Revenga. 8vo. sewed, pp. xxxviii. *Bogota*, 1827. 3s.

Boletin Industrial. Agricultura, Minas, Ma- quinas, etc. Revista de la casa de Pereira Gamba i Compañia. Numero 1. 8vo. sewed, pp. 32. *Bogota*, 1866. 1s.

Caro.—Estudio sobre el utilitarismo, por M. A. Caro. Small 8vo. sewed, pp. vi. and 316. *Bogota*, 1869. 7s. 6d.

Coleccion de las leyes dadas por el Congreso Constitucional de la Republica de Colombia en las sesiones de los años 1821, 1823-48, 1850-60, 1865. The whole in 27 vols. 8vo. half-bound. *Bogota*, 1822-1866. £16 16s.

Very important and scarce collection.

Colombia constituida. Por un Español-Ameri- cano, que lo dedica al Libertador Presidente de la Republica; dado a luz por J. de Echeverria. Sm. 4to. sewed, pp. 19. *Paris*, 1822. 2s.

Colombia ó federacion de sus tres secciones. Sm. 4to. sewed, pp. 28. *Bogota, no date.* 1s.

Worm-eaten in the margin, and some text wanting.

Correspondencia entre la secretaria de relaciones esteriores de la Republica de Colombia y el Sr. Jose Villa, que vino con el carácter de ministro plenipotenciario de la Republica del Peru. With a table. Sm. 4to. sewed, pp. 167. *Bogota*, 1828. 10s.

Diario Oficial de los Estados Unidos de Colombia.
Año III. Numero 525-588; 590-601. *Bogota* (January—March), 1866. 8*s.*

El Liberal, num. 12. Historia de un Sumario.
8vo. sewed, pp. 28. *Bogota, no date.* 2*s.*

Esposicion que el Ministro Secretario de Estado
en el despacho del interior y justicia del Gobierno de la
Republica presenta a la Convencion Granadina de 1831,
sobre los negocios de su departamento. Sm. 4to. sewed,
pp. 42. *Bogota,* 1831. 2*s.* 6*d.*

——————— **que el Ministro Secretario de Estado**
en el despacho de relaciones exteriores del Gobierno de la
Republica, presenta a la Convencion Granadina de 1831,
sobre los negocios de su departamento. Sm. 4to. sewed,
pp. 12. *Bogota,* 1831. 1*s.* 6*d.*

——————— **que el Secretario del interior i rela-**
ciones esteriores del Gobierno de la Nueva Granada, hace
al Congreso Constitucional del año de 1833, sobre los
negocios de su departamento. 8vo. sewed, pp. 83. *Bogota,*
1833. 5*s.*

——————— **del Secretario de Estado, en el despacho**
del interior y relaciones esteriores del Gobierno de la
Nueva Granada, al Congreso Constitucional del año de
1838, sobre el curso i estado de los negocios de su departamento. With 7 large tables. Sm. 4to. pp. 74. *Bogota,*
1838. 6*s.*

Fenelon.—Educacion de las niñas. Traducido
del Frances por P. O. 12mo. sewed, pp. 111. *Bogota,*
1849. 2*s.* 6*d.*

Francisco de P. Santander.—El vicepresidente
de Colombia da cuenta a la Republica de su conducta en
la negociacion, i manèjo del emprestito de 1824. Sm. 4to.
sewed, pp. 118. *Bogota,* 1828. 10*s.*

Informe del Secretario de Relaciones esteriores
(Eusebio Borrero) y mejoras internas, de la Nueva Granada
al Congreso Constitucional de 1846. With 17 tables.
Royal 8vo. sewed, pp. 15. *Bogota,* 1846. 3*s.* 6*d.*

Mensaje del Libertador Presidente, al Congreso
Constituyente de la Republica de Colombia en 1830. 4to.
sewed, pp. 8. *Bogota,* 1830. 2*s.* 6*d.*

Nuevo Testamento, traducido al español de la
Vulgata Latina, por el Rmo. P. Felipe Scio de San
Miguel. 8vo. sewed, pp. 294. *Bogota*, 1857. 3*s*. 6*d*.

Paravey.—Mémoire sur l'origine japonaise,
arabe et basque de la civilisation des peuples du plateau
de Bogota, d'après les travaux récents de MM. de Humboldt et Siébold. With a plate. 8vo. sewed. *Paris*, 1835.
2*s*.

Piezas oficiales relativas a los acontecimientos
de Cartajena, en Julio i Agosto del presente año,
conexionados con la persona del Señor Adolfo Barrot
Consul Francós en aquella plaza. Y suplemento. Sm. 4to.
sewed, pp. 120; 39. *Bogota*, 1833-34. 10*s*.

Ruinas, las, de mi convento. Historia contem-
poranea. 4th edicion. 12mo. sewed, pp. 334. *Bogota*,
1866. 7*s*. 6*d*.

Salazar.—Observaciones sobre las reformas po-
liticas de Colombia. Por J. M. Salazar. 8vo. sewed, pp.
54. *Filadelfia*, 1828. 3*s*.

———— Observations on the Political Reforms
of Colombia. By J. M. Salazar. Translated from the
manuscript. By Edward Barry. 8vo. sewed, pp. 48.
Philadelphia, 1828. 2*s*. 6*d*.

Samper.—Ensayo sobre las revoluciones politicas
y la condicion social de las Repúblicas Colombianas (His-
pano-Americanas), con un apéndice sobre la geografia y
la poblacion de la Confederacion Granadina, por José M.
Samper. 12mo. sewed, pp. xvi. and 341. *Paris*, 1861. 6*s*.

Uricoechea.—Contribuciones de Colombia a las
ciencias i a las artes publicadas con la cooperacion de
la Sociedad de naturalistas Neo-Granadinos. Por E.
Uricoechea. Año primero. Sm. 4to. sewed, pp. 194.
Bogota, 1860. 10*s*.

Verdadero Metodo de contar por cinco reglas las
mas claras que en estilo se hallan, para todo jenero de
Comercio segun esta en practica. 12mo. sewed, pp. 28.
Bogota, 1844. 1*s*. 6*d*.

ECUADOR.

Protocolo de las conferencias y notas de las comisiones del Ecuador y Nueva Granada en la cuestion sobre limites de ambos estados. Fol. pp. xx. and 42. *Guayaquil*, 1832. 15s.

GUIANA.

Schomburgh.—Description of British Guiana. By Robert H. Schomburgh. 8vo, sewed, pp. 155. *London*, 1840. 2s.

Schomburgk.—Reisen in Britisch Guiana in den Jahren 1840-1844, im Auftrag Seiner Majestät des Königs von Preussen ausgeführt von Richard Schomburgk. Nebst einer Fauna und Flora Guiana's nach Vorlagen von J. Müller, Ehrenberg, Cabanis, etc. With maps and engravings. 3 vols. roy. 8vo. cloth, pp. x. 470; xiv. 532; viii. 533-1261. *Leipzig*, 1847. 15s.

——————— **Remarks to accompany a com-**parative Vocabulary of eighteen languages and dialects of Indian Tribes inhabiting Guiana. By Sir Robert H. Schomburgk. 8vo. sewed, pp. 20. *London*, 1848. 3s. 6d.

BRASIL.

Abreu e Lima.—Synopsis ou deducção chrono-logica dos factos mais notaveis da historia do Brasil. Pelo general José Ignacio de Abreu e Lima. 8vo. sewed, pp. viii. 448. *Pernambuco*, 1845. £1 1s.

Agassiz.—Journey in Brasil. By Prof. and Mrs. Louis Agassiz. With numerous illustrations. Large 8vo. sewed, pp. xx. and 540. *London*, 1868. 21s.

Album Religioso.—O Sagrado caminho da cruz. Por Anna Barbora de Lossio e Seilbiz. Tomo II. With 32 engravings. 8vo. pp. 220, boards, gilt covers. *Rio de Janeiro*, 1868. 10s. 6d.

Almeida.—Auxiliar juridico servindo de appen-dice à decima quarta ediçao do Codigo Philippino su Ordenações do reino de Portugal recopiladas por mandado de el Rey D. Philippe I. a primeira publicada no Brasil. Por Candido Mendes de Almeida. Roy. 8vo. sewed, pp. xiv. and 835. *Rio de Janeiro*, 1869. £2 2s.

Alvez de Prado.—Historia dos Indios Caval-
leiros, da Naçaõ Guaycuru, escrita no real Pregidio de
Coimbra no anno de 1795, por Francisco Alves de Prado,
Commandante do mesmo, em que descreve os seos usos
costumes, leis, allianças, ritos, governo domestico; as hos-
tilidades feitas a differentes Naçoens barbaras, e aos Portuguezes, e Hespanhoes, males, que ainda são presentes
na memoria de todos. 8vo. sewed, pp. 14-33. *Rio de
Janeiro*, 1814. 3*s*.
In "O Patriota, Jornal litterario, etc., do Rio de Janeiro." No. 4.

A Posteridade.—Brasil Historico e a Corographia
Historica do Imperio do Brasil. Segunda Ediçao por um
curioso, com permissao do autor, e feita com notas biblio-
graficas. 8vo. sewed, pp. 48. *Rio de Janeiro*, 1867. 2*s*.

Barão do Paty do Alferes.—Memoria sobre a
fundação e costeio de uma fazenda na provincia do Rio de
Janeiro pelo Barão do Paty do Alferes, e annotada pelo
Dr. Luiz Peixoto de Lacerda Werneck. Sm. 8vo. sewed,
pp. 252. *Rio de Janeiro*, 1863. 6*s*.

Brazil, The Empire of, at the Paris International
Exhibition of 1867. Sm. 8vo. sewed, pp. 139. *Rio de
Janeiro*, 1867. 2*s*. 6*d*.

—— Ditto. With Maps and Catalogue of the Articles
sent to the Universal Exhibition at Paris in 1867. Sm.
8vo. sewed, pp. 139, iii. and 197. *Rio de Janeiro*, 1867.
7*s*. 6*d*.

Burgain.—La statue de l'empereur Dom Pedro I.
par F. A. Burgain, et offert par l'auteur et les éditeurs
à la nation Brésilienne. 8vo. sewed, pp. 32. *Rio de
Janeiro*, 1862. 1*s*.

Codigo commercial do imperio do Brasil anno-
tado . . . . por Sallustiano Orlando de Aranjo Costa.
Segunda ediçao. 8vo. sewed, pp. xvi. and 952. *Rio de
Janeiro*, 1869. £1 5*s*.

Colecçao de Vocabulos e frases usados na Pro-
vincia de S. Pedro de Rio Grande do Sul no Brazil. 16mo.
sewed, pp. 32. *London*, 1856. 2*s*. 6*d*.

——Ditto. Large paper. Sm. 4to. sewed. *London*, 1856. 5*s*.

9

Constituiçao politica do Imperio do Brasil
seguida do acto addicional, da lei da sua interpretaçao e de
outras analysada, por um jurisconsulto e novamente annotada, por Jose Carlos Rodriguez. 8vo. sewed, pp. 277.
Rio de Janeiro, 1863. 7*s.* 6*d.*

—————— e estatutos geraes da Maç .'. no Im-
perio do Brasil. 8vo. sewed, pp. 102. *Rio de Janeiro*, 1865.
5*s.*

Conta dos Negocios da Repartiçao dada á
Asemblea Geral Legislativa per Bento da Silva Lisboa,
ministro e secretario d'Estado. 4to. sewed, pp. 39. *Rio
de Janeiro*, 1833. 3*s.* 6*d.*

Coqueiro.—Pratica das novas medidas e pesos en
doze lições, por J. A. Coqueiro. Segunda edicão. 12mo.
sewed, pp. 54. *San Luiz*, 1867. 1*s.* 6*d.*

Directorio parochial ou novissimo Manual dos
parochos, por D. Antonio Covian. Precedida de un discurso sobre a importancia social do ministerio do Parocho,
traduzida e annotada conforme o direito e uso da igreja
Brasileira, e consideravelmente enquirecida com diversos
formularios e outras muitas materias interessantes pelo
Padre João Philippe Pinheiro. 8vo. boards, pp. xxiv. and
240. *Rio de Janeiro*, 1867. 15*s.*

Dunlop.—Brazil as a field for Emigration. Its
Geography, Climate, Agricultural Capabilities, and the
facilities afforded for Permanent Settlement. By Charles
Dunlop. 8vo. sewed, pp. 32. *London*, 1866. 6*d.*

Explicaçao de varios pontos da doutrina das doze
proposiçoes de Ephraim. 8vo. sewed, pp. 51. *Recife*,
1865. 2*s.*

Ferreira.—O infeliz Banqueiro Antonio José
Domingues Ferreira, justificado perante a Opinao publica.
16mo. sewed, pp. 36. *Rio de Janeiro*, 1867. 1*s.*

Folhinha da guerra para o anno de 1870, contendo
além da chronica nacional e' noticias curiosas e interessantes a relaçao dos factos notaveis da guerra do Brasil e
seus alliados contra o Paraguay. 4 parts. 4 vols. 12mo.
sewed, with engravings, pp. lxiv., 208, 56; lxiv., 208, 48;
lxiv.. 208, 64; lxiv., 208, 72. *Rio de Janeiro*, 1870. 10*s.*

Francisco de S. Luiz.—Glossario das palavras e
frases da lingua francesa, que por descuido, ignorancia, ou
necessidade, se tem introduzido na locuçaõ portugueza
moderna ; com o juizo critico das que saõ adoptaveis nella.
Por D. Fr. Francisco de S. Luiz. 8vo. sewed, pp. x. and
144. *Rio de Janeiro*, 1836. 7*s.* 6*d.*

Gama.—Indice alphabetico das leis, decretos e
avisos relativos á incompatibilidade na accumulaçao dos
cargos e empregos 'publicos por Ovidio da Gama Lobo.
Con appendice. 8vo. pp. 96, 16, boards. *Maranhao*, 1862.
7*s.* 6*d.*

——— Os jesuitas perante a historia, por Ovidio
da Gama Lobo. 8vo. sewed, pp. xiii. and 271, large paper.
Maranhao, 1860. £1 1s.

Herculano.—O Bobo (1128), por A. Herculano.
16mo. pp. 318, half-bound. *Rio de Janeiro*, 1866. 3*s.* 6*d.*

Junqueira Freire.—Elementos de rhetorica
nacional. 8vo. sewed, pp. x. and 144. *Rio de Janeiro*,
1869. 8*s.*

Macedo.—As victimas-algozes quadros da escra-
vidão, romances por Joaquin Manoel de Macedo. 2 vols.
8vo. sewed, pp. xvi. 332; 389. *Rio de Janeiro*, 1869. 18*s.*

——— Notice sur le palmier Carnauba,
par M. A. de Macedo. 8vo. sewed, pp. 48. *Paris*, 1867. 2*s.*

Magalhaes.—Antonio Jose ou o poeta e a inqui-
siçao, tragedia, por D. J. G. de Magalhâes. 8vo. pp. vi.,
112, 12. *Rio de Janeiro*, 1839. 6*s.*

Maria José de Geramb.—As noites de Santa
Maria Magdalena enriquecidas com o Sepulchro de Jesus
Christo pelo Reverendo Padre, Maria José de Geramb, e
traduzidas do francez pelo Padre João Philippe Pinheiro.
Sm. 8vo. sewed, pp. 187. *Rio de Janeiro*, 1867, 2*s.* 6*d.*

Martius.—Von dem Rechtszustande unter den
Ureinwohnern Brasiliens. Eine Abhandlung von Dr. C.
F. Ph. von Martius. Mit Anhang. With a map. 4to. boards,
pp. iv. 86, 20. *München*, 1832. 3*s.* 6*d.*

Mawe.—Voyages dans l'intérieur du Brésil, particulièrement dans les districts de l'Or et du diamant, faits avec l'autorisation du Prince Régent en 1809 et 1810, contenant aussi un voyage au Rio-de-la-Plata, et un essai historique sur la révolution de Buenos Ayres por Jean Mawe. Traduits de l'Anglais, por J. B. Eyriés. 2 vols. 8vo. sewed, pp. xlii. 358 ; 381. *Paris,* 1816. 5s.

Mello Moraes.—Brazil Historico escripto pelo Dr. A. J. de Mello Moraes. 2ª Serie, 1867. Tomo I. Folio, pp. 295. Nos. 1-50. *Rio de Janeiro,* 1867. 31s. 6d.

Mendes de Almeida. —Atlas do Imperio do Brazil comprehendendo as respectivas divisões administrativas, ecclesiasticas eleitoraes e judiciarias. Dedicado a Sua Magestade o Imperador o Senhor D. Pedro II. destinado à Instrucção Publica no Imperio com espacialidade á dos Alumnos do Imperial Collegio de Pedro II. organisado por Candido Mendes de Almeida, Antigo Professor de Geografia de Historia no Lyceo de S. Luiz, Provincia do Maranhão. Large folio, pp. 38 of letterpress on five columns, and 27 large maps, 7 of which are double folio, half cloth. *Rio de Janeiro,* 1868. £6 6s.

CONTENTS :

XX.	„	„	de S. Pedro.
XXI.	„	„	de Minas-Geraes.
XXII.	„	„	de Goyaz.
XXIII.	„	„	de Matto Grosso.
XXIV.	„	„	de Pinsonia (projecto).

Minerva Brasiliense.— Bibliotheca Brasilica,
ou collecçao de obras originaes, ou traduzidas de autores
celebres. Tomo I. 8vo. sewed, pp. 70, 45, 56, 88. *Rio de
Janeiro*, 1844. 10s.

CONTENTS.—Uraguay poema de José Basilio da Gama.—Do estado
conjugal, discurso politico e moral de Feliciano Joaquin de Souza
Nunes.—O Morgado, conto phantastico de Hoffmann.—Cartas
Chilenas.

Missâo especial do Visconde de Abrantes [to the
Courts of Berlin and London] de Outubro de 1844 á
Outubro de 1846. 2 tom. In one vol. 8vo. boards, pp. x.
324; x. 440. *Rio de Janeiro*, 1853. £1 1s.

Navegação interior do Brasil, Noticia dos pro-
jectos apresentados para a juncção de diversas bacias
hydrographicas do Brasil, ou rapido esboço da futura réde
geral de suas vias navegareis, por Eduardo José de Moraes.
With a map. 8vo. sewed, pp. 248. *Rio de Janeiro*, 1869.
£1 5s.

O Brazil agricola, industrial, commercial, scienti-
fico, litterario, e noticioso. 8vo. 24 numbers per annum.
Pernambuco, 1863-1866. Each year. 30s.

Perdigão Malheiro.—A Escravidão no Brasil,
Ensaio Historico-Juridico-Social pelo Dr. Agostinho Marques Perdigão Malheiro, Parte 3ª· Africanos. 8vo. pp.
xii. 248, 216 (Appendice) 4, 2, Indice, sewed. *Rio de
Janeiro*, 1867. 24s.

Rebouças.—A Consolidação das leis civis.
Segunda edição augmentada pelo Dr. Augusto Teixeira de
Freitas Observações do advogado conselheiro Antonio
Pereira Rebouças confirmando e ampliando as da primeira
edição. 8vo. pp, 282, sewed. *Rio de Janeiro*, 1867. 10s. 6d.

Rebouças.—Ensaio de um Vocabulario dos
termos technicos da Arte de Construir e das Sciencias ac-
cessorias mathematicas, astronomia, physica, chimica,
botanica, mineralogia, e zoologia, nas linguas Franceza,
Ingleza e nacional pel engenheiro Andre Rebouças socio
effectivo do Instituto Polytechnico. Part I. A. Roy. 8vo.
sewed, pp. 32. *Rio de Janeiro*, 1868. 4s.

———— The same. Part II. B. Roy.8vo. sewed, pp. 33-94.
Rio de Janeiro, 1869. 4s.

Relaçao dos festejos, que a feliz acclamaçao do muito alto, muito poderoso, e fidelissimo Senhor D. João VI. rei do Reino Unido de Portugal, Brasil, e Algarves, como respeito votarao os habitantes do Rio de Janeiro. Seguido das poesias dedicadas ao mesmo Venerando Objecto, collegida por Bernardo Avellino Ferreira e Souza. 4to. sewed, pp. 53. *Rio de Janeiro*, 1818. 8*s*.

Relatorío apresentado á Assembléa geral legisla- tiva, na quarta sessáo da oitava legislatura, pelo Ministro e Secretario d'Estado dos negocios da Justiça, Eusebio de Queiroz Coitinho Mattoso Camara. With illustrative documents. 8vo. sewed, pp. 36, 8, 16. *Rio de Janeiro*, 1852. 1*s*. 6*d*.

Relatorío apresentado á Assembléa geral legisla- tiva, na primeira sessáo da decima Legislatura, pelo Ministro e Secretario d'Estado dos Negocios do Imperio Luiz Pedreira do Coutto Ferraz. With illustrative documents, tables and lithographic plans. 4to. boards, pp. 124, [48], 46, 18, 34, 34, 58, 8, 44, [12], 8, 10, [10], 16, 16, 6, [8], 4, 4, 14, 6 = 528. *Rio de Janeiro*, 1857. £1 15*s*.

Revista trimensal do Instituto historico, geo- graphico e ethnographico do Brazil fundado no Rio de Janeiro debaixo da immediata protecçáo de S. M. J. O. Senhor D. Pedro II. Vols. I.-XXX. (Complete Series), with maps, tables, etc. 8vo. *Rio de Janeiro*, 1839-1867. £30.

Vols. I.-XXVII. are nicely bound in half-calf. The binding is quite new. Vols. I. II. IV. VI. are of the second edition.

———— The same. Vols. I.-XXVII. 8vo. sewed. *Rio de Janeiro*, 1839-1864. £27.

———— The same. The following volumes and numbers are to be sold separately: Vols. II. III. IV. (13, 14, 15, 16); IX. (5, 6, 7, 8); X. (9, 10, 11, 12); XII. (13, 14, 16); XIII, (17, 18, 20); XIV. (2, 4); XV. (5, 6, 7, 8); XVI. (12); XVII. (14, 15, 16); XVIII. (17, 18, 19, 20); XX. (3, 4); XXIII. (1, 2, 3, 4); XXVI. (1, 2, 3, 4).—Each number, 6*s*.—Each volume, 24*s*.

Scully.—Brazil: its Provinces and Chief Cities; the Manners and Customs of the People; Agricultural, Commercial, and other Statistics, taken from the latest Official Documents. By W. Scully. 8vo. cloth, pp. viii. and 398. 7*s*. 6*d*.

Sentença de excommunhão e desautoração fulminada contra o ex-padre José Manoel da Conceiçao, actualmente Ministro da Igreja evangelica e a resposta do mesmo. 8vo. sewed, pp. 32. *Rio de Janeiro*, 1867. 3s. 6d.

Silva.—Historia da independencia da provincia do Maranhao (1822-1828) por Luiz Antonio Vieira da Silva. 4to. sewed, pp. xii. and 402. *Maranhao*, 1862. 21s.

—— **Netto.—Estudos sobre a emancipação dos** escravos no Brasil, por A. da Silva Netto. 8vo. sewed, pp. 46. *Rio de Janeiro*, 1866. 2s.

———————— **Segundos estudos sobre a emanci-** pação dos escravos no Brasil por A. Da Silva Netto Bacharel em Mathematicas, etc. 8vo. sewed, pp. 108. *Rio de Janeiro*, 1868. 4s.

———————— **A Coröa ea emancipação do** elemento servil, por A. da Silva Netto. 8vo. sewed, pp. 23. *Rio de Janeiro*, 1869. 1s. 6d.

Simão de Nantua, ou o mercador de feiras. Seguido das suas obras posthumas por Lourenço de Jussieu. Obra premiada pelo sociedade de instrucção elementar. Nova edição. With engravings. 8vo. boards, pp. 251 and iv. *Maranhao*, 1867. 5s.

Soares.—Esboço ou primeiros traços da crise commercial da cidade do Rio de Janeiro em 10 de Setembro de 1864 por Sebastiao Ferreira Soares. 8vo. sewed, pp. 186. *Rio de Janeiro*, 1865. 7s. 6d.

Sociedade Internacional de Immigração. Relatorio annual da Directoria, acompanhado dos seguintes annexos: I. Memoria sobre a Immigraçao pelo director A. C. Tavares Bastos. II. Idem pelo director Herman Haupt. Numero I. sm. folio, pp. 88. *Rio de Janeiro*, 1867. 4s. 6d.

Souza Silva.—Modulaçoens poeticas precedidas de um bosquejo da historia da poesia brasileirà, per Joaquim Norberto de Souza Silva. 8vo. pp. 166. *Rio de Janeiro*, 1841. 10s.

Systema metrico decimal, pelo Dr. Carneiro Monteiro, approvado pelo Conselho de instrucção publica para o uso das aulas de instrucção primaria. 12mo. boards, pp. 94. *Recife*, 1867. 2s. 6d.

Systema metrico Noções sobre o systema metrico
decimal por João Bernardo de Azevedo Coimbra. 8vo.
sewed, pp. 94. *Rio de Janeiro*, 1867. 4*s*. 6*d*.

—————————————— **novo, explicado ao alcance dos**
menimos de escola, Pelo Tenente Coronel reformado
d'engenheiros director das obras publicas da provincia de
Maranhão Fernando Luiz Ferreira. 12mo. sewed, pp. 88.
Maranhao (no date). 1*s*. 6*d*.

Taunay.—Manual do agricultor Brazileiro, obra
indispensavel a todo o Senhor de engenho, fazendeiro
e lavrador por C. A. Taunay. 4to. pp. 332. *Rio de Janeiro*,
1839. 10*s*.

Teixeira e Sousa.—Canticos lyricos de Antonio
Gonsalves Teixeira e Sousa. 2 vols. 8vo. pp. xiv. 200;
vi. 100. *Rio de Janeiro*, 1841-42. 12*s*.

—————————————— **Os tres dias de um Noivado,**
poema de A. G. Teixeira e Sousa. 8vo. pp. xxiv. and 183.
Rio de Janeiro, 1844. 8*s*. 6*d*.

Turner.—Manual do plantador d'algodao por
A. Turner. 4to. sewed, pp. xxxviii. and 270. *Maranhao*,
1859. 24*s*.

Varnhagen.—Examen de quelques points de
l'histoire géographique du Brézil, comprenant des éclair-
cissements nouveaux sur le second voyage de Vespuce,
sur les explorations des côtes septentrionales du Brésil par
Hojeda et par Pinson, sur l'ouvrage de Navarette, etc.,
ou analyse critique du rapport de M. d'Avezac sur la
récente histoire générale du Brésil, par F. A. de Varnhagen. With a map. 8vo. sewed, pp. 70. *Paris*, 1858. 3*s*.

Vasconcellos.—Chronica da Companhia de Jesus
do Estado do Brasil e do que abraram seus filhos nesta
parte do novo mundo, e algumus noticias antecedentes
curiosas e necessarias das cousas daquelle Estado, pelo
padre Simao de Vasconcellos. Segunda ediçao accres-
centada com uma introducçao e notas historicas e geo-
graphicas pelo Conego Dr. J. C. F. Pinheiro. 2 vols.
8vo. pp. xxix. and 300. *Rio de Janeiro*, 1864-67. 12*s*.

Vital de Oliveira.—Roterio da Costa do Brazil,
Rio Mossoro ao Rio de S. Francisco do Norte, por M. A.
Vital de Oliveira. 8vo. sewed, pp. iv. 260, xxii. 6 plates.
Rio de Janeiro. £1 1*s*.

Zuppetta.—Metaphysica da sciencia das leis
penaes por Luiz Zuppetta. Traduzido livremente do
Francez por Ovidio da Gama Lobo. Sm. 8vo. sewed,
pp. xvi. and 72. *Recife*, 1856. 2s. 6d.

PERU.

Althaus.—Poesias patrióticas y religiosas de Cle-
mente Althaus. 8vo. sewed, pp. 212. *Paris*, 1862. 5s.

Anales de la dictadura. Coleccion de documentos
oficiales de la jefetura suprema del Coronel Mariano I.
Prado. Entregas 1-13. 4to. sewed, pp. 1-324. *Lima*,
1866. 26s.

Barba.—Arte de los metales, en que se enseña el
verdadero beneficio de los de oro y plata por Azogne : el
modo de fundirlos todos, y como se han de refinar o apartar
unos de otros. Compuesto por el Licenciado Alvaro Alonso
Barba. Nuevamente ahora anadido con el tratado de las
antiguas minas de España, que escribió Don Alonso Carrillo y Laso. Reimprero por el real tribunal de minera de
esta capital. 4to. vellum, pp. iv. and 278. *Lima*, 1817.
31s. 6d.

Biblioteca Peruana de historia, ciencias y litera-
tura. Coleccion de escritos del anterior y presente siglo de los
mas acreditados autores Peruanos por Manuel A. Fuentes.
—Antiguo Mercurio Peruano.—Tomo I.-IX. With a map.
8vo. pp. vi. 318, 360, 332, 322, 318, 328, 362, 286, 326, cloth.
Lima, 1861-1864. £4 14s. 6d.

CONTENTS.—Tomo I.-IV. Escritos sobre historia, viajes, misiones y
descripciones geográficas y políticas.— Tomo V. Escritos sobre qui-
mica, mineralogía y botánica.—Tomo VI. Escritos sobre botánica,
agricultura, comercio y navegacion.—Tomo VII. Escritos sobre religion, educacion, geología, meteorología, física, geografía, estadística,
economía, politica y policiá.—Tomo VIII. Escritos sobre literatura,
bibliografía y variedades.—Tomo IX. Historia, ciencias y literatura.

Calderon.—Diccionario de la legislacion Peruana,
por Francisco Garcia Calderon. Tomo I. A—D. Folio,
pp. viii. and 886, cloth. *Lima*, 1860.—Ditto, ditto. Tomo
II. E—Z. Supplemento. Folio, pp. xxxii. and 1260, cloth.
Lima, 1862. £6 6s.

—————— **Diccionario de la legislacion Peruana,**
por Francisco Garcia Calderon. Supplemento 4to. sewed,
pp. 436. *Lima*, 1864. 32s.

Cochrane.—Memorias de Lord Cochrane, conde de Dundonald. 8vo. cloth, pp. xxiv. and 336. *Lima*, 1863. 14*s.*

Codigo civil del Perú. 4to. sewed, pp. 328. *Lima*, 1852. 14*s.*

—— **de comercio de la República del Perú.** 4to. sewed, pp. vi. and 250. *Lima*, 1853. 16*s.*

Coleccion de Leyes, Decretos y Ordenes publicadas en el Peru desde el ano de 1821 hasta 31 de Diciembre de 1859 reimpresa por Orden de materias por el Dr. D. Juan Oviedo. Tomo I.—XI. 4to. pp. 440, 494, 431, 454, 462, 384, 400, 422, 434, 460, 323; half-bouud. *Lima,* 1861-63. £3 3*s.* each volume.

—— **de Memorias cientificas, agricolas é** industriales publicadas en distintas épocas por Mariano Eduarda de Rivero y Ustariz. With Plates. 2 vols. 8vo. half bound, pp. viii. 294, 260. *Bruselas*, 1857. 18*s.*

CONTENTS.—Vol. I. Nota sobre el Nitrato de rosa de Tarapacá.— Noticia sobre la Magnesita de Vallecas.—Sobre las aguas calientes de la cordillera de Venezuela.—Memoria sobre la leche del Arbol de la Vaca.—Memoria sobre el Urao.—Tres especies nuevas minerales de la Nueva Granada.—Memoria sobre differentes masas de hierro que se han encontrado en la cordillera de los Andes.—Memoria sobre la leche venenosa del Ura crepitam (Ajuapar).—Noticia sobre el Rio Mamado Vinagre.—Itinerario á los Manos de San Martin y del Rio Meta.—Análisis de las aguas minerales de Yura.—Memoria sobre el huano de pájuros del Perú.—Antigüedades Peruanas (año de 1828).— Memoria sobre los grabados del alto de la Caldera.—Memoria sobre el rico mineral de Pasco.—Proyecto para la mejora de la Minería.— Razon anual de los progresos y trabajos del mineral de Yaurieocha.— Análisis de un hierro meteórico incontrado, segun se dice, en el derierto de Atacama.—Reconocimiento de la obra de Vincocaya.— Diccionario de las principales voces técnicas de la Mineralogia Peruana.—Laminas, etc.

Vol. II. Visita á las minas del departamento de Juno.—Carta á D. Alejandro Brongniart, sobre la Geologia de Chile.—Antigüedades Peruanas.—Quipos.—Memoria sobre la mina de Azogue de Huancavelica y la de Chonta.—Informe sobre las minas de Punitaqui en Chile en el año de 1792.—Apuntes historicos.—Estadística sobre el departamento peruano de Júnin.—Minas de carbon de piedra del Perú.—Sobre el alcohol y la bebida fermentada (chimbango) que ce hace en el Perú con higos secos.—Noticia sobre el salitre y el borano de cal de Inquique.—Memoria sobre las lanas del Perú.—Laminas, etc.

Contestacion a las observaciones que bajo el nombre de "unos Peruanos," se han publicado en un folleto contra los medidas del Gobierno sobre naturalizacion de extranjeros. 4to. sewed, pp. 37. *Lima*, 1840. 2*s.* 6*d.*

Documentos sobre el contrato de conversion de la moneda feble, publicados en el "Peruano" y otros periodicos. 8vo. sewed, pp. 198. *Lima*, 1864. 18s.

Declaracion general de las personas que perte-necen a las jurisdiccion eclesiástica castrense, y de los privilegios que respectivamente deben gozar. Hecha en virtud de los breves apostólicos por el Emmo. Señor Cardenal de Sentmanat, Patriarca de las Indias. 4to. sewed, pp. 13. *Lima*, 1805. 3s. 6d.

Eder.—Descriptio provinciae Moxitarum in regno Peruano, quam e scriptis posthumis Franc. Xav. Eder, e Soc. Jesu annis XV. sacri apud eosdem Curionis digessit, expolivit, et adnotatiunculis illustravit Abb. et Consil. Reg. Mako. With a map and 7 plates. 8vo. sewed, pp. xviii. and 384. *Budae*, 1791. 15s.

Espinosa.—Prontuario de ordenanza para el ejercito, aprobado por el gobierno y redactado por el coronel Espinosa. Cuinta edicion, mas correcta que las anteriores. 8vo. sewed, pp. 224. *Lima*, 1869. 10s.

La Rosa Toro.—Biblioteca de instruccion primaria superior por Agustin de La-Rosa Toro. 13 parts in 15 vols. 12mo. boards. *Lima*, 1865-1866. £2 2s.

CONTENTS.—I. Economia o ciencia de la riqueza. pp. 114.—II. Geometria. pp. 58.—III. Mecanica. pp. 102.—IV. Fisica. pp. 92.— V. Quimica. pp. 128.—VI. Mineralogia. pp. 58.—VII. Botanica. pp. 64.—VIII. Geografia politica universal comparada. pp. 154.— IX. Higiene o ciencia de la salud. pp. 86.—X. Astronomia. pp. 60. —XIa. Geografia fisica y hidrografica. pp. 140.—XI b. Geografica fisica, hidrografica y politica del Peru. pp. |182.—XIIa. Historia de America. pp. 126.—XII b. Historia del Peru. pp. 158.—XIII. Zoologia ó estudio de los animales. pp. 106.

————————— Zoologia ó estudio de los animales dedicado a los niños de los colegios de instruccion primaria del Perú por Agustin de la Rosa Toro. 12mo. boards, pp. 106. *Lima*, 1865. 3s. 6d.

Lorente.—Lecciones de geografia historica, por Sebastian Lorente. 16mo. sewed, pp. 96. *Lima*, 1866. 1s. 6d.

Memoria dirijida desde amberes al Congreso del Peru. Por Don Jose de la Riva-Agüero, ex-presidente de aquella república. 4to. sewed, pp. xvi. 98. *Santiago de Chile*, 1828. 7s. 6d.

Memorias de los Vireyes que han gobernado el
Peru durante el tiempo del coloniaje español. 6 vols. 4to.
cloth, pp. xxx. 379, 2 leaves; 428; 391; 540; 391, 13, 17,
1 leaf; 394. 1 Plan and 12 Plates. *Lima*, 1859.
£12 12s.

This valuable work has been edited under the auspices of the
Government of Peru, by Manuel A. Fuentés.

Menendez.—Manual de geografia y estadistica
del Perú, por D. Baldomero Menendez. 12mo. cloth,
pp. 383. *Paris*, 1861. 5s.

Mensaje del presidente provisorio de la Repub-
lica Peruana al Congreso. Fol. sewed, pp. 19. *Lima,*
1839. 2s.

Ortiz de Cervantes.—Memorial, que presenta a
Su Magestad el Licenciado Juan Ortiz de Cervantes'
Abogado, y Procurador general del Reyno del Peru, y
Encomenderos, sobre pedir remedio del daño, y diminucion
de los Indios; y propone for medio eficaz la perpetuydad
de Encomiendas. Folio, 18 leaves, half morocco. *Lima*,
año MDCXIX. £1 10s.

Perez.—La Industria y el poder, drama en tres
actos, por Trinidad Manuel Perez. Segunda edicion,
8vo. sewed, pp. 52. *Lima*, 1863. 3s. 6d.

Peru Catolico, el Periodico semi-diario Año. I.
Num. 1-24. *Lima*, 21 de Marzo, 1867—21 de Mayo, 1867.
10s.

Poesias Peruanas.—A los fieles habitantes del
Peru el Alferez retirado. pp. 4.—Poema joco-serioso en
el que bajo el titulo del Chiton se impugna el antiguo
abuso de inponer silencio á las verdaderas noticias que se
communicaron como favorables a la justisima causa de la
Patria, en los calamitosos tiempos de la barbara Domina-
cion Española, etc., por D. José Mateo de Otero. 4to.
sewed, pp. 8. *Lima (no date)*. 2s.

Rivero and Tschudi.—Peruvian antiquities. By
Mariano Edward Rivero, and John James von Tschudi.
Translated into English, from the original Spanish, by
Francis L. Hawks. New edition. With illustrations. 8vo.
cloth, pp. xxii. 306. *New York*, 1857. 21s.

San Martin.—Don José de San Martin, Capitan
General de exercito, y en gefe del Libertador del Peru,
Gran oficial de la Legion de Merito de Chile, etc. Proclamations, articles for and against him, etc. 25 documents.
4to. sewed, 1821. 12s. 6d.

Numbers of *El depositario, El triunfo de la nacion, el Americano,
Gaceta del Gobierno de Lima.*

————————— Manifiesto de las sesiones tenidas
en el pueblo de Miraflores para las transaciones intentadas
con el general San Martin y documentos presentados por
parte de los comisionados en ellas. Se publican de órden
de este gobierno. Fol. boards, 17 leaves. *Lima*, 1820.
7s. 6d.

Soldan.—Geógraphie du Pérou, œuvre posthume
de D. D. Mateo Paz Soldan, corrigée et augmentée par
son frère le D. D. Mariano Felipe Paz Soldan. Publiée
aux frais du gouvernement péruvien, sons la présidence
constitutionelle du Libérateur le grand maréchal Ramon
Castilla. Traduction Française par P. Arséne Mouqueron,
avec la collaboration de Manuel Ronaud y Paz Soldan.
With a portrait. Royal 8vo. sewed, pp. xxxii. 532. *Paris*,
1863. 10s. 6d.

—————— Atlas géographique de la république
du Pérou, par Mariano Felipe Paz Soldan. Publié aux frais
du gouvernement Péruvien, sous la présidence du libérateur le grand maréchal Ramon Castilla. Edition française
par P. Arséne Mouqueron, avec la collaboration de Manuel
Ronaud y Paz Saldan. With maps. Imp. fol. boards,
pp. 82, lxvii. *Paris*, 1865. £3 3s.

—————— Historia del Perú independiente por
Mariano Felipe Paz Soldan. Primer periodo, 1819-1822.
Roy. 8vo. sewed, pp. x. 468, iv. 115. *Lima*, 1868. £2 2s.

Tratado jeneral sobre las aguas que fertilizan
los valles de Lima, por D. Ambrosio Cerdan de Landa,
Simon Pontero, oidor de la antigua audiencia de esta
capital. 4to. sewed, pp. 138. *El Callao*, 1852. 12s.

Unanúe.—Observaciones sobre el clima de Lima,
y sus influencias en los seres organizados, en especial el
hombre. Por el Doctor Don Hipólito Unanúe. Segunda
edicion. 4to. pp. 316, vellum. *Madrid*, 1815. 18s.

Vacuna.—Actuaciones literarios de la Vacuna
en la Real Universidad de San Marcos de Lima. 4to. 3
leaves.—Discurso que pronuncio el D. Hipólito Unanue en
la Real Universidad de San Marcos, á Don José Salvany,
vice-director de la Real expedicion filantrópica de la Vacuna. 4to. sewed, pp. 39. *Lima*, 1806-7. 10s.

Vigil.—Defensa de la autoridad de los gobiernos
y de los Obispos contra las pretensiones de la curia romana.
Por Francisco de Paula G. Vigil. Primera parte (6 vols.)
8vo. pp. lii. and 420, 408, 394, 396, 400, 504, boards.
Lima, 1848-49, with compendio and adiciones. £6 6s.

—— **Defensa de la autoridad de los gobiernos**
y de los Obispos contra las pretensiones de la curia romana.
Por Francisco de Paula G. Vigil. Segunda parte. Tomo
I.-IV. 4to. bound in 2 vols. half morocco, pp. xxiv. 396,
348, 428, 560. *Lima*, 1856. £5 5s.

—— **Compendio e Adiciones a la defensa de la**
autoridad de los gobiernos contra las pretensiones de la
curia romana, por Francisco de Paula G. Vigil. 2 parts,
8vo. boards, pp. xxvi. 456, 128, boards. *Lima*, 1852. 30s.

—— **Dialogos sobre la existencia de Dios y de**
la vida futura, por Francisco de P. G. Vigil. 12mo. pp.
viii. and 160, sewed. *Lima*, 1863. 3s.

—— **Los Jesuitas presentados en cuadros histo-**
ricos, sobre las correspondientes pruebas, y con reflexiones
al caso especialmente en sus cosas de America, por Francisco de Paula G. Vigil. 4 vols. 8vo. sewed, pp. xii. and
376, 394, 428, 362, sewed. *Lima*, 1863. 40s.

—— **Manual de derecho publico-eclesiastico,**
para el uso de la Juventud Americana, por Francisco de
Paula G. Vigil. 12mo. sewed, pp. viii. and 304. *Lima*,
1863. 6s.

Zarate (Augustin).—The Discoverie and Conqvest
of the Prouince of Peru, and the Nauigation in the South
Sea, along that Coast. And also of the ritche Mines of
Potosi. 4to. half bound, 3 preliminary leaves, 89 leaves,
black letter, woodcuts. *Imprinted at London, by Richard
Jhones*, 1581. £4 4s.

The first title is in facsimile, and it wants the Dedication and second
title.

BOLIVIA.

Menendez.—Manual de geografía y estadística
del alto Perú ó Bolivia, por D. Baldomero Menendez. 12mo.
cloth, pp. 323. *Paris*, 1860. 5s.

Presupuesto jeneral de los Gastos de la República
Boliviana, decretado por el Congreso Constitucional para
el año de 1841. 4to. sewed, pp. 26. *Bolivia*, 1841. 2s. 6d.

CHILI.

Apuntes hidrográficos sobre la costa de Chile
acompañados de algunos planos levantados por los oficiales
de la armada de la República. With 27 maps. Roy. 8vo.
sewed, pp. iv. and 192. *Santiago de Chile*, 1866. £6 6s.

The Maps are the following :—

1. Plano de la Costa Araucana.
2. ,, del Rio Lebu.
3. ,, ,, Queule.
4. ,, ,, Maullin.
5. ,, de los Canales entre Ancud y Melupulli.
6. ,, de la Caleta y Rio Queule.
7. ,, de la Caleta del Cobre.
8. ,, ,, ,, Apolillado.
9. ,, del Estero Coman.
10. ,, de la Península de Taytao.
11. ,, de Nevado o Espinera.
12. ,, del Rio Toltain.
13. ,, de la rada del Paposo.
14. Plano de una parte de la costa de Chili.
15. ,, de una otra parte.
16. ,, del puerto Coronel.
17. ,, ,, Quintero.
18. ,, ,, Montt.
19. ,, ,, de Abtao.
20. ,, ,, de Tañez.
21. ,, ,, de Quidico.
22. ,, de la Bahia Archy.
23. ,, ,, de la Chimbra.
24. Carta del Rio Biobio.
25. Puerto Tongoi.
26. ,, Taltal.
27. Rada de Curampe.

Arana.—Vida y Viages de Hernando de Magallanes, por Diego Barros Arana. 8vo. pp. 154. *Santiago de Chile*, 1864. 15s.

——— **Compendio de Historia de America,**
por Diego Barros Arana. Obra aprobada por la Universidad de Chile para la enseñanza de este ramo en los colegios. Four Parts. 8vo. pp. iv. 410, and 534. *Santiago*, 1865. £1 10s.

Partes I. II.: America indígena. Descubrimiento i Conquista.
Partes III. IV.: La Colonia. La Revolucion.

Boletin de la Sociedad de agricultura. Publicado por la misma Sociedad y destinado al fomento de los intereses agricolas del pais. Vol. I. No. 1-5. *Valparaiso*, 1869. Each number (16 pages). 1*s.* 6*d.*

Chili.—A sketch of Chili, expressly prepared for the use of emigrants, from the United States and Europe to⏐that country. With a map. By Daniel J. Hunter. 8vo. pp. 53. *New York*, 1866.—Chili, the United States, and Spain. Considered under the light of the present foreign policy of the United States. By Daniel J. Hunter. 8vo. pp. 128. *New York*, 1866. 7*s.* 6*d.*

Copiapo Railway Company.—Informe relativo a los negocios de la Compañia Ferro-Carril de Copiapó. 8vo. pp. 30. *Valparaiso*, 1865. 2*s.* 6*d.*

Cosecha, la, de trigo de la Republica de Chile en el año de 1867. 4to. sewed, pp. 22. With comparative tables. *Valparaiso*, 1867. 2*s.* 6*d.*

Estadistica comercial de la República de Chile, Correspondiente al año de 1866. 4to. boards, pp. xxvi. and 233. With statistical tables. *Valparaiso*, 1867. 15*s.*

———— **comercial de la República de Chile,** Correspondiente al año 1867. 4to. sewed, pp. 205. With tables. *Valparaiso*, 1868. 12*s.*

Fabulistas Españoles.—Tesoro de fabulistas Es- pañoles. Coleccion de fábulas escojidas, literarias, morales i politicas : Obra tan amena para la lectura de familia como útil para los establecimientos de educacion, conteniendo cuatrocientas i pico de fábulas, de mas de cien autores; recojidas i ordenadas. Por Enrique M. De Santa Olalla, Director del Colejio del Salvador. 12mo sewed, pp. 526. *Santiago de Chile*, 1864. 10*s.* 6*d.*

Freire.—El Jeneral Freire. Por Diego Barros Arana. 24mo. pp. v. and 124. *Santiago*, 1852. 6*s.*

Geometry.—Elementos de jeometria. Por J. M. G. 16mo. sewed, pp. xii. and 67. *Santiago*, 1850. 1*s.* 6d.

Historia jeneral de la República de Chile, desde su independencia hasta nuestras dias. Por los Señores J. V. Lastarria, M. A. Tocornal, Santa Maria, Barros Arana, Coucha i Toro, etc. El editor, J. S. Valenzuela. Edicion autorizada por la Universidad de Chile. Corregida por B. Vicuña Mackenna. With portraits. Vols. I., III., IV. 8vo. sewed. Vol. I.. 1866, pp. xxvi., 478; vol. III., 1868, pp. 756; vol. IV., 1868, pp. 402. *Santiago de Chile*, 1866-68. £4 4s.

Informe jeneral presentado a S. E. El Presidente de la Republica sobre los trabajos de la Comision directiva de la Esposicion Nacional de agricultura celebrada en Santiago de Chile en mayo de 1869. Por su presidente D. Alvaro Covarrubias. Folio, sewed. pp. 636. *Valparaiso*, 1869. £1 18s.

Lastarria.—Discurso inaugural pronunciado en la reinstalacion del Circulo de Amigos de las letras en Santiago, el 23 de Mayo de 1869. Por J. V. Lastarria. 4to. sewed, pp. 11. *Santiago*, 1869. 1s. 6d.

Lei de presupuestos de los gastos jenerales de la administracion pública de Chile para el año de 1868. With tables. Folio, sewed, pp. 96. *Santiago de Chile*, 1867. 10s.

Mackenna.—Le Chili, considéré sous le rapport de son agriculture et de l'émigration européenne, par Benjamin Vicuña Mackenna. 12mo. sewed. pp. 144. *Paris*, 1855. 6s.

———— El Ostracismo de Los Carreras. Los jenerales José Miguel y Juan José i el Coronel Luis Carrera. Episodio de la independencia de Sud-América. Por Benjamin Vicuña Mackenna. With engravings, portraits, etc. 8vo. sewed, pp. 554. *Santiago*, 1857. £1 15s.

———— El Ostracismo del jeneral D. Bernardo O'Higgins escrito sobre documentos inéditos i notícias auténticas por B. Vicuña Mackenna. With engravings. 8vo. sewed, pp. 576. *Valparaiso*, 1860. £1 15s.

———— La defensa de Puebla, por el jeneral Jesus Gonzalz Ortega. Articulos bibliográficos, por B. Vicuña Mackenna. 8vo. sewed, p. 69. *Santiago*, 1864. 4s. 6d.

Mackenna.—Los últimos dias del capitan jeneral
Don Bernardo O'Higgins. Fragmentos biográficos, publicados a consecuencia de la mocion presentada al Congreso
Nacional para transladar a Chile los restos de aquel
hombre ilustre. . . . por Don Benjamin Vicuña Mackenna.
8vo. sewed, pp. 64. *Santiago*, 1864. 4*s.*

——————— **Historia de los diez años de la**
administracion de Don Manuel Montt, por B. Vicuña
Mackenna. Five Vols. 8vo. sewed, pp. 376, 295, 356,
414, 352. *Santiago de Chile*, 1862. £4 4*s.*

——————— **Introduccion a la historia de los**
diez años de la administracion Montt. Don Diego Portales.
(Con mas de 500 documentos ineditos) por Benjamin
Vicuña Mackenna. Two Vols. 8vo. sewed, pp. 372, 510.
Valparaiso, 1863. £2 10*s.*

——————— **Informe presentado a la Universidad**
de Chile sobre la abolicion del estudio obligatorio i jeneral
del latin por Benjamin Vicuña Mackenna. 8vo. sewed,
pp. 30. *Santiago de Chile*, 1865. 2*s.*

——————— **Diez meses de mision a los Estados**
Unidos de Norte America como ajente confidencial de Chile
por B. Vicuña Mackenna. (Con mas de 200 documentos
inéditos). Two Vols. 8vo. sewed, pp. 503, 347. *Santiago*,
1867. £1 15*s.*

A book of the highest interest, written during one of the most
critical periods of the modern history of Chili, the war with Spain.
The author explains the policy of the United States of North America,
with respect to the ancient Spanish colonies. He gives curious
accounts of Yankee manners and customs; on the Panama railway;
on the present situation, both political and economical, of Cuba, etc.;
and many valuable notices and judgments are also to be found in the
volume on men who have acquired in the last years a celebrity in
America.

——————— **La Calumnia. Discurso pronunciado**
por el diputado por Valdivia Don Benjamin Vicuña
Mackenna en la sesion celebrada por la cámara de diputados el 5 de Setiembre de 1868. 8vo. sewed, pp. 16.
Santiago, 1868. 3*s.* 6*d.*

——————— **El castigo de la calumnia. Compi-**
lacion de las principales piezas de los procesos de imprenta
promovidos contra el diario. *Ferrocarril* i los periódicos
la Linterna del diablo, i *el Charivari*. por B. Vicuña
Mackenna. 8vo. sewed, pp. 124. *Santiago de Chile*, 1868.
7*s.* 6*d.*

Mackenna.—La Conquista de Aranco. Discurso
pronunciado en la Cámara de Diputados en su sesion de
10 de agosto por B. Vicuña Mackenna. 8vo. sewed, pp.
17. *Santiago*, 1868. *2s. 6d.*

——————— **La disolucion de la academia de**
leyes (cronica estudiantil) por B. Vicuña Mackenna. 8vo.
sewed, pp. 25. *Valparaiso*, 1868. *3s.*

——————— **La guerra á muerte. Memoria**
sobre las últimas Campañas de la independencia de Chile,
1819-1824. Escrita sobre documentos enteramente ineditos
i leida en la sesion solemne celebrada por la Universidad de
Chile el 17 de Setiembre de 1868, por B. Vicuña Mackenna.
8vo. sewed, pp. xxvi. and 562. *Santiago de Chile*, 1868.
£1 15s.

——————— **Historia critica y social de la Ciu-**
dad de Santiago desde su fundacion hasta nuestros dias
(1541-1868), por B. Vicuña Mackenna. Two Vols. With
a portrait. 8vo. sewed, pp. 316, 520. *Valparaiso*, 1869.
£2 10s.

——————— **Historia de Valparaiso. Cronica**
politica, comercial, i pintoresca de su Ciudad i de su
puerto, desde su descubrimiento hasta nuestros dias, 1536-
1868. Por B. Vicuña Mackenna. Vol. I. With a
portrait and engravings facsimile. 8vo. sewed, pp. viii.
and 404. *Valparaiso*, 1869. £1 15s.

Memoria presentada al Congreso Nacional en
1841, por el Ministro de Estado en el departamento de
hacienda. With a table. 4to. sewed, pp. 16. *Santiago*,
1841. *2s.*

——————— **que el Ministro de Estado en el De-**
partamento de Justicia, Culto e Instruccion Publica presenta al Congreso Nacional de 1860. With 36 tables. 4to.
pp. 75. *Santiago de Chile*, 1860. *12s.*
The tables contain statistics on the cases of crime, etc., tried in the
various courts of justice of Chili.

——————— **que el Ministro de Hacienda presenta**
al Congreso Nacional de 1868. With statistical tables.
8vo. sewed, pp. 96. *Santiago de Chile*, 1868. *7s. 6d.*

——————— **que el Ministro de Estado en el De-**
partamento de marina presenta al Congreso Nacional de
1868. With tables. 8vo. sewed, pp. 172. *Santiago de
Chile*, 1868. *12s.*

Memoria que el Ministro de Estado en el De-
partamento de Relaciones Exteriores presenta al Congreso
nacional de 1868. With three tables. Imp. 8vo. pp. 144.
Santiago de Chile, 1868. 10s. 6d.

————— **que el Ministro de Estado en el De-**
partamento de guerra presenta al Congreso Nacional de
1869. With numerous documents and tables. 8vo. sewed,
pp. 48, 176. *Santiago de Chile*, 1869. 12s.

————— **que el Ministro de Estado en el De-**
partamento de hacienda presenta al Congreso Nacional de
1869. With tables. *Santiago de Chile*, 1869. 8s. 6d.

—·————— **que el Ministro de Estado en el De-**
partamento del Interior presenta al Congreso Nacional de
1869. 8vo. sewed, pp. 32, 176, 6 tables, pp. 176, 14 large
tables. *Santiago de Chile*, 1869. 12s.

————— **que el Ministro de Estado en el De-**
partamento de justicia, culto e instruccion publica presenta
al Congreso Nacional de 1869. With numerous documents
and plates. 8vo. sewed, pp. 62, 210. *Santiago de Chile*,
1869. 12s.

————— **que el Ministro de Estado en el De-**
partamento de marina presenta al Congreso Nacional de
1869. With numerous documents and plates. 8vo. pp. 230,
sewed. *Santiago de Chile*, 1869. 12s.

————— **que el Ministro de Estado en el De-**
partamento de relaciones exteriores presenta al Congreso
Nacional de 1869. With three tables. 8vo. sewed, pp. 20,
300. *Santiago de Chile*, 1869. 12s.

Memorias presentadas a la comision directiva
de la Exposiçion Nacional de agricultura en el certamen de
1869, y mandadas publicas por acuerdo de ella. 8vo. sewed,
pp. 130, v. *Valparaiso*, 1869. 3s. 6d.

Menendez.—Manual de historia y cronologia de
Chile. Por D. Baldomero Menendez. 12mo. cloth, pp.
380. *Paris*, 1860. 5s.

Molina.—The Geographical, Natural, and Civil
History of Chili, translated from the original Italian of the
Abbe Don J. Ignatius Molina. To which are added, Notes
from the Spanish and French versions. With a map.
2 vols. 8vo. boards, pp. xx. 321 ; xii. 385. *London*, 1809. 6s.

Mosquera.—Exámen crítico del libelo publicado en la imprenta del comercio en Lima, por el reo profugo José Maria Obando. Escrito por T. C. de Mosquera. With a map. Two vols., 8vo., half-bound, pp. x., 653, 459. *Valparaiso*, 1843. 25s.

San Martin.—Bosquejo Biográfico del General D. José de San Martin por Juan Maria Gutierrez. Nueva Edicion correjida y aumentada con un rapido parablo entre San Martin y Bolivar, por el mismo autor. 12mo. pp. 143. *Buenos Aires*, 1868. 7s. 6d.

Valparaiso. — Documents officiels relatifs au bombardement de Valparaiso par l'Escadre Espagnole. 8vo. pp. 44, sewed. *Valparaiso, Imprenta de la Patria*, 1868. 3s. 6d.

URUGUAY.

Banks of Montevideo.—Esposicion sobre el estado de los Bancos existentes en la Capital. Publication oficial. 8vo. sewed, pp. 24. *Montevideo*, 1865. 2s. 6d.

Berro.—(Biblioteca Nacional) Poesias de Adolfo Berro. Segunda edicion precedida de la introduccion por D. Andrés Lamas y aumentada con una guirnalda poética. With a portrait of the author. Small 4to. sewed, pp. 240. *Montevideo*, 1864. 10s. 6d.

Caravia.—Nociones necesarias al cultivador. Por Antonio T. Caravia. 8vo. sewed. pp. 192. *Montevideo*, 1864. 3s. 6d.

Documentos diplomaticos relativos a la detencion del paquete Argentino 'Salto' en las aguas de la República Oriental del Uruguay por el vapor de guerra nacional 'Villa del Salto.' Publicacion oficial. Roy. 8vo. sewed, pp. 124. *Montevideo*, 1863. 5s.

————— oficiales relativos a los incidentes ocurridos del 28 de Agosto al 1° de Setiembre ultimos, con motivo de la presencia de las Escuadras de la Confederacion Argentina y de la Provincia de Buenos Aires, en el puerto de Montevideo. Publication oficial. Roy. 8vo. sewed, pp. 50. *Montevideo*, 1859. 3s. 6d.

Documentos oficiales justificativos de la conducta de las autoridades departamentales de la Republica Oriental del Uruguay, contra las acusaciones de las camaras Brasileras. Segunda edicion aumentada. Four parts. Roy. 8vo. sewed, pp. 80, 14, 16, 10. *Montevideo*, 1864. 5s.

Figueroa.—Mosaico poetico de Don Francisco A. de Figueroa. 2 vols. 4to. sewed, pp. 432, 208. *Montevideo*, 1857-58. £2 8s.

Loedel.—Manual del Sistema metrico de pesas y medidas. Esposicion completa, teorica y practica de este lindo sistema, por E. Loedel. 8vo. sewed, pp. 80. *Montevideo*, 1864. 2s. 6d.

Mendoza.—Manual del pastor ó sea instruccion practica para la crianza y cuidado de la raza merina, con la esposicion de sus enfermedades, estudio de la lana, etc. Por Daniel Perez Mendoza. Obra postuma publicada por P. Lastarriá y Cª. Illustrada con Laminas. Small 4to. sewed, pp. 118 and 30. *Montevideo*, 1863. 18s.

Penitentiaries.—Estudios sobre el sistema peni- tenciario correccional. Por D. Juan Ramon Gomez. 16mo. sewed, pp. 32. *Montevideo*. 1865. 3s.

Primera introduccion de Alpacas y Llamas en la República Oriental del Uruguay. Roy. 8vo. sewed, pp. 16. *Montevideo*, 1867. 2s.

Recopilacion de Leyes, Decretos, y Resoluciones gubernativas, Tratados internacionales, Acuerdos del Tribunal de Apelaciones,......... de la Republica Oriental del Uruguay. Por Antonio T. Caravia. Nueva edicion, revisada y correjida. Tomo I. Imp. 8vo. sewed, pp. 580. *Montevideo*, 1867. £1 10s.

Rosas et Montevideo devant la cour d'assises (14 Octobre. 1851). 8vo. sewed, pp. iv. and 128. *Paris*, 1851. 3s. 6d.

Action in defamation brought before the *Cour d'Assises* of Paris, by the Montevidean General Pacheco y Obes against the *Journal des Débats* and *La Revue deus Dex Mondes*.

Salaverry Felipe Santiago.—Historia de Sa- laverry. Por Manuel Bilbao. Edicion corregida y aumentada. Roy. 8vo. pp. xvi. and 412. *Buenos Aires*, 1867. £1 10s.

Vaillant.—Apuntes estadisticos y Mercantiles sobre la Republica Oriental del Uruguay. Poblacion— Importacion y Exportacion—Movimiento de Aduana y Receptorias — Navegacion — Comercio comparado entre Montevideo y Buenos Aires.—Importancia comercial— Contribuciones y Riqueza Publica.—Correspondentes al Año 1862. Por Adolphe Vaillant. Folio sewed, pp. 20. *Montevideo* 1863. 8*s.*

PARAGUAY.

Azara.—The Natural History of the Quadrupeds of Paraguay and the River La Plata ; translated from the Spanish of Don Felix de Azara. With a memoir of the author, a physical sketch of the country, and numerous notes. By W. Perceval Hunter. In two volumes. Vol. I. With a map. 8vo. boards, pp, xxxii. and 340. *Edinburgh,* 1838. 10*s.* 6*d.*

Berthet.—Los misioneros del Paraguay. Novela historica de Elias Berthet. Traduccion de Miguel Navarro Viola. 4to. sewed, pp. 54. *Buenos Aires,* 1855. 3*s.* 6*d.*

Du Graty, Alfred M.—La république du Para- guay, par Alfred M. du Graty. 2nd edition. With a large map and views of Paraguay. 8vo. cloth, pp. xxviii., 408, 200. *Bruxelles,* 1865. 15*s.*

Estrella, la.—Diario politico, comercial y lite- rario. Folio. Año 1, Nos. 1, 4-11, 13-18. *Montevideo,* 1853. 3*s.*

Guerra do Paraguay, a nova phase. (Carta a um amigo) por * * * Primera e segunda carta. 12mo. sewed, pp. 43. *Montevideo,* 1869. 5*s.*

Messis Paraquariensis a Patribus Soc. Jesu per Sexennium in Paraquaria collecta, annis videlicet 1638-1643, conscripta a P. Adamo Schirmbeck, Societatis ejusdem Sacerdote. 12mo. boards, 4 leaves, pp. 366, 1 leaf. *Monachii,* 1649. 21*s.*

Quentin.—An Account of Paraguay. Its His-tory, its People, and its Government. From the French of Ch. Quentin. 8vo. sewed, pp. 90. *London,* 1865. 1*s.*

ARGENTINE REPUBLIC.

Actas capitulares desde el 21 hasta el 25 de Mayo de 1810 en Buenos Aires. Folio sewed, pp. 56. *Buenos Aires*, 1836. 5s.

Alberdi.— Sistema económico y rentistico de la Confederacion Arjentina, segun su Constitucion de 1853. Por J. B. Alberdi. 8vo. boards, pp. xvi. and 499. *Valparaiso*, 1854. 18s.

———— **De la integridad nacional de la Re-** publica Arjentina bajo todos sus gobiernos a proposito de sus recientes tratados con Buenos Aires. Por J. B. Alberdi. 16mo. boards, pp. 159. *Valparaiso*, 1855. 7s. 6d.

Alemany.—Elementos de Grammatica Castellana dispuestos para uso de la Juventud por D. Lorenzo Alemany. Nova Edicion. 12mo. sewed, pp. 100, and one plate. *Buenos Aires*, 1866. 2s.

Anales de la educacion comun en la Republica Argentina. Vol. III., No. 27, 29, 30. 8vo. *Buenos Aires*, 1865. Each number 32 pages. 1s. 6.l.

Archivo Americano y espiritu de la prensa del mundo. Nueva Serie. A bi-mensual political Review issued in three languages; every article being published in English, in Spanish, and in French. Nos. 1 to 28; all ever published. In 7 Volumes. 4to., bound in cloth. *Buenos Aires*, 1847 to 1851. £15 15s.

This is one of the most important collections of documents relating to the politics of the La Plata States. The motto imprinted on every number, " Viva la Confederacion Argentina! Mueran las Salvajes asquerosos unitarios. Muera el loco traidor Salvaje unitaris Urquiza!" will sufficiently characterize the tendency of the publication. It was the official organ and literary standard-bearer of the notorious Dictator Rosas, and contains all his proclamations and manifestos. The object of its being published in three languages seems to have been to put the Dictator's policy in a favourable light before the European reader.

Argentina (La) ó la conquista del Rio de la Plata. Poema histórico. Por el Arcadiano D. Martin del Barco Centenera. 4to. sewed, pp. 312. *Buenos Aires*, 1836. 12s.

——— The same, imperfect copy, wanting pp. 269-276. 5s.

Bilbao.—Vida y Obras completas de Francisco
Bilbao. Two Vols. Large 8vo. sewed, pp. ccv., 445, 552.
Buenos Aires, 1866. £3 3s.

Castiglia.—Medea. Drama lirico en tres actos
de B. Castiglia, 12mo. sewed, pp. 66. *Buenos Aires*,
1865. 3s.

Cervantes.—Estudios historicos, politicos y
sociales sobre el Rio de la Plata por D. Alejandro
Magarinos Cervantes. 8vo. sewed, pp. 414. *Paris*, 1854.
10s. 6d.

Coleccion de Obras y documentos relativas a la
HISTORIA ANTIGUA Y MODERNA DE LAS PROVINCIAS DEL
RIO DE LA PLATA. Illustrados con notas y disertaciones
por Pedro de Historia antigua y moderna de las provincias
del Rio de la Angelis. Six Vols. Folio. *Buenos Aires*,
Imprenta del Estado, 1836-1837. £21.

This important collection ought to be in every great European
Library. Professor Gervinus, the celebrated German Historian, made
copious use of it in the third volume of his History of the 19th
century (IV. *The Revolution of the South American States*).—For a
full and complete description of this valuable work, which is very
little known in Europe, see *Trübner's American and Oriental
Literary Record*. No. 9, November 21, 1865.

Constitucion de la Republica Argentina, sancio-
nada por el Congreso general constituyente el 24 de
Diciembre de 1826. y el Manifiesto con que se remite a
los pueblos para su aceptacion. 4to. sewed, pp. 56. *Buenos
Aires*, 1826. 10s. 6d.

Correspondencia oficial e inedita sobre la demar-
cacion de limites entre el Paraguay y el Brasil, por D.
Felix de Azara. Folio sewed, pp. 70. *Buenos Aires*, 1836.
6s.

Daniel.—El médico de San Luis. Novela origi-
nal por Daniel. 8vo. pp. 308, sewed. *Buenos Aires*, 1860.
7s. 6d.

——— Lucia. Novela, sacada de la Historia Ar-
gentina, por Daniel. 4to. sewed, pp. 110. *Buenos Aires*,
1860. 8s. 6d.

The name of the writer of the above celebrated novels, disguised
under the pseudonym of Daniel, is Eduarda Garcia, a niece of the
notorious Juan Manoel de Rosas. Her novels have met with great
applause in her native country.

Datos oficiales: La Republica Arjentina.—
Poblacion ; Immigracion; Colonias Agricolas; Concesiones
de terrenos ; Ferro-carriles, etc. Royal 8vo. pp. 16.
Paris, 1867. 3*s.* 6*d.*

Debates de la Camara de Senadores de Buenos
Aires sobre el proyecto que autoriza al Gobernador de la
Provincia a convocar e instalar el Congreso nacional.
Edicion oficial. 4to. sewed, pp. 192. *Buenos Aires,* 1862. 6*s.*

De Bedoya.—Nuevo curso de idioma Frances,
segum el sistema de Robertson : Para el uso de las casas
de educacion. Dedicado a las Repúblicas Sud—Americanas. Por el Dr. D. Eusebio De Bedoya. Tercera edicion.
Obra adoptada como testo de enseñanza para los colejios
nacionales de la República Argentina, i para los de esta
Provincia. Small 4to. pp. 348. *Buenos Aires,* 1862. 10*s.* 6*d.*

De la Fuente.—(Estudios estadísticos.) Censo
de poblacion en la Republica Argentina (Algunos antecedentes para su organizacion). Por D. G. De La Fuente.
Small 4to. sewed, pp. 42. *Buenos Aires,* 1869. 6*s.*

Diario de la expedicion hecha en 1774 a los
paises del gran Chaco, desde el fuerte del valle, por D.
Geronimo Matorras, Gobernador del Tucuman. Folio,
sewed, pp. xiv. and 34. *Buenos Aires,* 1837. 5*s.*

Diario de la primera expedicion al Chaco, em-
prendida en 1780, por el Coronel D. Juan Adrian Fernandez Cornejo. Folio, sewed, pp. 46. *Buenos Aires,* 1837. 6*s.*

Diario de una expedicion a Salinas, emprendida
por orden del Marques de Loreto, Virey de Buenos Aires,
en 1786. Por D. Pablo Zizur. Folio. sewed, pp. 30.
Buenos Aires, 1837. 2*s.* 6*d.*

Diario historico de la rebelion y guerra de los
pueblos Guaranis, situados en la costa oriental del Rio
Uruguay, del año de 1754. Version castellana de la obra
escrita en latin por el P. Tadeo Xavier Henis de la compañia de Jesus. Folio, sewed, pp. vi. and 60. *Buenos
Aires,* 1836. 10*s.*

Dominguez's History of the Argentine Republic.
Vol. I. (1492—1867). Translated from the Spanish by J.
W. Williams. 4to. sewed, pp. viii. and 150. *Buenos Aires,*
1865. 8*s.*

Du Graty.—La Confédération Argentine. Par Alfred M. du Graty. 2nd edition. With maps, portraits, and engravings. 8vo. cloth, pp. xii. and 372. *Bruxelles*, 1865. 10s.

Efemérides Americanas desde el descubrimiento del Rio de la Plata, por D. Juan Diaz de Solis. Escritas por D. Ignacio Nuñez. 4to. sewed, pp. 82. *Buenos Aires*, 1857. 9s.

Esposicion agricola rural Argentina de 1858. 8vo. sewed, pp. 56. *Buenos Aires*, 1858. 3s.

Fausto.—Impresiones del Gaucho Anastasio el Pollo en la representacion de esta ópera. Escritas por Estanislao del Campo. With a large lithograph. 4to. sewed, pp. 74. *Buenos Aires*, 1866. 15s.

Fundacion de la Ciudad de Buenos Aires. Por D. Juan de Garay, con otros documentos de aquella epoca. Folio sewed, pp. 30. *Buenos Aires*, 1836. 3s.

Franckenberg.—Versuch einer Darstellung der politischen Verhältnisse der La Plata Staaten, und besonders der Republik Uruguay; mit Rücksicht auf eine Kolonisation derselben. Von Hans von Franckenberg. 8vo. sewed, pp. 176. *Buenos Aires*, 1866. 10s.
> The first German book printed in Buenos Ayres.

Gonzalez.—Dios, el hombre y la sociedad en sus relaciones. Estudios filosofico-dogmaticos y sociales. Por Cesareo Gonzalez. 4to. sewed, pp. 224. *Buenos Aires*, 1854. 9s.

————— **Lecciones de derecho constitucional** por Florentino Gonzalez, Professor de la Materia en la Universidad de Buenos Aires. With an Appendix: Constitucion reformada de la nacion Argentina. Imp. 8vo. sewed, pp. 480, xxxviii., 2. *Buenos Aires*, 1869. £2 2s.

Gutierrez, Juan Maria.—Pensamientos, maximas, sentencia, etc., de escritores, oradores y hombres de estado de la republica Argentina, con notas y biografias por Juan Maria Gutierrez. Primera parte (Pensamientos). 8vo. sewed, pp. iv. and 312. *Buenos Aires*, 1859. 7s. 6d.

Gutierrez, Juan Maria.—**Apuntes biograficos de** escritores, oradores y hombres de estado de la Republica Argentina. Por José Maria Gutierrez. 8vo. sewed, pp. 294. *Buenos Aires*, 1860. *7s. 6d.*

Contains biographies of the following natives of the River Plate State:—Bernardino Rivadavia—José Antonio Miralla, Hipólito Vilites, Juan Ignacio Gorriti, Julian Navarro, Franc. Javier Iturri, Pantaleon Rivarola, Pantaleon Garcia, Ramon Diaz, José R. Indarte, Patricio de Basabilbaso, Cayetano José Rodriguez, Bernardo Monteagudo, Manuel José de Labarden, Bernardo Vera y Pintado, Julian Leiva, Antonio Saenz, Manuel Moreno, Miguel Calisto del Corro, Estevan Luca y Patron, Florencio Ballcarce, Francisco A. Wright, Juan Crisostomo Lafinur'.

———— **Estudios biograficos y criticos sobre** algunos poetas Sud-Americanos anteriores al siglo XIX. Por Juan Maria Gutierrez. Tomo I. 8vo. sewed, pp. viii. and 358. *Buenos Aires*, 1865. *15s.*

This book contains biographical and critical studies on eight South American poets, most of them belonging to the 16th and 17th centuries. They are written with great taste and considerable judgment. The following are the writers noticed in the work:—Frai Juan de Ayllon, born at Lima, in 1605; Juan Ruiz de Alarcon y Mendoza, a Mexican poet who died in August, 1639; Juan Manuel de Lavarden; Juan Caviedes; Juana Ines de la Cruz, a writer of the 17th century; Juan Bautista Aguirre, poet and native of Guyaquil; Pedro de Ona, an epic poet of the end of the 16th century, Pablo de Olavide, or Pablo Antonio José de Olavide y Jauregui, a Peruvian poet, born at Lima, in 1725, died in 1803.

———— **Bibliographia de la primera imprenta** de Buenos Aires desde su fundacion hasta el año de 1810 inclusive o Catalogo de las producciones de la Imprenta de Ninos Espositos, con observaciones y noticias curiosas. Precedida de una biografia del virey Don Juan José de Vertiz y de una disertacion sobre el orijen del arte de imprímír en America y especialmente en el Rio de la Plata. Por el Dr. D. Juan Maria Gutierrez. Orijenes del arte de imprímír en la America Española, Introduccion a la Bibliografia de la imprenta de Ninos Esositos desde su fundacion en 1781 hasta Mayo de 1819 (Edicion de 50 ejemplares), por el Dr. D. Juan Maria Gutierrez. 8vo. sewed, pp. 44, 34, 246. *Buenos Aires*, 1866. *£2 15s.*

———— **Poesia Americana Composiciones** selectas escritas por poetas Sud-Americanos de fama, tanto modernos como antiguos. Publicadas por la imprenta del siglo bajo la direccion de D. Juan Maria Gutierrez. 8vo. sewed, pp. 196. *Buenos Aires*, 1866. *21s.*

Only 50 copies printed.

Gutierrez, Juan Maria.—Noticias historicas sobre
le Orijen y Desarrollo de la Enseñanza Pública Superior en
Buenos Aires, desde la Epoca de la Estincion de la Compañia
de Jesus en el año 1767 hasta poco despues de fundada la
Universidad en 1821. Con Notas, biografias, datos, esta-
disticos y documentos curiosos inéditos ó poco conocidos. Por
Juan Maria Gutierrez. Folio, pp. xvii. and 941. *Buenos
Aires*, 1868. £3 3s.

———— **Ricardo.—Lázaro.   Poema de Ricardo**
Gutierrez. 18mo. sewed, pp. 112. *Buenos Aires*, 1862. 6s.

———— **Tomas.—El destino ó la venganza de**
una mujer. Novela original de Tomas Gutíerrez. 18mo.
sewed, pp. 141. *Buenos Aires*, 1857. 5s.

Himnos Patrioticos.—Himno de la guerra de la
América—Himno Nacional Oriental—Himno Nacional
Argentino—Himno de Riego — Napoleon el Grande y
Napoleon el Chico. 12mo. sewed. pp. 16. *Buenos Aires*,
1863. 2s.

Impugnacion a la respuesta dada al Mensage
del Gobierno, de 14 de Setiembre ultimo. Por un Observador. 8vo. sewed, pp. 200. *Buenos Aires*, 1827. 9s.

Indarte.—Poesias de Jose Rivera Indarte, con
una biografia del autor, escrita por el coronel de artilleria
D. Bartolome Mitre. 8vo. boards, pp. lxxxviii. 406 and
Index. With a portrait. *Buenos Aires*, 1853. £1 10s.

Laboulaye.—El Principo-Perro de Aguas, escrito
en Francés por Eduardo Laboulaye, traducido libremente
al español en Buenos Aires por Juan Maria Gutierrez. 8vo.
pp. 258. *Buenos Aires*, 1868. 12s. 6d.

Lira (la) Argentina, ó coleccion de las piezas
poéticas, dadas a luz en Buenos Ayres durante la guerra de
su independencia. 8vo. bound in calf, pp. viii. and 516.
Buenos Ayres, 1824. £3 3s.
This work is extremely scarce.

Mármol.—Poesias de José Mármol.   2 vols. 8vo.
sewed, pp. vi. 194, and 172. *Buenos-Aires*, 1854. 12s.
———— The same, Vol. II. (only). 3s,

Matrimonio Civil. Recopilacion de los escritas mas notables publicados en el Pais en defensa de la ley que establece el Matrimonio civil en la Provincia de Santa-fé, publicados por órden del gobierno de dicha provincia. 12mo. pp. 176. *Buenos Aires*, 1868. 12s. 6d.

Niogret.—Manual Comercial de los sistemas de monedas de todas las plazas mercantiles del mundo con sus valores respectivos arreglados a pesos fuertes. Por H. Niogret, Tenedor de Libros. 12mo. sewed, pp. 32. *Buenos Aires*, 1866. 2s. 6d.

Noronha.—La revolucion de mayo 1810. Drama historico, por Juana Manso de Noronha. 8vo. sewed, pp. 72. *Buenos Aires*, 1864. 2s. 6d.

Notoriedades del Plata.—Album de fotografias de Emilio Mangel du Mesnil. Nos. 1-7. (J. C. Gomez.— H. Ascasubi.—L. L. Dominguez.—M. Cervantes.—J. Manzoni.—E. de Bedoya.—B. Mitre.—Ejecucion de C. O'Gorman). 18mo. pp. 90. *Buenos Aires*, 1862. Each number with a photograph. 2s. 6d.

Oroño.—Consideraciones sobre fronteras y co-lonias. Por Nicasio Oroño, Senador al Congreso Nacional. Small 4to. sewed, pp. 53. *Buenos Aires*, 1869. 6s.

Paper Money.—Cuestion Papel Moneda, serie de articulos publicados en la *Nacion Argentina*, escritos por Anacarsis Lanús. 8vo. sewed, pp. 52. *Buenos Aires*, 1864. 4s. 6d.

Periodicals.—El Correo de Buenos Aires. Historia, Literatura, Artes, Religion, Teatros, Modas, Variedades. Nos. 3-6, 8, 11. 13, 15, 17-20. 4to. *Buenos Aires*, 1864. Each number (24 pp). 6d.

———— Correo del Domingo (Se Publicada todos los domingos).—A weekly publication of politics, literature, science and arts. With illustrations. Vol. V. Complete (Nos. 105, Enero 1 de 1866 to 133, Julio 15 de 1866).—Vol. VI. (Nos. 134 Julio 22 de 1866 to 143, Setiembre 23 de 1866 ; and 149, Noviembre 4 de 1866 to 156, Diciembre 23 de 1866).—Vol. VII. (Nos. 157, Enero 1 de 1867 to 163, Febrero 10). In folio, each number filling 16 pages. *Buenos Aires*, 1866-7. £4 4s.

Periodicals.—El foro. Revista de legislacion y jurisprudencia. Fundada por el Colegio de Abogados. Comision de redaction, Dres. D. José B. Gorostiaga, D. José Dominguez, D. Manuel R. Garcia. Nos. 1, 2, 3, 4, 6. 4to. *Buenos Aires*, 1859. Each number (pp. 24). 1s. 6d.

——— **El judicial. Redactor Mariano F.** Espiñeira. Nos. 9, 10, 43, 45, 53, 54. 59, 61. 70, 73, 74, 78, 79, 81, 83, 86, 92. Folio. *Buenos Aires*, 1855-1858. Each number (pp. 4). 4d.

——— **La Lanceta. Diario satirico-burlesco.** Nos. 16, 17, 21, 23-25, 27-31, 35-40, 45, 46, 50, 51, 53, 55, 56, 60-69, 75-79, 83, 85, 86, 88-91, 93-96. Folio. *Buenos Aires*, 1853. Each number (pp. 4). 4d.

Pobre Patria! [Dissertations on various political topics concerning the Argentine Republic]. Por Lawrindo Lapuente. 8vo. sewed, pp. 32. *Buenos Aires*, 1868. 2s.

Politica Brasilera en el Rio de la Plata ante las Calumnias del Partido Blanco. 8vo. sewed, pp. 148. *Buenos Ayres*, 1864. 12s. 6d.

Prontuario de Ortografia de la Lengua Castel- lana por la Real Academia Española. Con arreglo al sistema adoptado en la ultima edicion de su diccionario adoptado como texto por el consejo de Instruccion publica. 12mo. sewed, pp. 56. *Buenos Aires*, 1865. 2s.

Quelques réflexions en réponse à la brochure publiée à Montévideo, par D. Florencio Varela, sous le titre développement et dénouement de la question française dans le Rio de la Plata. 8vo. half-bound, pp. 104. *Buenos Aires*, 1841. 10s.

Quesada.—La provincia de Corrientes. Por Vicente G. Quesada. 8vo. sewed, pp. 114. *Buenos Aires*, 1857. 6s.

——— **Estudios históricos. Articulos publi-** cados en la Revista de Buenos-Aires. Por Vicente G. Quesada. 8vo. sewed, pp. 104. *Buenos Aires*, 1863. 5s. Only 50 copies printed.

——— **Crimen y expiacion. Cronica de la** villa imperial de Potosi. Por Vicente G. Quesada. 8vo. sewed, pp. 28. *Buenos Aires*, 1865. 2s. 6d.

Registro estadístico del estado de Buenos Aires,
1854-1863. 19 vols. (With 3 Maps.) Folio, pp. 52, 110,
120, 130, 126, 134, 182, 154, 158, 181, 169, 206, 158, 215, 124,
170, 192, 182, 164. (*All out.*) *Buenos Aires,* 1854-1863.
£10 10s.

Registro Oficial del Gobierno de Buenos Aires,
1835. Libr. 14. Nos. 7-10. With Documents and Tables.
4to., pp. 171-410 and xvi. 7s. 6d.

—— The same. 1836. Libr. 15. Nos. 1-3. With many
Documents and Tables. 4to., pp. 68 and v. 5s.

—— The same. 1837. Libr. 16. No. 1. 4to. pp. 100
and 18. (Estados del mes de enero.) 3s. 6d.

—— The same. 1840. Lib. 19. Nos. 1-12. With many
Tables and Documents. Stout 4to. £1 1s.

Registro nacional de la Republica Arjentina.
Año de 1862. Tomo I., segundo cuaderno. 4to. sewed,
pp. 159-492. *Buenos Aires,* 1862. 5s.

Relacion historica de los sucesos de la rebelion
de José Gabriel Tupac-Amaru, en las provincias del Peru
el año de 1780. Folio, sewed, pp. vi. and 114. *Buenos Aires,*
1836. 12s.

Revista de Buenos Ayres, La, periódico mensual
de historia Americana, literatura y derecho. Destinado a
la República Argentina, la Oriental del Uruguay y la del
Paraguay, publicado bajo la direction de Vicente G.
Quesada y Miguel Navarro Viola (Abogados).—This periodical is published in monthly numbers. Each number
8vo. pp. 160. 6s.

—— A complete series. 1 (Mayo 1863) to 82 (Febrero 1869).
£20.

—— A collection from No. 37 (Mayo 1866) to No. 82
(Febrero 1869). £12 12s.

—— Numbers 38, 50, 72, to be had separately.

Revista del Paraná. Periódico de historia, lite-
ratura, lejislacion y economia politica. (Director: Dr.
Vicente G. Quesada). Año I. 8 numbers (all published).
Feb. to Set., 1861. 4to. pp. 120. *Parana,* 1861. £3 3s.
(Very scarce).

Revista Económica del Rio de la Plata.
The first number of this periodical will appear in May at Buenos
Ayres.

Rosas, Juan Manuel.—Historia de Rosas. Por
Manuel Bilbao. Tomo I. Royal 8vo. sewed, pp. 380.
Buenos Aires, 1868. £1 10s.

Rosenthal.—La oveja negrete en el sentide de
la produccion de lana en paises trasatlanticos, por Alfredo
Rosenthal. Precedido de un prefacio de H. Settegart.
8vo. sewed, pp. 16. *Buenos Aires*, 1865. 2s. 6d.

Sastre.—Seleccion de Lecturas ejemplares para
la enseñanza primaria por D. Marcos Sastre. Primera
serie. 12mo. sewed, pp. 96. *Buenos Aires*, 1864. 2s.

———— Anagnosia o arte de Cer, verdadero
metodo para enseñar y apprender a Cer con facilidad por
D. Marcos Sastre. Decimasétima edicion. 12mo. sewed,
pp. 15. *Buenos Aires*, 1869. 2s.

———— Lecciones de Arismetica para las Escue-
las primarias de Niños i Niñas por D. Marcos Sastre.
Duodecima edicion. 12mo. sewed, pp. 64. *Buenos Aires*,
1869. 2s.

Simon Boccanegra.—Drama lirico en tres actos
y un prólogo. Musica del maestro Giuseppe Verdi, re-
presentado por primera vez en Buenos Aires en Junio de
1862. 12mo. sewed, pp. 77. *Buenos Aires*, 1862. 4s.

Straniera, la, melodramma da rapresentarsi nel
teatro Colombo in Aprile del 1864. (Música del maestro
Vic. Bellini). Small 8vo. sewed, pp. 84, *Buenos Aires*,
1864. 2s. 6d.

Tablas de latitudes y longitudes de los princi-
pales puntos del Rio de la Plata, nuevamente arregladas al
meridiano que pasa por lo mas occidental de la Isla de
Ferro, por D. Alejandro Malaspina en su viage al rededor
del mundo. Folio, sewed, pp. vi. and 10. *Buenos Aires*,
1837. 2s. 6d.

Zinny. — Efemeridografia Argirometropolitana
hasta la caida del gobierno de Rosas. Contiene el título,
fecha de su aparicion y cesacion, formato, imprenta, número
de que se compone cada coleccion, nombre de los redactorez
que se conocen, observaciones y noticias biográficas sobre
cada uno de estos, y la bibliotheca pública ó particular
donde se enouentra el periódico. Por A Zinny. Royal 8vo.
sewed, pp. xviii. xii. ix. 545. *Buenos Aires*, 1869. £1 1s.

11

MALVINAS, FALKLAND ISLANDS.

Coleccion de documentos oficiales conque el gobierno instruye al cuerpo legislativo de la provincia del origen y estado de las cuestiones pendientes con la Republica de los E. U. de Norte America sobre las islas Malvinas. 4to. boards, 56 leaves. *Buenos Aires*, 1832.—Apendice á los documentos precedientes. 11 leaves. *Buenos Aires*, 1832. 18s.

WORKS ON THE ABORIGINAL LANGUAGES OF AMERICA.

GENERAL WORKS.

Adelung.—Mithridates, oder Allgemeine Sprach- enkunde, mit dem Vaterunser als Sprachprobe in beynahe 500 Sprachen und Mundarten, von Joh. CHR. Adelung. Fortgesetzt von J. S. Vater. 4 vols. bound in 5. 8vo. half calf, pp. xxxiv., 686; xxiv., 808; xii., 708; viii., 474; xii., 530. *Berlin*, 1806-1817. 24s.

Bollaert.—Antiquarian, Ethnological, and other Researches in New Granada, Equador, Peru, and Chile; with Observations on the Pre-Incarial, Incarial, and other Monuments of Peruvian Nations. By William Bollaert, F.R.G.S. With Plates. 8vo. cloth, pp. 280. *London*, 1860. 15s.

Brinton.—The Myths of the New World. A treatise on the Symbolism and Mythology of the Red Race of America. By Daniel G. Brinton. 8vo. cloth, pp. viii., 308. *London*, 1868. 10s. 6d.

Du Ponceau.—Mémoire sur le Système Gram- matical des Langues de quelques Nations Indiennes de l'Amérique du Nord. Ouvrage, qui, à la Séance Publique Annuelle de l'Institut Royal de France, le 2 Mai, 1835, a remporté le Prix fondé par M. le Comte de Volney. Par M. P. E. du Ponceau, LL.D. 8vo. sewed, pp. xvi., 464. *Paris*, 1838. 10s. 6d.

Etudes philologiques sur quelques langues
sauvages de l'Amérique. Par N. O., ancien missionnaire.
8vo. sewed, pp. 160. *Montréal*, 1866. 5s.

Gallatin.—A Synopsis of the Indian Tribes
of North America. By Albert Gallatin (in the Transactions
of the American Antiquarian Society, vol. II., pp. 1-421).
Two vols. 8vo. boards. *Worcester and Cambridge, U. S.*,
1820-36. £3 13s. 6d.

This important paper on the Indian tribes of North America contains grammatical notices on, and vocabularies in, almost all the
aboriginal languages of North America. The valuable articles by J.
Johnston (see p. 165 of this Catalogue) are also embodied in these two
vols.

——— Notes on the Semi-civilized Nations
of Mexico, Yucatan, and Central America. By Albert
Gallatin (in the Transactions of the American Ethnological
Society, vol. I., pp. 1-305). 8vo. *New York*, 1845. £1 16s.

Contents:—Languages; Numeration; Calendars and Astronomy;
History and Chronology; Conjectures on Origin of Semi-civilization
in America; Grammatical Notices.

Gumilla.—Historia Natural, Civil y Geograph.
de las Naciones situadas en las Riveras del Rio Orinoco.
Su Autor el Padre Joseph Gumilla. Nueva Impression,
mucho mas correcta que las anteriores. 2 vols. in 1. With
a Map, Plates, and Portrait. Sm. 4to. half-calf, pp. xvi.,
360; 352. *Barcelona*, 1791. 21s.

Vol. II., cap. 4. Variedad de lenguas de aquellos Indios : búscase
su origen por la mejor conjetura. Cap. 5. Investigase el Origen de
las lenguas vivas, ó matrices de aquellos Paises. Cap. 6. De las primeras gentes que pasáron á la América.

Hales.—Indians of North-West America, and
Vocabulary of North America, with an Introduction. By
Albert Gallatin. (In the Transactions of the American
Ethnological Society, vol. II., pp. i. to clxxx and 1 to 130.)
8vo. *New York*, 1848. £1 16s.

Containing grammatical notices on the languages of American
Indians, and Vocabularies in the Eskimo, Athapascan, Algonkin,
Iroquoi, Sioux, and other languages.

Hayden.—On the Ethnography and Philology
of the Indian tribes of the Missouri Valley. With a Map
and Plates. By F. V. Hayden, M.D. 4to. sewed, pp.
232. *Philadelphia*, 1862. 14s.

Contains Vocabularies of the Languages of those Tribes.

Heaviside.—American Antiquities, or the New World the Old, and the Old World the New. By J. T. C. Heaviside. 8vo. sewed, pp. 46. *London.* 1s. 6d.

Hervas.—Catalogo de las Lenguas de las Naciones Conocidas, y numeracion, division y clases de estas segun la diversidad de sus idiomas y dialectos. Su Autor el Abate Don Lorenzo Hervas. 6 vols. 4to. sheep, pp. xvi. and 396; 480; 359; 352; 315; 379. *Madrid*, 1800-5. £6 6s.

CONTENTS.—Vol. I. Lenguas y Naciones Americanas.—Vol. II. Lenguas y Naciones de las Islas de los Mares Pacifico e Indiano Austral y Oriental, y del Continente del Asia.—Vols. III. to VI. Lenguas y Naciones Europeas.

——— **Historia de la Vida del Hombre.** Su Autor el Ab. Don Lorenzo Hervas. 7 vols. 4to. sheep, pp. xxxii. and 380; 434; 344; 384; 322; 456; 476. *Madrid*, 1789-99. 30s.

——— **Aritmetica delle Nazioni e Divisione del** Tempo fra l'Orientali. Opera dell' Ab. Don Lorenzo Hervas. 4to. half morocco, pp. 202. *Cesena*, 1785. 25s.

——— **Origine, Formazione, Meccanismo, ed** Armonia degl' Idiomi. Opera dell' Ab. Don Lorenzo Hervas. With Tables. 4to. half morocco, pp. 180. *Cesena*, 1785. 28s.

——— **Catalogo delle Lingue conosciute e Noticia** della loro Affinitá. e Diversitá. Opera del Signor Ab. Don. Lorenzo Hervas. 4to. half morocco, pp. 260. *Cesena*, 1784. 24s.

Icazbalceta. — Apuntes para un catálogo de escritores en lenguas indigenas de América. Por Joaquin Garcia Icazbalceta. *Mexico.* Se han impreso 60 ejemplares en *la imprenta particular del autor*, 1866. 12mo. carré, sewed, pp. xiii. 157. £2 2s.

Only sixty copies printed, few of which have reached Europe. An interleaved copy, with MS. additions, fetched £5 12s. 6d. at Puttick and Simpson's Sale.

Indian Good Book, made by Eugene Vetromile, S. I,, Indian Patriarch, for the benefit of the Penobscot, Passamaquoddy, St. John's, Micmac, and other Tribes of the Abnaki Indians (1857). Second edition. 12mo. red morocco gilt, gilt edges, pp. 450. *New York*, 1857. 9s.

Indian Vocabulary; to which is prefixed the Forms of Impeachments. 12mo. boards, pp. xvi. and 136. *London*, 1788. 2s. 6d.

Johnston.—Account of the Present State of the
Indian Tribes inhabiting Ohio. Communicated by John
Johnston, Esq. (in the Transactions of the American Anti-
quarian Society, vol. i. p. 269-297). 8vo. *Worcester and
Cambridge, U.S.*, 1820-36. 2 vols. boards. £3 13s. 6d.

With Vocabulary of the Language of the Shawanoese and of the
Wyandots. The important paper by *Gallatin,* for the description of
which see p. 163, is also contained in these vols.

Müller.—Geschichte der Amerikanischen Ur-
religionen. Von J. G. Müller. 8vo. sewed, pp. viii. and
708. *Basel,* 1855. 9s.

On the Languages of America, see pp. 6, 167, 169, 198, 199, 217
458, etc.

Orozco y Berra.—Geografía de las lenguas y carta
etnográfica de México. Precedidas de un ensayo de clasificacion de las mismas lenguas y de apuntes para las inmigraciones de las tribus por el Lic. Manuel Orozco y
Berra, 4to. sewed, pp. xiv. and 322. With an ethnographi-
cal map. *Mexico,* 1864.. £1 16s.

CONTENTS.—Primera Parte. Ensayo de clasificacion de las lenguas
de México.—Segunda Parte. Apuntes para las inmigraciones de las
tribus en México.—Tercera Parte. Geografía de las lenguas de
México.
This work of the learned Licenciate Don Manuel Orozco is without
question not only the best publication about the geography of Mexican idioms, but also a standard for all books on the geography of
languages in general. D. Orozco is the first to show by languages
numerous and hitherto almost unknown how such a subject must be
treated. He classifies them, describes them, determines their geographical distribution, and offers thus to the public a work quite
unique. The twelve years which this modest scholar devoted to the
composition of his book must have been to him a period of incessant
labour and research.

Pickering.—Ueber die Indianischen Sprachen
Amerikas, aus dem Englischen des Nordamerikaners Herrn
John Pickering übersetzt und mit Anmerkungen begleitet
von Talvj. 8vo. sewed, pp. viii. and 80. *Leipzig,* 1834. 2s.

Pimentel.—Cuadro descriptivo y comparativo de
las Lenguas Indígenas de Mexico. Por D. Francisco
Pimentel, Conde de Heras ; Miembro Fundador, de la
Academia Ymperial de Ciencias de México ; Socio de
Numero de la Sociedad Mexicana de Geografía y Esta-
distica, Vicepresidente de la Seccion de Arqueologia y
Linguistica en la Comision Cientifica, Literaria y Artistica
de Mexico : Corresponsal de la Academia Histórica de N.

York y de la Comision Cientifica Americana Establecida en Paris; Caballero de la orden de Guadalupe; Yndividuo de la Junta de Colonizacion. Obra premiada por la Sociedad Mexicana de Geografía y Estadistica. 2 vols. 8vo. pp. lii. and 542; vi. and 432. *Mexico*, 1862, 1865. 39s.

The first volume treats of the following languages:—Huaxteco, Mixteco, Maine or Zaklohpakap, Othomí or Hia-hiu, Mexicano, Nahuatl or Azteca, Totonaco, Tarasco, Zapoteco, Tarahumar, Opata or Teguima, Cahita, and Matlatzinga or Pirinda.

The second volume analyzes the following:—Yucateco or Maya, Tepehuan, Cora, Chora or Chota, Pima or Névome, Quiché, Cachiquel y Zutuhil, Eudeve, Heve or Dohema, Mixe, Mazahua or Mazahui, Guaicura or Vaicura, Cochimé y Laimon, Chanabal, Chiapaneco, Chol, Tzendal, Zoque y Tzotzil, Joba, Lipan, Pápago, Piro y Tubar, Cuicateco, Mazateco y Chuchon, Pame y Serrano, Opata, Comanche, Mutsun, Tatché or Telamé, Tejano or Coahuilteco, and on various idioms of Alta California.

Prayer-Book in the Language of the Six Nations

of Indians, containing the Morning and Evening Service, the Litany, Catechism, some of the Collects, and the Prayers and Thanksgivings upon several occasions, in the Book of Common Prayer of the Protestant Episcopal Church, etc. By the Rev. Solomon Davis. 12mo. cloth, pp. 168. *New York*, 1837. 6s.

Report upon the Indian Tribes. By Lieut. A.

W. Whipple, Thomas Ewbank, Esq., and Professor Wm. W. Turner. 4to. sewed, pp. 128. *Washington*, 1855. 15s.

Contains Vocabularies of the following Indian Languages:— Delaware, Shawnee, Choctaw, Kichai, Huéco, Caddo, Comanche, Chemehuevi, Cahuillo, Kioway, Navajo, Pinal Leno, Kiwomi, Cochitemi, Acoma, Zuni, Pima, Cuchan, Coco-Maricopa, Mojave, Diegeno.

Shea's Library of American Linguistics: A

Series of Grammars and Dictionaries of the Languages of the different American Tribes, printed from Original Manuscripts. Royal 8vo. Published at *New York*.

The following volumes have been issued:—

A Dictionary of the Chinook Jargon. By G. Gibbs. 12s.

Alphabetical Vocabulary of the Chinook Language. By G. Gibbs. 5s.

Alphabetical Vocabularies of the Clallam and Lummi. By G. Gibbs. 7s. 6d.

A Grammar of the Heve (Sonora) Language. Edited from a Manuscript of the Seventeenth Century. By B. Smith, Esq. 7s. 6d.

Maillard. Grammaire de la langue Mikmaque. Par l'abbé Maillard. 21s.

Radical words of the Mohawk Language. By Rev. J. Bruyan. 21s.

A Grammar of the Mutsun (California) Language. By F. Felipe Arroyo de la Cuesta. 14s.

Arroyo's Vocabulary of the Mutsun. 12s.

A Grammar of the Nevome (Pima) Language. Edited from a Manuscript of the Seventeenth Century. 21s.

A French Onondaga Dictionary. From a Manuscript of the Seventeenth Century. 18s.

A Grammar of the Selish, or Flat Head Language. By Rev. G. Mengarini. 24s.

A Grammar of the Yakama Language. By the Rev. M. C. Pandosy. 15s.

This important series will be continued.

Squier.—Collection of Rare and Original Docu-
ments and Relations concerning the Discovery and Conquest of America. Chiefly from the Spanish Archives. No. I. Published in the original, with Translations, illustrative Notes, Maps, and Biographical Sketches. By E. G. Squier. 4to. sewed, pp. 132. *New York*, 1860. 15s.

Very interesting for the study of the Languages of America.

—— Monograph of Authors who have written
on the Languages of Central America, and collected Vocabularies or composed Works in the Native Dialects of that Country; with an Introduction. By E. G. Squier, 4to. sewed, pp. 70. *London*, 1861. 10s. 6d.

Only 100 copies printed.

Trübner's Bibliotheca Glottica. I. The Litera-
ture of American Aboriginal Languages. By Herman E. Ludewig. With Additions and Corrections by Professor Wm. W. Turner. Edited by Nicolas Trübner. 8vo, fly and general Title two leaves. Dr. Ludewig's Preface, pp. v-viii. The Editor's Preface, pp. ix-xii. Biographica. Memoir of Dr. Ludewig, pp. xiii, xiv; and Introductory Bibliographical Notices. pp. xv-xxiv; followed by List of Contents. Then follow Dr. Ludewig's Bibliotheca Glottical alphabetically arranged, with Additions by the Editor, pp. 1-209. Professor Turner's Additions, with those of the Editor to the same, also alphabetically arranged, pp. 210-246. Index, pp. 247-256; and List of Errata, pp. 257, 258. One volume, handsomely bound, cloth. *London*, 1858. 10s. 6d.

Vater.—Wörter Americanischer Sprachen, der
Butocudos, in Brasilien. A. der Muysca, ehemals in Neu-
Granada, der Mixteca, Totonaca, Huasteca und Othomi,
im Reiche Mexico, und der Cora in Neu-Mexico. B.
Wörter aus ehemaligen Sprachen Virginiens. (Contained
in Vater's Proben deutscher Volks-Mundarten. 8vo. *Leipzig*, 1816.) 5*s*.

ARAUCANIAN.

Febres.—Grammatica de la Lengua-Chilena,
escrita por el Reverendo Padre Misionero Andres Febres,
de la C. de J. Adicionada i correjida por el R. P. Fr.
Antonio Hernandez Calzada, de la Orden de la Regular
Observancia de N. P. San Francisco. Edicion hecha para
el servicio de las Misiones por Orden del Supremo Gobierno
i bajo la inspeccion del R. P. Misionero Fr. Miguel Anjel
Astraldi. 4to. sewed, pp. 330. *Santiago*, 1846. 21s.

————**Diccionario Chileno-Hispano,** compuesto
por el R. P. Misionero Andres Febres. Enriquecido de
Voces, i mejorado por el R. P. Mis. Fr. Antonio Hernandez
i Calzada, Edicion hecha para el servicio de las Misoines
por Orden del Supremo Gobierno i bajo la inspeccion del
R. P. Mis. Fr. Miguel Anjel Astraldi. 8vo. sewed, pp. 88.
Santiago, 1846. 8*s*.

Molina.—The Geographical, Natural, and Civil
History of Chili. Translated from the original Italian of
the Abbe Don J. Ignatius Molina. With notes and appendices. 2 vols. 8vo. boards. *London*, 1809. 6*s*.

Contains :—Vol. ii. Of the Origin, appearance, and language of the
Chilians.—An Essay on the Chilian Language.

ATHAPASCAN.

Buschmann.—Der Athapaskische Sprachstamm,
dargestellt von Joh. Carl Ed. Buschmann. 2 Parts, 4to.
boards, pp. 170; 60. *Berlin*, 1856-1863. 8*s*.

———— The same. Part I. 6*s*.

———— **Das Apache als eine Athapa skische**
Sprache erwiefen von J. C. Ed. Buschmann. In Verbin-
dung mit einer systematischenWorttafel des Athapaskischen
Sprachstamms. Erste Abtheilung. 4to. boards, pp. 187-
282. *Berlin*, 1860. 3*s*.

Buschmann.—Die Verwandtschafts — Verhält-
nisse der Athapaskischen Sprachen, dargestellt von J. C. Ed.
Buschmann. 2te Abtheilung des Apache. 4to. boards,
pp. 195-252. *Berlin*, 1863. 2*s.*

—————— **Systematische Worttafel des Athapas-**
kischen Sprachstamms, aufgestellt und erlaütert von J. C.
Ed. Buschmann. Dritte Abtheilung des Apache. 4to.
boards, pp. 501-586. *Berlin*, 1860. 3*s.*

AZTEK.—(See Mexican.)

BRAZILIAN.

(See also Kiriri).

Collecçao de Vocabulos e Frases usados na
Provincia de S. Pedro do Rio Grande do Sul no Brazil.
16mo. sewed, pp. 32. *Londres*, 1856. 2*s.* 6*d.*

Dias.—Diccionario da Lingua Tupy, Chamada
Lingua Geral dos Indigenas do Brazil. Por A. Gonçalves
Dias. 16mo. pp. viii. and 192. *Lipsia*, 1858. 4*s.*

Ferreira.—Chrestomathia da Lingua Brazilica.
Pelo Dr. Ernesto Ferreira França. 12mo. sewed, pp. xviii.
and 230. *Leipzig*, 1859. 4*s.* 6*d.*

CARAIB.

Davies.—A Vocabulary of the Caribbean and
English Languages. By John Davies, of Kidwelly.
(Contained in—The History of the Caribby Islands. In
2 books, with Plates. Folio, half calf, pp. vi. and 351.
London, 1666.) 12*s.*

Rochefort.—A Vocabulary of the Caraib and
French Languages, by Rochefort. (Contained in—Histoire
naturelle et morale des Iles Antilles de l'Amérique. 4to.
sheep, pp. xxxii. and 596. *Rotterdam*, 1681.) 15*s.*

CHIBCHA.—(See Mozka.)

CHILIAN.—(See Araucanian.)

CHINOOK.

Gibbs.—A Dictionary of the Chinook Jargon;
or, Trade Language of Oregon. By George Gibbs. Royal
8vo. sewed, pp. xvi. and 44. *New York*, 1863. 12*s.*

Gibbs.—Alphabetical Vocabulary of the Chinook
Language. By George Gibbs. Royal 8vo. sewed, pp. 24.
New York, 1863. 5*s*.

CHIPPEWAY.

A Collection of Chippeway and English Hymns
for the use of the Native Indians, translated by Peter
Jones; to which are added a few Hymns, translated by
Rev. James Evans and George Henry. 24mo. sheep, pp.
vi. and 290. *New York*, 1853. 9*s*.

CHOCTAW.

Byington.—An English and Choctaw Definer,
for the Choctaw Academies and Schools. By Cyrus
Byington. 16mo. half-bound, pp. 252. *New York*, 1852. 7*s*.

The Books of Joshua, Judges, and Ruth, the
First and Second Books of Samuel, and the first Book of
Kings, translated into the Choctaw Language. 12mo. roan.
pp. 408. *New York*, 1852. 10*s*. 6*d*.

The New Testament, translated into the Choctaw
Language. 8vo. sheep, pp. 818. *New York*, 1848. 7*s*. 6*d*.

CLALLAM AND LUMMI.

Alphabetical Vocabularies of the Clallam and
Lummi. By George Gibbs. Royal 8vo. sewed. *New York*,
1863. 7*s*. 6*d*.

CREE.

Howse.—A Grammar of the Cree Language.
With which is combined an Analysis of the Chippeway
Dialect. By Joseph Howse. 8vo. cloth, pp. xx. and 324.
London, 1865. 7*s*. 6*d*.

CREOLE.

Bambous, Les.—Fables de Lafontaine travesties
en Patois Creole, par un vieux Commandeur. Nouvelle
Edition. 8vo. pp. 144. *Port de France (Martinique)*, 1869.
3*s*. 6*d*.

Die Nywe Testament van ons Heer Jesus Christus
ka set over in die Creols Tael. Die tweede Edition. 8vo.
sheep, pp. xviii. and 1166. *Copenhagen*, 1818. 15*s*.

Grammatik, Kurzgefasste Neger-Englische. (A concisè Grammar of the Negro-English Language.) 8vo. cloth, pp. 68. *Bautzen*, 1854. 12s.

Helmig van der Vegt.—Proeve eener Handleiding om het Neger-Engelsch, zoo als hetzelve over het algemeen binnen de Kolonie Suriname gesproken wordt. Door A. Helmig van der Vegt. 8vo. sewed, pp. 56. *Amsterdam*, 1844. 7s. 6d.

Hodgson.—The Gospels, written in the Negro Patois of English, with Arabic Characters, by a Mandingo Slave in Georgia. By W. B. Hodgson. 8vo. pp. 16. *New York*, 1857. 2s. 6d.

Putman.--Proeve eener Hollandsche Spraakkunst, ten gebruike der Allgemeene Armenschool, in de Gemeente van de H. Rosa, op Curaçao. Eerste Stukje. [Dutch Grammar for Creoles. Part I.] 16mo. sewed, pp. 48. *Santa Rosa*, 1849. 2s. 6d.

————— **Gemeenzame Zamenspraken, behoo-** rende by de : Proeve eener Hollandsche Spraakkunst, ten gebruike op Curaçao. Tweede Stukje. Door J. J. Put- man. [Conversations in the Spanish-Creole and Dutch Languages.] 16mo. sewed, pp. 66. *Santa Rosa*, 1853. 2s. 6d.

Thomas.—The Theory and Practice of Creole Grammar, by J. J. Thomas. 8vo. boards, pp. viii. and 135. *Port of Spain*, 1869. 12s.

Vocabulaire Française-Créole et Conversations Françaises-Créoles. Contained in—Manuel des Habitans de Saint-Domingue. Par S. J. Ducœur Joly. Two Vols. 8vo. half-bound, pp. ccviii., 216, 406. *Paris*, 1802. 9s.

Wullschlaegel.—Deutsch-Negerenglisches Wör- terbuch. Nebst einem Anhang, Negerenglische Sprüch- wörter enthaltend. Von H. R. Wullschlaegel. 8vo. sewed, pp. 350. *Löbau*, 1856. 10s.

————————— **Iets over de Neger-Engelsche** Taal en de Bijdragen tót hare Onkwikkeling en Literatuur, door de Zendelingen der Evangel. Broedergemeente geleverd. Door H. R. Wullschlaegel. (Contained in— West-Indië, Bijdragen tot de kennis der Nederlandsch West-Indische Koloniën, Eerste Deel. Royal 8vo. *Haarlem*, 1855. 5s.

DAKOTA.

Gabelentz.—Grammatik der Dakota Sprache.
Von. H. C. von der Gabelentz. 8vo. sewed, pp. 64.
Leipzig, 1852. 2s. 6d.

Hunfalvy.—A Dakota Nyelv. By P. Hunfalvy.
8vo. sewed, pp. 68. *Pest*, 1856. 2s. 6d.

Renville.—Hymns in the Dakota or Sioux Lan-
guage, composed by Mr. J. Renville and Sons, and the
Missionaries of the A.B.C.F.M. 16mo. cloth, pp. 72.
Boston, 1842. 6s.

Riggs.—Grammar and Dictionary of the Dakota
Language. Collected by the Members of the Dakota
Mission. Edited by Rev. S. R. Riggs, 4to. cloth, pp. xii.
and 402. *Washington*, 1852. £2 10s.

—— **Grammar of the Dakota Language.** (Collected by the Members of the Dakota Mission, and edited
by the Rev. S. R. Riggs). 4to. sewed, pp. xii. and 64.
Washington, 1852. 5s.

—— **Dakota Lessons.** By S. R. Riggs, A.M.
2 Parts. 18mo. pp. 96. *Louisville*, 12s.

—— **My Own Book.** Prepared from Rev. T.
H. Gallaudet's "Mother's Primer," and "Child's Picture
Defining and Reading Book," in the Dakota Language.
By S. R. Riggs, A.M. 18mo. pp. 64. *Boston*, 1842.
7s. 6d.

DELAWARE.

Duponceau.—A Grammar of the Language of
the Lenni Lenape or Delaware Indians. Translated from
the German Manuscript of the late Rev. David Zeisberger,
for the American Philosophical Society, by Peter Stephen
Duponceau. 4to. sewed, pp. 188. *Philadelphia*, 1827. 18s.

The Three Epistles of the Apostle John. Translated into Delaware Indian, by C. F. Dencke. 16mo. pp.
22. *New York*, 1818. 6s. (Scarce.)

ESKIMO.

Kaladlit Assilialiait (or some Engravings designed and engraved on wood by Eskimos of Greenland). 24 Plates in 4to., representing 39 subjects. *Godthaab, Greenland*, 1860. 10s. 6d.

These interesting Engravings are the result of some experiments made between the years 1858-1860, to determine whether among the Eskimos there existed taste or genius for this branch of the arts. They were all engraved and, with the exception of Nos. 1 to 8, designed by five or six Natives, without any other assistance than the furnishing of the wood and of the most necessary instruments. The greater part of these Engravings are the work of an Eskimo named Aron, who has received no more than the common education of his countrymen.

The Prophet Isaiah. Translated into Eskimo, by N. G. Wolf. 12mo. pp. 200. *Copenhagen*, 1825. 6s.

ETCHEMIN.

The Indian of New-England and the North-Eastern Provinces ; Ancient Traditions relating to the Etchemin Tribe, with Vocabularies in the Indian and English, giving the names of the Animals, Birds, and Fish ; the most complete that has been given in the Languages of the Etchemin and Micmacs. By Joseph Barratt. 8vo. sewed, pp. 24. *Middletown, Connecticut*, 1851. 3s. 6d.

The oldest and purest Indian spoken in the Eastern States. This book is the only work of its kind to be had. It contains the Elements of the Indian Tongue, and much that is new to the reading public, especially the Names by which the Red Men of the Forest designated the natural objects before them.

GUIANA.

Schomburgk.—Remarks to accompany a Com-parative Vocabulary of eighteen languages and dialects of Indian Tribes inhabiting Guiana. By Sir Robert H. Schomburgk. 8vo. sewed, pp. 20. *London*, 1848. 3s. 6d. (Scarce.)

HEVE.

Smith.— A Grammatical Sketch of the Heve Language, translated from an unpublished Spanish Manuscript, with a Vocabulary. By Buckingham Smith. Royal 8vo. sewed, pp. 26. *London (New York)*, 1862. 7s. 6d.

KECHUA.—(See Quichua).

KIRIRI.

(Called also Sabuja).

Gabelentz.—Grammatik der Kiriri Sprache. Aus dem Portugiesischen des P. Mamiani übersetzt von H. C. von der Gabelentz. 8vo. sewed. pp. 64. *Leipzig*, 1852. 1*s*. 6*d*.

KIZH AND NETELA.

Buschmann.—Die Sprachen Kizh und Netela von New-Californien, dargestellt von Joh. Carl Ed. Buschmann. 4to. sewed, pp. 30. *Berlin*, 1856. 1*s*. 6*d*.

LENNI LENAPE.—(See Delaware.)

LUMMI.—(See Clallam and Lummi.)

MAÇAHUA.

Nagera Yanguas.—Doctrina, y enseñança en la lengua Maçahua de cosas muy utiles, y prouechosas para los Ministros de Doctrina. y para los naturales que hablan la lengua Maçahua. Dirigido a l'illustrissimo Señor Don Francisco Manso, y Cuniga, Arçobispo de Mexico, del Consejo de su Magestad y de el Real de las Indias. Por el licenciado Diego de Nagera Yanguas, Beneficiado del partido de Xocotitlan, comissario del Santo Officio de la Inquisicion, y examinador en la dicha lengua maçahua. Con licencia. *Impresso en Mexico por Iuan Ruyz*. Año de 1637. Pet. in 8, d. rel. Titre. 4 fnc. 177 ff. Table. 2 fnc. £25.

Titre manuscrit fac simile, et 19 feuillets. refaits à la main avec le plus grand soin, par un des écrivains les plus distingués du Mexique. Quelques raccommodages de marges.

EXTREMELY SCARCE.—Thus speaks Pimentel of it in his *Cuadro descriptivo y comparativo de las lenguas indigenas de Mexico:* Ha sido tan pobre de escritores el idioma mazahua que, segun creo, no se ha escrito sobre él mas que una doctrina, precedida de algunas breves noticias gramaticales, por el Lic. Diego de Nájera Yanguas. Esta obrita es tan ezcasa que no he logrado ver mas que un solo ejemplar, *trunco*, faltándlole una hoja de la parte mas importante, que son las noticias gramaticales. Despues de algunos años de poseer ese ejemplar, y habiendo perdido la esperanza de encontrar otro, me veo obligado à sacar de él las pocas noticias que pongo á Continuacion.—En el *Mithridates* no se ha incluido el idioma mazahua.—M. J. G. Icazbalceta, in his volume: *Apuntes para un Catálogo de escritores en lenguas indigenas de America*, gives a description of the book with this title: *Najera, Manual y instruccion de administrar los sanctos Sacramentos en lengua Maçagua, por el Licenciado Diego de Najera Yanguas. Mexico,* 1637. *En 8vo. 4 fojas preliminares. Fojas* 1 a 177. Mi ejemplar de este libro está maltratado é incompleto. Le faltan la portada y las fojas 3, 66 à 73, y 131 à 138. Es tan raro el libro, que nunca he podido hallar otro ejemplar para copiar de él lo que falta al mio; asi es que el titulo lo he formado por lo que aparece en la aprobacion y prólogo. El Lic. Najéra fué el primero (y hasta ahora el único, que yo sepa) que imprimió obra en esta lengua. Beristaiñ menciona este Manual, sin señalar la fecha de la edicion. Hay al principio una especie de Gramática con el titulo de : Advertencias en lengua castellana muy necesarias para hablar con propriedad la lengua que llaman maçahua, solo ocupa 19 págs.—Our copy is the copy itself which is thus described in the work of M. Icazbalceta.

MAYA.

Beltran.—Arte del idioma Maya reducido a sucin-

tas reglas, y semilexicon Yucateco. Por el R. J. Fr. Pedro Beltran de Santa Rosa Maria, y lo dedica a la gloriosa Indiana Santa Rosa Maria de Lima. Segunda edicion. 4to, sewed, pp. xviii. and 242. *Merida de Yucatan*, 1859. 30*s.*

—— Declaracion de la doctrina cristiana en

el idioma Yucateco por el Reverendo Padre Fr. Pedro Beltran de Santa Rosa anadiendole el acto de contricion en verso y prosa. 12mo, sewed, pp. 24. *Merida de Yucatan*, 1860. 10*s.* 6*d.*

Brasseur de Bourbourg.—Lettre à M. L. de

Rosny sur la découverte de documents relatifs à la haute antiquité américaine et sur le déchiffrement et l'interprétation de l'écriture phonétique et figurative de la langue Maya. Two Plates. 8vo, sewed. *Paris*, 1869. 2*s.* 6*d.*

—— Relation des choses de Yucatan de

Diego de Landa. Texte expagnol et traduction française en regard. Comprenant les signes du calendrier et de l'alphabet hiéroglyphique de la langue Maya, accompagné de documents divers, avec une Grammaire et un Vocabulaire abrégés Français-Maya, etc. Par Brasseur de Bourbourg. Roy. 8vo, sewed. *Paris*, 1864. £1 1*s.*

—— Manuscrit Troano. — Etudes sur le

systéme graphique et la langue des Mayas. Par M. Brasseur de Bourbourg. Tome premier. With 36 plates, fac-simile coloured. Imp. 4to. sewed, pp. viii. and 224. *Paris, Impr. Impér.*, 1869. £3 10*s.*

Cartilla ó Silabario de lengua Maya, para la

enseñanza de los niños indigenas. Por el padre Fr. Joaquin Ruz. 12mo, sewed, pp. 16. *Merida de Yucatan*, 1845. 7s. 6d.

MEXICAN, NAHUATL, AZTEK.

[For general works on Mexican Languages, and for works relating to other Languages spoken in Mexico, see also— *Icazbalceta. Apuntes*, page 164. *Orozsco y Berra. Geografia*, page 165. *Pimentel. Cuadro*, page 165. *Trübner's Bibliotheca Glottica*, page 167. *Maçahua*, page 174. *Maya*, page 175. *Mixteco*, page 180. *Mutsun*, page 181. *Otomi*, page 181. *Pima*, page 182. *Quiche*, page 183.]

Aldama y Guevara.—Arte de la lengua Mexicana,

dispuesto por D. Joseph Augustin de Aldama, y Guevara, presbytero de el Arzobispado de Mexico. *En la Imprenta nueva de la Bibliotheca Mexicana. En frente de el Convento de San Augustin.* Año de 1754. 8vo., parch. 82 fnc. £3 3s.

A few water stains and worm eaten in the inferior margin.

Amaro.— Doctrina extracta de los catecismos

mexicanos de los padres Paredes, Carochi y Castaño, autores muy selectos : traducida al castellano para mejor instruccion dè los Indios, en las Oraciones y Misterios principales de la Doctrina cristiana por el presbitero capellan Don Juan Romualdo Amaro . . . . *Mexico*, 1840. *Imprenta de Luis Abadiano y Valdes, calle de las Escalerillas num* 13. Pet. 8vo., br. Titre. 3 fnc. 79 pp. 18s.

Arenas.— Guide de la Conversation en trois

Langues—Français, Espagnol et Mexicain. Contenant : Un petit Abrégé de la Grammaire Mexicaine—Un Vocabulaire des Mots les plus usuels et des Dialogues familiers. Par Pedro de Arenas. Revu et traduit en Français par M. Charles Romey. 12mo. sewed, pp. 72. *Paris*, 1862. 3s.

Biondelli.—Sull' antica lingua Azteca o Nahuatl,

osservazioni di B. Biondelli. 4to. sewed, pp. 20. *Milano*, 1860. 2s. 6d.

Brasseur de Bourbourg. Quatre Lettres sur le

Mexique. Exposition absolue du Systéme hiéroglyphique Mexicain ; la fin de l'âge de pierre ; commencement de l'âge de bronze ; origines de la civilisation, d' après le *Teo-Amoxtli* et autres documents Mexicains, etc. Curious Woodcuts. Royal 8vo. sewed. *Paris*, 1868. £1 1s.

Buschmann.—Die Lautveränderung Aztekischer
Wörter in den Sonorischen Sprachen, und die Sonorische
Endung *Ame.* dargestellt von J. C. E. Buschmann. 4to.
boards, pp. 126. *Berlin*, 1857. *4s. 6d.*

—————— **Grammatik der Sonorischen Sprachen,**
vorzüglich der Tarahumara. Tepeguana, Cora und Cahita,
als IXter Abschnitt der Spuren der Aztekischen Sprache,
ausgearbeitet von Joh. Carl Ed. Buschmann. 1ste Abtheilung. Das Lautsystem. (Extr.) 4to. boards, pp. 369-
453. *Berlin*, 1864. *3s. 6d.*

—————— **Ueber die Aztekischen Ortsnamen,**
von J. C. Ed. Buschmann. Erste Abtheilung. 4to. sewed,
pp. 206. *Berlin*, 1853. *6s.*

Clara y sucinta exposicion del Pequeño Cate-
cismo impreso en el idioma Mexicano. Siguiendo
el orden mismo de sus preguntas y respuestas. Por un
Sacerdote. Sm. 8vo. boards, pp. 2, 66, 66, and 2. *Puebla*,
1819. £1 1s.

Doctrina pequeña en Mexicano. Tepiton Teot-
latolli. 16mo, pp. 15. At the end: *Mexico*, 1831. *7s. 6d.*
Imprenta del ciudadano Alejandro Valdés.

Evangeliarium, epistolarium et lectionarium
Aztecum sive Mexicanum, ex antiquo codice Mexicano
nuper reperto depromptum, cum praefatione, interpreta-
tione, adnotationibus, glossario, edidit Bernardinus Biondelli. Imp. 4to. boards, pp. xlix., a facsimile, pp. 576.
Mediolani, 1860. £5 5s.

Gastelu (Antonio Vasquez). Arte, Confessio-
nario, y Catecismo de la lengua Mexicano. Compuesto por
el Lic. Don Antonio Vasquez Gastelu, Cathedratico. 4to.
vellum (title and 2 or 3 preliminary leaves wanting), 1 prelim. leaf, 54 leaves. *Puebla de los Angeles, Fernandez de
Leon*, 1689. £6 6s. Extremely scarce.

Leon.—Camino del Cielo en lengua Mexicana,
con todos los requisitos necessarios para conseguir este fin,
cõ todo lo que vn Xpiano deue creer, saber, y obrar, desde
el punto que tiene uso de rason, hasta que muere. Cõ-
puesto, por el P. F. Martin de Leõ, de la ordẽ de Predicadores. Dirigido al Excelentissimo Señor Don Fray Garcia
Guerra de la ordẽ de ñro padre S. Domingo, Arçobispo de

12

Mexico, y Virrey desta Nueua España. (Un blason de cardinal.) *En Mexico. En la Emprenta de Diego Lopez daualos, y a costa de Diego Perez de los Rios.* Año. De. 1611. In 4to., relié en basane. 12 fnc., ff. 1 á 160. 6 fnc. 1 ff. erratas. £12 12s.

Extremely rare. Sold at Puttick and Simpson's *Bibliotheca Mejicana.* £13 5s.

Complete copy. But the title and the three first leaves have been mended and restored. In the volume, a few spots, particularly at the six last leaves.

Molina.—Vocabulario en lengua Castellana y

Mexicana, compuesto por el muy Reuerendo Padre Fray Alonso de Molina, de la Orden del bienauenturado nuestro Padre Sant Francisco. Dirigido al muy Excelente Señor Don Martin Enriquez, Visorrey desta nueua España (Un grand blason). *En Mexico, En Casa de Antonio de Spinosa,* 1571. In fol. 4 fnc., 121 ff. 1 ff. avec une grav. en bois, et au verso la marque de l'imprimeur. (Cette premiére partie comprend le vocabulaire *espaynol-mexicain,* et la *Cuenta* espéce de conte en Mexicain avec traduction Espagnole). La 2e partie porte le même titre que la 1ér e. Seulement, le Blason est remplacé par une figure de S. François, grav. en bois. *En Mexico, En Casa de Antonio de Spinosa,* 1571. In fol. 2 fnc., 162 ff. (Vocabulaire *Mexicain-Espagnol*). £13 13s.

Very rare. Sold at Puttick and Simpson's *Bibliotheca Mejicana.* £15.

A mending on the title, and on the last leaf, a few water stains, and some margins very strait.

Nájera.—Observations critiques sur le chapitre

XIII. du dernier volume de l'ouvrage intitulé : "Exploration du territoire de l'Orégon, des Californies, et de la mer Vermeille exécutée pendant les années 1840-42, par M. Duflot de Mofras, attaché à la légation de France à Mexico." Par le Père Emmanuel Nájera, Mexicain. 8vo. pp. 16. *Mexico,* 1845. 7s. 6d.

Paredes.—Promptuario Manual Mexicano. Que

à la verdad podrá ser utilissimo à los Parrochos para la enseñanza ; à los necessitados Indios para su instruccion, y à los que aprenden la lengua para la expedicion. Contiene quarenta y seis Sermones morales, acomodados à los seis Domingos de la Quaresma. Todo la qual corresponde á los cinquenta, y dos Domingos de todo el año ; en que se

suele explicar la Doctrina Christiana á los feligreses. . .
Anadese porfin un Sermon de nuestra Santissima Guada-
lupana Señora, con una breve narracion de su historia ; y
dos Indices ; que se hallarán al principio de la Obra. La
que con la claridad, y propriedad en el Idioma, que pudo,
dispuso el P. Ignacio de Paredes. With an engraving
representing Ignacio de Loyola. Small 4to, half-bound,
pp. clxxxviii., 46 and 380. *Mexico* (en la Imprenta de la
Biblioteca Mexicana), 1759, £8 8s.

———— Another copy, preliminary leaves, and pages 1-84
of which have been very much injured by a rat, and may
be considered as totally wanting. £1 1s.

Sandoval.—Arte de la lengua Mexicana por el
Fr. en Sagrada Teologia D. Rafael Sandoval . . . Con las
licencias necesarias. *En México en la Oficina de D. Manuel
Antonio Valdés, año de 1810. 8vo. cart.* Titre. 7 fnc.
pp. 62 1 ff. de erratas. 8 fnc., con una *Doctrina breve
sacada del catecismo Mexicano que dispuso el P. Ignacio de
Paredes de la Compañia de Jesus.* (A la fin :) *Reimpresa en
la Oficina de D. Mariano de Zuñiga y Ontiveros, año de 1809.*
£1 10s.

Tapia.—Arte novissima de lengua Mexicana, que
dictó D. Carlos de Tapia Zenteno, colegial en el Real, y
Pontificio Seminario, etc., etc. . . . Quien lo saca a luz
debajo de la proteccion del Illmo. Sr. Dr. D. Manuel
Rubio, Salinas, del Consejo de Su Magestad, Dignissimo
Arzobispo de esta Santa Iglesia de Mexico, por cuyo
mandado se erigiò esta nueva Cathedra. Con licencia de
los Superiores. *En Mexico por la Viuda de D. Joseph
Bernardo de Hogal, Año de 1753.* 4to. parch. 11 ff.
prélim. pp. 58. £8 8s.

Vetancurt.—Arte de lengua mexicana, dispuesto
por orden. y mandato de N. Rmo. P. Fr. Francisco
Treviño, Predicador Theologo. . . . Dedicado al Bienaven-
turado San Antonio de Padua. Por el P. Fr. Augustin de
Vetancurt hijo de la dicha Provincia del Santo Evangelio.
. . . . (Image gravée de S. Antoine de Padoue). Con
licecia, *en Mexico.* por Francisco Rodriguez Lupercio,
1673. In 4, d. rel. 6 fnc. 49 ff. 8 fnc. Contenant :
*Instruccion breve para administrar los Santos Sacramentos
en lengua mexicqna, et un Catecismo, tambien en mexicano.*
£8 8s.

Sold at £8 10s. Puttick and Simpson's *Bibliotheca
Mejicana.*

MICMAC.

(See also Etchemin.)

Maillard.—Grammaire de la langue Mikmaque,
par M. l'abbé Maillard, redigée et mise en ordre par
Joseph M. Bellenger. 4to. sewed, pp. 101. *Nouvelle
York*, 1864. 21s.

Ne Yeriwanontontha ne ne Wesleyan Methodists.
16mo. sewed, pp. 12. *Lynn, Mass.* 1834. 2s. 6d.

MIXTECO.

Catecismo en idioma Mixteco, segun se habla en
los Curatos de la Misteca Baja que pertenecen al Obispado
de Puebla, Formado nuevamente de orden del Exmo. E.
Illmo SR. Obispo DR. D. Francisco Pablo Vasquez. 4to.
7 leaves, pp. 21. *Puebla*, 1837.—Catecismo en el idioma
Mixteco Montañez. 4to., 1 leaf, pp. 20, 1 leaf erratas,
vellum. *Puebla*, 1837. £3 3s.

MOHAWK.

Isaiah, translated into Mohawk. 18mo. pp. 244.
New York, 1839. 3s. 6d.

The Gospel according to St. John, in Mohawk
and English. 18mo. sheep, pp. 252. *London.* 5s.

A Collection of Hymns for the use of Native
Christians, in the Mohawk Language; to which are added,
a number of Hymns for Sabbath Schools. 16mo. cloth,
pp. 198. *New York.* 7s. 6d.

A Collection of Hymns for the use of Native
Christians of the Mohawk Language; to which are added,
a number of Hymns for Sabbath Schools. 16mo. calf, pp.
146. *New York*, 1832. 5s.

Radical Words of the Mohawk Language, with
their Derivations. By Rev. James Bruyas. Roy. 8vo.
sewed, pp. 124. *New York*, 1863. 21s.

MOSQUITO INDIAN.

Cotheal.—Grammatical Sketch of the Language
spoken by the Indians of the Mosquito Shore. By Alexander Cotheal (in the Transactions of the American Ethnological Society, vol. II. p. 235 to 264.) 8vo. *New York*,
1848. £1 16s.

MOZKA.

Lugo.—**Gramatica en la lengua general del** Nuevo Reyno, Llamada Mosca, compuesto por el Padre Fray Bernardo de Lugo, Predicador General del Orden de Predicadores, y Catedratico de la dicha lengua, en el Convento del Rosario de la ciudad de Santa Fé. (A blazon). Año 1619. *En Madrid, por Bernardino de Guzman.* Small 8vo. boards. Title, 6 leaves, 1 white leaf, 2 leaves. Licencias y approvaciones, 14 leaves. Prologo, 2 leaves. 158 numbered leaves (many of them are erroneously numbered). £40.

EXTREMELY SCARCE. The Mozka is the language of an Indian nation (nearly extinct), in the neighbourhood of Santa Fé de Bogota, Nueva Grenada. It is called also *Muyska* and *Chibcha.*—Our copy has some imperfections. Mendings in the margins of the title and of the first leaves. A few water stains.

MUTSUN.

Grammar of the Mutsun Language, spoken at the Mission of San Juan Bautista, Alta California. By Father Felippe Arroyo de la Cuesta, of the Order of St. Francis. Roy. 8vo. sewed, pp. 48. *London (New York),* 1861. 14s.

Only 100 copies printed.

A Vocabulary or Phrase Book of the Mutsun Language of Alta California. By the Rev. F. Felippe Arroyo de la Cuesta, of the Order of St. Francis. Royal 8vo. sewed, pp. 96. *London and New York,* 1862. 12s.

NAHUATL.—(See Mexican.)

NETELA.—(See Kizh and Netela.)

NEVOME.—(See Pima.)

ONONDAGA.

A French-Onondaga Dictionary, from a Manuscript of the 17th century. By John Gilmary Shea. Royal 8vo. sewed, pp. viii. and 104. *London and New York,* 1860. 18s.

OTOMI.

Eléments de la Grammaire Othomi, traduits de l'Espagnol, accompagnés d'une Notice d'Adelung sur cette Langue, traduite de l'Allemand, et suivis d'un Vocabulaire comparé Othomi-Chinois. 8vo. sewed, pp. 40. *Paris,* 1863. 5s.

Printed on vellum paper in 50 copies only.

Grammatica della Lingua Otomi, esposta in Italiano, dal Conte Enea Silvio Vincenzo Piccolomini, secondo la traccia del Lic. Luis de Neve y Molina, col Vocabolario Spagnuolo-Otomi spiegato in Italiano. 8vo. sewed, pp. 82. *Roma*, 1841. 10s. 6d.

Naxera.—De lingua Othomitorum (Mexicanorum-Indiorum) dissertatio. Auctore Emmanuel Naxera, Mexicano. 4to. pp. 48. *Philadelphiae*, 1835. 12s.

————— **De Othomitorum lingua, dissertatio** . . . . nunc correcta et aucta, utque, praeside R. P. Mexicanae jubente, iterum typis mandata. 4to. pp. 116. *Mexico*, 1845. 18s.

Disertacion sobre la lingua Othomi, leida en latin en la sociedad filosofica Americana de Filadelfia, traducida al Castellano por su autor F. Manuel Crisostomo Naxera. 4to. pp. 146. *Mexico*, 1845. £1 1s.

PENNSYLVANIAN.

An Historical and Geographical Account of the Province and Country of Pennsylvania, and of West-New-Jersey, in America. The Natives, Aborigines, their Language, Religion, etc., etc. With a Map. By Gabriel Thomas. 8vo. cloth, pp. viii., 56; x. 34. *London*, 1698. Reprinted (lithographed). *New York*, 1848. 9s.

PIMA.

Grammar of the Pima or Névome, a Language of Sonora, from a Manuscript of the XVIII. century, edited by Buckingham Smith. Royal 8vo., pp. 98.—Doctrina Christiana y Confesionario en Lengua Névome, ó sea la Pima. Sewed, pp. 32. In 1 vol. *London* [*San Augustin de la Florida*], 1862. 21s.

Only 160 copies printed.

Die Pima-Sprache und die Sprache der Koloschen, dargestellt von Joh. Carl Ed. Buschmann. 4to. boards, pp. 112. *Berlin*, 1857. 4s. 6d.

POCONCHI.

Thomas Gage neue Merckwürdige Reise-Besch-

reibung nach Neu Spanien, was ihm daselbst seltsames begegnet und wie er durch die Provinz Nicaragua wider zurück nach der Havana gekehret: in welcher zu finden ist ein ausführlicher Bericht von der Stadt Mexico, . . . eine volkommene Beschreibung aller Länder und Provinzen welche die Spanier in ganz America besitzen . . . . ein kurzer Unterricht von der Poconchischen oder Pocomanischen Sprache. Aus dem Französischen ins Deutsche übersetzt. 3 leaves. 4to., pp. 471. *Leipzig*, 1693. *7s. 6d.*

QUICHE.

Popol Vuh. Le Livre Sacré et les Mythes de

l'Antiquité Américaine, avec les livres Héroïques et Historiques des Quichés. Ouvrage original des Indigènes de Guatémala. Texte Quiché et Traduction Française en regard, accompagnée de Notes philologiques, et d'un Commentaire sur la Mythologie et les Migrations des Peuples anciens de l'Amérique, etc. Composé sur des Documents originaux et inédits, par l'Abbé Brasseur de Bourbourg. With a Plate and Maps. Royal 8vo.. sewed, pp. cclxxix. and 368. *Paris*, 1861. *21s.*

Gramatica de la Lengua Quiché. Grammaire

de la Langue Quichée Espagnole-Française mise en parallèle avec ses deux Dialectes—Cakchiquel et Trutuhil. Tirée des Manuscrits des meilleurs Auteurs Guatémaliens. Ouvrage accompagné de Notes philologiques. Avec un Vocabulaire comprenant les Sources principales de Quiché comparées aux Langues Germaniques, et suivi d'un Essai sur la Poésie, la Musique, la Danse, et l'Art Dramatique, chez les Mexicains et les Guatimaltègues avant la Conquête; servant d'Introduction au Rabinal-Achi, Drame indigène, avec sa Musique originale, Texte Quiché et Traduction Française en regard. Recueilli par l'Abbé Brasseur de Bourbourg. 8vo. sewed, pp. xviii., 246, 122. *Paris*, 1862. *21s.*

Historias, las, del Origen de los Indios de esta

Provincia de Guatemala. Traducidas de la Lengua Quiché al Castellaña para mas comodidad de los Ministros del S. Evangelio, por el R. P. F. Francisco Ximenez; publicado por la primera vez, por el Dr. C. Scherzer. 8vo, sewed, pp. xvi., 216. *Vienna*, 1857. *7s. 6d.*

QUICHUA.

Markham.—Quichua Grammar and Dictionary.
Contributions towards a Grammar and Dictionary of Quichua, the Language of the Incas of Peru; collected by Clements R. Markham. 8vo. cloth, pp. 150. *London*, 1864. 10s. 6d.

Tschudi.—Die Kechua Sprache, von J. J. von Tschudi. 3 parts in 2 vols. I. Sprachlehre; II. Sprachproben; III. Wörterbuch. 8vo. sewed, pp. iv., 270; vi., 112; viii., 510. *Wien*, 1853. 21s.

SABUJA.—(See Kiriri.)

SAN ANTONIO MISSION.

Vocabulary of the Language of San Antonio
Mission, California. By Father Bonaventure Sitjar, of the Order of St. Francis. Roy. 8vo. sewed, pp. xx. and 54. *London* [*New York*], 1861. 12s.

SELISH.

Grammatica linguae Selicae. A Selish or Flat-Head Grammar. By the Rev. Gregory Mengarini. Royal 8vo. sewed, pp. viii. and 122. *New York*, 1861. 24s.

SENECA.

Hymn-Book, in the Seneca Language. 16mo.
bound, pp. 232. *New York*, 1852. 10s. 6d.

TUPY.—(See Brazilian.)

YAKAMA.

Grammar and Dictionary of the Yakama Lan-
guage. By Rev. M. C. Pandosy. Translated by George Gibbs and J. G. Shea. 4to. sewed, pp. 60. *London* [*New York*], 1862. 15s.
Only 100 copies printed.

YUCATECAN.—(See Maya.)

STEPHEN AUSTIN, PRINTER, HERTFORD.